T

Helena

Helena

PAULINA VIEITEZ

Helena

Primera edición: marzo, 2017

www.megustaleer.com.mx

ISBN: 978-607-314-704-0

Impreso en México – *Printed in Mexico*

El papel utilizado para la impresión de este libro ha sido fabricado a partir de madera procedente de bosques y plantaciones gestionadas con los más altos estándares ambientales, garantizando una explotación de los recursos sostenible con el medio ambiente y beneficiosa para las personas.

Penguin
Random House
Grupo Editorial

"Cuando el pasado ya no pesa,
el hoy es para siempre."

Para María, cuando llegue el momento.
Para Antonio, hoy.
Mi siempre es de los dos.

PRIMER ACTO

I

Por fin me encuentro en este instante tan ansiado. Estoy convencida de que debo escapar, distanciarme. Viajaré sola y eso hace que en mi cuerpo esté sucediendo una extraña mezcla de desazón y expectativa, de miedo y ganas. Pude decirle adiós a los tres en la quietud de mi casa. Hablamos mucho; ya lo había hecho con cada uno, pero ayer por la noche fue especial. Procuré que la despedida no tuviera el cariz de huida que realmente tiene. A él ni siquiera lo vi. Planeó su ausencia para que no coincidiera con mi despedida. Amanecí tranquila a pesar de ello y ahora, desde el auto que me lleva, observo con detalle cada uno de los sitios que dejo a mi paso. El camino en sí, el caos de las vías rápidas, el transcurrir desordenado de la vida en la ciudad, se agolpan. Viene a mí un hasta pronto o hasta que las circunstancias me amparen, o me desafíen.

En cuanto pongo un pie en el aeropuerto me dejo llevar por el ritmo acelerado, por el vaivén de pasajeros, por el constante estímulo que significa observar a personas de todo tipo y su afán por irse, o por llegar. Antes de formarme en la fila para documentar, decido hacer una pausa y respirar. Llevo puesta mi blusa de seda roja, la que me regalaron mis hijos, la de la buena suerte; la que traía el día que me avisaron que había sido aceptada para hacer la residencia como conclusión de mi doctorado. Nada puede ir mal.

Al lado mío está mi baúl, único invitado a este viaje. Es elegante, sin duda; parece tener el carácter para saber lo que guarda y a dónde se dirige. Proviene de una colección de piezas antiguas recuperadas y sólo tres se subastaron a nivel mundial entre los clientes de la marca de objetos de lujo. Me llegó una invitación para conocerlo, gracias a Lucio que es cliente asiduo de esa firma francesa. Me sedujeron su piel y su apariencia *vintage*, sus varios compartimientos, algunos de ellos secretos, además de sus cajones con cintas de piel para jalarlos y sus repisas. Cuando lo vi, todas mis disertaciones acerca de cómo viajar con mis historias a cuestas tuvieron sentido. Decidí que la pieza de equipaje que alojaría mis cosas tendría que ser resistente, fuerte, rotunda como ese baúl, para llevar no sólo objetos materiales, también, simbólicamente, mis penas, mis recuerdos, mis heridas, y así hacerme sentir físicamente lo que siento dentro: que me pesan. Simboliza que conmigo viene ese pasado al que no desconozco. No quiero ni debo olvidarlo, justo para liberarme de él, con plena conciencia de hacerlo, cuando esté lista.

Me acerco al mostrador. La empleada de la línea aérea me mira detrás de éste, e intenta presionarme mientras me pregunta a dónde viajo y solicita mis documentos.

—Sí, señorita, aquí está mi identificación —respondo con entusiasmo.

—Suba su baúl a la plataforma —ordena adusta y dando indicaciones enfáticas con ambas manos.

Volteo a ver al chico que me ha ayudado desde el auto con mi baúl para pedirle auxilio y que lo suba a la plataforma.

—Pesa mucho más de lo que se permite —menciona la mujer con gesto irónico.

—¿Cuánto más?

—Diez kilos.

—¿Y cuánto hay que pagar por exceso de equipaje?

—15 dólares por kilo.

—¿Cómo? Es una exageración eso, ¿no?

—Yo no pongo las tarifas —dice, visiblemente enojada.

—Puedo imaginarlo. Lo que sí podría poner es una sonrisa —me burlo.

—¿Disculpe?

—Aquí tiene los 150 dólares. ¿Podemos seguir adelante? —los entrego, altiva.

—De acuerdo, tome su pase de abordar; tiene que presentarse en cincuenta minutos en la sala 51, entrando por la letra K.

—Permítame despedirme de mi baúl antes de que lo mande a la banda.

—¿Qué dice? —pregunta, totalmente desconcertada.

Mientras lo separan de mí, siento unas ganas casi insoportables de lanzarme a rescatarlo de la banda, para sacar el sobre con las cartas. No supe si debía leerlas durante el vuelo, así que, ante la duda, decidí dejarlas en el baúl y cerrar con ello la posibilidad de tenerlas a la mano. En realidad, me da miedo doblegarme ante mi decisión, al leerlas. Las verdades escritas por nuestros seres más cercanos no suelen ser fáciles. Lo mejor fue guardarlas para no caer en la tentación. Ya las leeré con calma cuando llegue a Madrid. Enfrentaré lo que sea con una nueva fuerza, con valentía, con el coraje de asumir que todo este cambio de vida lo he decidido con total cabalidad y con la intención de que las circunstancias actuales en las que transcurren mis días se transformen; desde luego, para bien.

Camino y siento que mis extremidades saben perfectamente cómo llevarme al encuentro con mi destino. Me dirijo a la sala de espera que me corresponde. Encuentro un lugar y me siento de cara a la ventana para observar el despegue y el aterrizaje de los aviones, intentando conectar esas acciones con el verdadero significado de un vuelo. Partir de un lugar para descubrir otro. Tener que dejar para llegar. Realizar el acto físico de viajar para asumir que también se viaja internamente, incesantemente, con duración no determinada más que por el tiempo en el que estemos aquí, vivos, volando, aterrizando, llegando.

¡Cuántas opiniones distintas me dieron desde el momento en que obtuve la beca y fui aceptada para hacer la residencia! Casi me vuelvo loca. Como ya no tengo a mis padres, acudí feliz a contarle a mis tías y a las primas más cercanas, quienes, a pesar de su cariño, sólo lograron confundirme más. Me decían que era un riesgo enorme estar lejos de mis hijos adolescentes, que cómo me atrevía a dejar, sobre todo, a Alejandro después de lo que le había sucedido, que Lucio nunca estaba en la casa y que entonces se aprovecharían para hacer lo que les diera la gana. También enfatizaron que yo tenía todo el bienestar económico posible, que para qué dejar eso, con qué afán, que buscar realizarme debería ser no en lo profesional o en los estudios, sino como mujer y madre atendiendo lo que me correspondía: a mi familia.

Durante la cena de cumpleaños de Lucio, en la que compartí emocionada mis planes, la reacción de mis cuñadas y de dos amigas muy cercanas fue contundente. Primero un silencio tenso, luego frases que las mostraban escandalizadas, como si yo estuviese a punto de cometer un crimen y, además, lo hubiera anunciado. Creo que supusieron que estaba siendo víctima de esa crisis que se dice inicia alrededor de los cuarenta y nos obliga a preguntarnos cosas como las que constantemente invaden mi mente y me llenan de dudas: ¿Qué he hecho a favor mío? Ser la hija, la esposa, la madre, y ¿cuándo yo? ¿En quién me he convertido? ¿Soy lo suficientemente fuerte como para dejar mis vínculos actuales y seguir trazando mi historia profesional y sentimental? ¿Merezco una nueva oportunidad? ¿Podré llegar a sentirme plena? Me enfrenté a la desaprobación, a ser juzgada como inconsciente y hasta mala madre por abandonar a mis hijos; *abandonar,* así, tal cual lo dijeron. Irse un tiempo no es abandonar. Querer superarme está muy lejos del calificativo de mala madre; ser una buena madre conlleva, entre otras cosas, ser una mujer plena y para ello hay que trabajar en una misma, sobreponerse a los clichés y a los parámetros de lo permitido, crecer para ganar respeto ante los demás. Sobrepasé las críticas y decidí dejar de discutir y de explicar. Opté por concentrarme en lo que me pareció más importante: que mis hijos aceptaran mi partida. Cómo hacerlos entender que esto no es egoísmo mío, que es supervivencia, que no podía permitirme más ese "vivir a medias" que me estaba provocando tanto daño. No fue fácil, pero creo que lo conseguí. Me dediqué a encontrar espacios a solas con cada uno, a abrir la comunicación intencionalmente y con el único propósito de compartir lo que me sucedía y hacerlos sentir especiales en su peculiar individualidad. En eso estoy tranquila. Me parece que con ninguno me fue mal. Por el contrario, con todo y sus edades adolescentes, al menos escucharon mis razones y se abrieron para darme sus puntos de vista. Ya no son unos niños, y mi ausencia los hará madurar aún más. Estoy cierta.

Después, sobrellevar y caminar entre los impedimentos de Lucio y su afán de echarme a perder todo. Es incapaz de comprender y aceptar lo que yo necesito y de medir la dimensión del daño que nos hemos hecho. Tantas noches sin dormir, revolviéndome en la cama en medio de esos tormentos oscuros, en los que las culpas me asfixiaban; culpas alimentadas por ese deber ser que quiere siempre ganar todas las batallas y por las acusaciones de él, por los intentos que hizo, que aún hace por denotar, por quitarle valor a lo que creo y quiero, por desconocer mis logros.

Tras una de esas madrugadas en las que uno cuenta cada minuto para que amanezca y en la que había recurrido sin éxito a mis pastillas naturistas para dormir y al olor de la esencia de lavanda de mi pequeño frasco de aromaterapia, me desperté y dirigí mis pasos al cuarto de baño. Me miré largamente en el espejo. Era un espectro. Ojeras, pelo revuelto, pómulos salientes, mirada tan triste; pensé: "Éste es el último día que me permitiré amanecer así".

Soy la primera en abordar el avión y tengo la oportunidad de ver la larga entrada de los pasajeros desde mi asiento ubicado en la tercera fila. Me da mucha curiosidad pensar cómo serán las vidas de cada uno. Juego un poco a que las adivino. Poso mi mirada en los que voltean a verme. Es divertido imaginar la diversidad de historias detrás de sus apariencias. Por la puerta pasa un hombre muy apuesto, de una personalidad que va más allá de su vestimenta a lo Indiana Jones. Pelo canoso, mirada fuerte y melancólica a la vez. Ojos profundos. Me observa insistentemente mientras los que van adelante han detenido su paso buscando su sitio o acomodando maletines y bultos. Le sonrío. Lo hace de vuelta y se acaba el encanto mutuo cuando la azafata lo apura para que siga adelante. Por más que quiero mirar el lugar en el que estará sentado, me es imposible entre tanto ir y venir de acomodos previos al vuelo. Me alegra haber llamado su atención. Tengo la seguridad de que le parecí atractiva. Creo que los años, si bien cada vez hacen menos justicia, a mí me han caído bien. Suelo ver mis fotos de tiempos anteriores y me parece que se han asentado mis mejores ángulos, y quizá hasta las arrugas, que ya asoman, me embellecen. ¿O será que ahora soy más noble conmigo? No pienso ser mi propia enemiga y juez como antes; más bien, seguiré dando total cabida a la emoción que ahora me invade.

Al fin, cuando todos están dentro, me relajo porque no hay nadie a mi lado. ¡Qué buena suerte! Despegamos y al poco tiempo me doy cuenta de que ya son las ocho de la noche y que será oportuno descansar.

Busco una pastilla para dormir y pido a la azafata un tequila; combinación fulminante para relajarme. Una sensación ambivalente me invade. Estoy ansiosa por llegar, encantada con las múltiples posibilidades de estar lejos y libre, más cerca de lo que quiero hacer: prepararme para ser una experta en Historia del Arte. Trabajar en una galería o en un museo me fascinaría. Abrirme a un futuro en el que yo sea dueña de mi patrimonio, en el que persiga mis pasiones y haga crecer mis talentos, en el que me demuestre que puedo, que soy, que valgo. Conseguir el grado que ambiciono en la Complutense, será una prueba de ello y un aval importante a la hora de pedir una oportunidad laboral que me permita desarrollar lo que aprenderé. Cuando uno estudia a profundidad las culturas antiguas se sumerge en esos mundos y comprende mejor, creo, las expresiones creativas, artísticas, no sólo de entonces, sino las más actuales; porque al fin todo es una reinterpretación de lo mismo. Es justo la revisión del pasado lo que nos facilita entender el presente y, haciendo esa paradoja, tengo muy claro que gracias a la distancia que decidí anteponer, podré analizar todo lo que me ha sucedido en estos años desde otro lugar emocional, con más calma, sin arrebatos.

Pero más allá de eso me es vital despojarme de lo que sobra, de lo que no aporta, de lo que genera desdichas, de huellas de lo que ha dolido. Bordarme una nueva piel, cosérmela al cuerpo, encarnar la mejor versión de mí misma, eso quiero. Es un trabajo tan íntimo, tan personal, que aquí nadie más juega. Esto que me estoy diciendo debería repetirlo en voz alta, taladrarlo en mi subconsciente para no olvidarlo, para hacerlo posible. Este monólogo acompaña mi tiempo en el aire, me abstrae de lo que está a mi alrededor en el confinado espacio de la cabina.

El vuelo no es directo. Tendré que tomar otro en Nueva York, antes de arribar a mi destino final. Estaré ahí unas horas en las que pondré en orden algunos de los textos que preparé para presentarlos a mi tutor. Me fascina saber que soy capaz de dedicar horas enteras a mis estudios. Imagino lo interesante que serán las materias y el reto que significa esta estancia temporal para completar el doctorado que inicié en México, hace ya un año. Estoy tan emocionada; podría pararme y contárselo a todos los pasajeros del avión. Aunque me ayudaría a calmarme y sin duda haría más corto el tiempo en el aire, quizá resultaría un poco extremo. Mejor cierro los ojos.

Dichosa por haber dormido bien, despierto cuando escucho la voz de una azafata avisando que hemos aterrizado. Indica que el equipaje estará en la banda número cuatro. Por más que procuro tardarme en abandonar mi asiento y así encontrarme con el hombre interesante de nuevo, la azafata es tan solícita que en un dos por tres me veo obligada a bajar del avión. Al salir tengo que recoger mi baúl e ir al mostrador de una nueva línea aérea. Voy caminando hacia los carruseles para encontrarlo pronto y así aprovechar el tiempo y sentarme a escribir en algún café. ¡Qué caos de gente, maletas, bultos! Ahí está, un poco atropellado por los maltratos comunes, aunque listo para acompañarme de nuevo. Sin duda, una pieza muy original. Lo tomo y lo hago rodar, cruzando a otra terminal para documentarlo de nuevo. Representó un contratiempo no conseguir un vuelo directo y tener que cambiar de línea aérea. El aviso de que había sido aceptada llegó con tan poco margen de tiempo, que me tomó desprevenida. Casi daba por perdida cualquier posibilidad hasta que finalmente recibí el correo del profesor José María, diciendo escuetamente que debía presentarme de inmediato.

Al acabar los trámites en el mostrador, me llama la atención que esta vez no me cobren nada por exceso de equipaje. Quizá en la línea aérea anterior me vieron la cara. Es hora de partir hacia la segunda mitad del viaje y por fin llegar. Experimento mariposas nerviosas en el estómago al recordar que debo subir a otro avión, pero me aferro a la idea de que es la única vía de acceso a mi destino.

Sentada a un lado de la ventanilla estoy más tranquila y otra vez se encuentra solo el asiento contiguo. Hago de cuenta que estoy descansando en el cómodo sillón de una sala de cine, y una vez en el aire, me dispongo a ver una película. El personaje principal vive en una isla desierta, en una atroz soledad... Pienso en la mía, en la que en realidad, a partir de hoy, experimentaré... Le ha crecido la barba y, al parecer, empieza a acostumbrarse a esa isla. Es un paraíso; a veces estar solo también lo es. Necesito ese espacio, el rescate de mi individualidad aunque sea rodeada de personas, sí, pero de gente por ahora extraña, a la que no tengo que rendir cuentas de nada. Idea fascinante que me atrapa y me incita. Voy a estar en un sitio que aloja estudiantes y que encontré muy cerca de la Facultad. Ahí podré dormir y despertar cuando se me dé la gana y no tendré que dialogar, ni compartir, ni discutir, ni justificar, ni reír, ni hacer nada con nadie, y eso realmente me alivia. En México nunca estoy sola. Eso es hermoso y al mismo tiempo agotador. Qué difíciles han sido estos últimos años cuidando de un padre enfermo, sin estar ya mi madre, de unos jóvenes, ¡tres!, cada vez más demandantes, y de un marido en plena crisis de los cincuenta. Huida.

Hemos llegado sin mayor novedad. Tantas horas en el aire, aunque repartidas, han hecho algunos estragos. Tengo sed. Me miro en el espejo del primer baño que encuentro y trato de recomponerme un poco. Voy a la banda y tomo mi baúl. Rueda de nuevo. Paloma, mi prima, me ha arreglado un transporte, así que trato de encontrar mi nombre entre los letreros que sostienen un puñado de extraños a las afueras de la sala de arribo. Ahí está: "Helena Artigas". ¡Soy yo!

Subo al auto. La expectativa de lo que me aguarda me hace su presa, y pronto el paisaje, tan majestuoso y regio, me cautiva otra vez y empieza a seducirme. "Me entrego a ti, mi amante Madrid, y a lo que quieras ofrecer."

La residencia universitaria Benito Pérez Galdós es un edificio moderno, de cristales y ladrillos. Llego a la recepción; una señora mayor me indica que me estaban esperando; me da la llave y me informa que pedirá a alguien que me ayude a subir mis pertenencias a la habitación, situada en el segundo piso. Se le queda mirando fijamente a mi pieza de equipaje y por primera vez pienso si será ridículo en lugar de *vintage*, me cuestiono si podría resultar poco práctico y aparatoso a los ojos de alguien más.

Giro la llave y al fin entro a ese espacio del que me apodero en el mismo segundo en el que empiezo a recorrer su pequeñez. Es sencillamente perfecto. Austero y confortable. No necesitaré más. Me desprendo de mi bolsa de mano, dejándola en el sillón azul de dos plazas que hace las veces de pequeña sala, conformada también por una mesa rectangular de vidrio. Camino unos pasos más para probar el colchón de la cama; doy unos pequeños brincos sentada y luego acostándome. Por primera vez, después de tantas horas de viaje, me siento profundamente cansada. Sin embargo, me levanto para tomar el celular de mi bolsa y llamar a casa para avisar que llegué. Pienso no hablar frecuentemente, como una estrategia para invitarlos a extrañarme o, al menos, a dedicarme algún momento de su pensamiento en su día a día. Antes de hacerlo se agolpan en mi mente varias preguntas que, reconozco, me torturan: ¿Seré necesaria en sus vidas? ¿Podría en realidad perderme y me echarían de menos? ¿Sufrirían si jamás volvieran a verme? Construir una vida para luego querer que cambie, resulta extraño, pero así es. No es que no los ame, son lo que más me importa; pero ciertamente me he abandonado al peso de lo cotidiano y a la resolución diaria de sus demandas… Y las mías, ¿qué? Empecé a sentir los estragos hace dos años y no podré seguir, si no me recupero antes. Los meses de mi enfermedad, la intempestiva muerte de mi madre, el afán de mi marido de controlarme y el tiempo dedicado a cuidar a mi papá, materialmente me han acabado. Llegó un momento en que casi me di por vencida. En fin, aquí estoy, dispuesta a disfrutar cada segundo, atesorarlo y moldear mi presente; pero antes debo llamar.

La maravilla de oír la voz de Homero y sentirla tan cerca contrasta con el hecho de estar tan lejos y, además, quererer estarlo. Sé que me perderé mucho de la cotidianidad de los tres, pero creo que les servirá; nos servirá. Y es que uno se vuelve dependiente cuando está inmerso en una familia; los padres de los hijos, los hijos de los padres, los abuelos de los cuidados de sus hijos y del cariño de sus nietos, pero también de lo útil que resultan los otros cuando de servirnos se trata, o de sortear las necesidades con ayuda. La familia está para apoyarse, claro, pero los lazos se vuelven tan exigentes que a veces resulta imposible desmarcarse de lo que uno es ahí, y de las permanentes demandas. Estoy consciente de cada una de las etapas de mi vida de casada en las que me sentí deprimida, agobiada, desesperada. Esas circunstancias tensan las emociones por las noches de no dormir cuando los hijos son pequeños y están enfermos, o cuando un padre mayor también se vuelve niño y te necesita para sobrevivir medianamente, tras haber sido un hombre fuerte y valeroso, mientras un marido exigente quiere que estés lista para atender a una serie de invitados que llegan a tu casa sin previo aviso. Y tú sientes que todos claman por ti sin entender la dimensión en la que eso está minando tu cuerpo y tus sentimientos, tratando de dar lo más posible de tu tiempo y tu amor porque así te nace, pero también porque así te corresponde; entonces ni siquiera hay oportunidad de cuestionar qué pasa contigo, cómo estás llevándolo todo, qué necesitas. Encarnas los papeles de madre, de esposa, de hija, de amiga o profesionista, y escasas veces te sales de la escena para verte desempeñarlos, para analizar si en cada uno de esos papeles estás siendo sólo tú o quien los demás quieren o necesitan que seas. Quiero ser antes que nada Helena. Me río preguntándome: ¿Y quién demonios es esa Helena? Soy incapaz de responder; quizá después.

Llegada la hora de ordenar mis cosas me paro frente al baúl. La combinación para abrirlo tiene los números de las edades de mis hijos: 19, 17, 14. Sumadas las tres, totalizan los cincuenta de Lucio. Curioso que me dé cuenta de eso ahora. Pongo la contraseña. ¿Por qué no abre? Estoy segura de que la combinación es ésa; no puede ser otra. De nuevo intento... Nada. Lo miro bien y me doy cuenta, no sin un escalofrío recorriendo mi espina y con una gran decepción y rabia de por medio, que ese bulto cuadrado que está aquí, tan digno, como tomando posesión del espacio, ¡no es mi baúl! Es idéntico, sí; aunque viéndolo detenidamente está más desgastado que el mío. Miro entonces inmediatamente la etiqueta de identificación. Tiene unas iniciales: MLG, y para mi gran fortuna, un correo electrónico: *mlg@patagonia.org*

II

Con "H"

No fue sino hasta llegar a su apartamento que se dio cuenta de que ese bulto que llevó consigo desde el aeropuerto no le pertenecía.

Se decía que las mujeres, ese clan incomprensible, eran siempre precavidas; y fue a tocarle a él justo la que ¡no lo era! Se llevó el suyo y no tuvo vergüenza, pensó, de poner sólo su nombre, sin apellidos, en el identificador. ¿Por qué no se le ocurrió escribir un teléfono o un *email* para hacer fácil su localización? ¡Hasta por su propia seguridad! Esto hizo que se saliera de sus casillas, por tener que confiar en que resultase una persona honrada y que, al serlo, apareciera eventualmente. Cuando reparó en ello llegó a estar tan angustiado que se le cortaba la respiración. Revisó su celular no menos de treinta veces. Habló insistentemente a la línea aérea por si existía un reporte de que su baúl hubiese aparecido. Mentó madres en bilingüe. Su correo estaba claramente escrito en el identificador, así que se preguntaba sin cesar por qué no se comunicaba...

Sirviéndose un trago se relajó, gracias a que encontró la última botella de mezcal que había dejado hace siglos y que durante mucho tiempo fue su mejor aliada en los casos de desesperación y de pesadillas nocturnas. Encontró la pipa y el tabaco. Al empezar a fumarla, fueron desapareciendo el temblor de las manos, la taquicardia y esa furia que lo dominó al descubrir el equívoco. Analizó cada uno de los movimientos que hizo y los lugares que recorrió al bajar del avión. Se dio cuenta de que había apartado su atención de la banda, distrayéndose un minuto cuando sonó su celular.

Por no estar ahí, frente al carrusel esperándolo, no pudo ver que al menos había dos baúles iguales y que la mujer, a quien no bajó de estúpida y distraída, se llevaba el suyo. Si acaso se tratase de una persona consciente, habría puesto sus datos, sabiendo lo fundamentales que éstos se vuelven ante una pérdida o una confusión de equipajes. ¿Dónde estaba? ¿Por qué no se reportaba? Pensó en que la *hache* era muda y aquella tal Helena ciertamente estaba dando cuenta de ello. ¿Era una trampa? ¿Se habría enterado alguien del contenido de su baúl y lo sustituyeron por ése que traía?

Necesitaba un poco de música. Decidió escuchar algunos sones jarochos, esos que estaban siempre llenos de melancolía, pero que eran capaces de hacerle recobrar la paz. Se sentía molido. No daba para más, tantas horas de vuelo, inquieto por llegar, harto de la gente, más la angustia de la pérdida. Patagonia-Buenos Aires-México (estancia de diez días ahí, obtención de "las piezas") - Nueva York. ¿Cómo habría de explicar el no tenerlas consigo? Lord Claridge le había adelantado una buena cantidad de libras y depositó su confianza en que se verían el viernes siguiente, y él metido en eso. Ni de broma logró descansar, aunque ya estaba en casa, entre las cosas que lo hacían sentir bien. Se dio cuenta de que su vida pendía del hilo de las decisiones de una extraña. Pero qué tal que esa extraña fuese ella, la del avión, la del pelo quebrado cayendo en su blusa de seda roja. La que le había devuelto un gesto coqueto e inquisitivo cuando se miraron. Sintió no haber tenido el valor de levantarse e ir a conocerla, pero luego pensó que habría sido ridículo aproximársele en pleno vuelo. Se desesperó pensando en por qué no lo habría ya contactado, fuera ella o quien tuviese que ser.

Echó un vistazo desde la ventana a Gramercy Park. Alguna vez, lleno de amargura, pensó lanzarse desde ahí y que el vacío se lo tragara, para que el dolor no pudiera hacerlo. Parecía que la idea podría atraerlo de nuevo, pero lo detuvo el hecho de tener el mezcal en una mano y la pipa en la otra; también, y sobre todo, el recuerdo de ella... y la esperanza.

III

No quiero ni siquiera pensar qué pasaría si nadie apareciera tras esa pantalla. ¡Cuánto siento haber dejado en el último momento el sobre con las cartas lejos de mí! Enciendo mi computadora para dirigirle el correo a MLG.

Asumo de entrada que esa persona habla español. Si no lo hace pues que busque una traducción. Envío el correo. Decido esperar el tiempo necesario frente a la pantalla, hasta recibir una respuesta. Busco de inmediato alguna lista de música relajante. Mientras escucho, mi mente empieza a viajar en una interminable espiral de pensamientos conducidos hacia quien tendrá mi baúl. Si yo tengo uno idéntico, pues a aquel o aquella le estará pasando lo mismo. ¿Quién será? ¿Vivirá realmente en la Patagonia? ¿Edad? ¿Habremos confundido los baúles en Nueva York, o aquí, en Madrid? ¿Nacionalidad? ¿Tratará de abrirlo? ¿Pensará regresarlo al aeropuerto y buscarme? En mi computadora busco el número telefónico de la línea aérea. Marco. Explico lo sucedido; no sólo describo lo original de mi pieza, sino detallo que, a pesar de eso, acontece que alguien tiene una igual. Ruego que me digan si hay reporte de persona alguna explicando lo mismo. Me dicen que no hay ningún aviso de un baúl extraviado. Cuelgo y siento tal desesperación que casi se me salen las lágrimas de frustración. Respiro, suspiro.

Checo mi bolsa de nuevo, dándome cuenta de que guarda lo que por unas horas podrá rescatarme antes de ir a cualquier tienda: minicepillo de dientes y pasta, cosmetiquera, un antifaz tomado del avión, pastillas para dormir, perfume y una pequeña crema de manos, la cual uso para desmaquillarme. Me hundo en la cama. Los párpados se vencen, cerrando mis ojos. Anoto la última reflexión que gira en mi mente: ni escapada, ni huida, ni desaparecida... Lo que sí escapó, huyó y desapareció fue mi pieza de equipaje. No sé si podré reponerme de su ausencia.

Despierto pero mi cuerpo y mi mente tardan varios segundos en captar dónde estoy. No es mi cama ni mi habitación de tantos años, sino este nuevo y reducido espacio que me acoge y me levanta, dándome la bienvenida con un rayo leve de luz que se cuela por la ventana. Es Madrid, la residencia, mi estudio. Me levanto de un brinco para ver el reloj, primero: las siete treinta de la mañana y, después, para sentarme frente a mi laptop rogando que la señal de un nuevo correo electrónico recibido esté ahí; de hecho hay varios, pero ninguno con remitente MLG. Los recorro medio dormida y llama mi atención en particular el del profesor José María, quien cálida y puntualmente me da instrucciones acerca de nuestra cita del lunes y de las coordenadas de su oficina en la Facultad de Geografía e Historia, para vernos a las nueve de la mañana. Recuerdo que los papeles oficiales que la embajada de España en México y el consulado me facilitaron para verificar mi residencia y otorgarme la beca, aguardan en mi desaparecido baúl. No he probado bocado desde hace horas y siento la necesidad de embeberme en el aroma de un café recién hecho. Camino dos pasos a la cocineta y veo una pequeña cafetera que parece dispuesta a servirme. Lo preparo, y al beberlo me quedo mirando el fondo de la taza que parece hipnotizarme con su blancura. Entonces de mis ojos brota lluvia, cae de a poquito en ese pequeñísimo espacio, sumiéndome en el desconcierto de una soledad ansiada y semiamarga, cuyo inicio no es lo que había imaginado.

Ánimo Helena, me digo, no todo puede salir como uno desea. Y eso, tal vez sea lo mejor.

Busco distraerme pensando en que debo salir a comprar algo de ropa y comida. Me doy un breve baño y me maquillo pausadamente mirando mi cara en el espejito de mano, queriendo preguntarle si esa que se mira soy yo en realidad, una mujer deseando un "escape" de su vida presente, o más bien, buscando huir de ella misma. Y lo cierto es que de la voz de la conciencia, como de un voraz monstruo que, comiéndose el alma recuerda las deudas y las culpas, de esa no hay quien se salve.

Tomo mi bolsa y bajo a la recepción de la residencia para pedir algunas directrices de ubicación y transporte que me lleven al sitio que me recomienden y así encontrar lo que busco. Mas al estar en ello, recuerdo que ni siquiera he llamado a Paloma, mi encantadora prima que es la directora de hospedaje en el Hotel Palace, para darle las gracias por el transporte y avisarle que estoy instalada, digamos parcialmente, sin ropa que usar, sin mis cosas. Marco desde el teléfono fijo de la residencia. Después de un cariñoso intercambio, le cuento lo sucedido tras mi llegada y quedamos de vernos en El Corte Inglés de Callao, en hora y media. Siento un gran alivio al tener la certeza de que veré a alguien querido. Salgo del campus y subo a un camión que me llevará al punto acordado. En cuanto estoy sentada y veo la ciudad, se me hace un nudo en la garganta y tomo el celular para llamar a casa otra vez. Lo pienso dos veces y decido no romper el pacto. Homero les habrá participado ya de mi llegada, aunque no le dije nada de mi atropellado arribo. Confío en que en unas horas, cuando aparezca mi baúl, será un hecho sin importancia.

Llego un poco antes de la cita con Paloma y me apresuro a elegir ropa interior y unas blusas, un suéter abierto color camello, una gabardina, un abrigo ligero, una falda negra y unas medias de red que me encantan, unos zapatos cerrados y botines. También dos pantalones de mezclilla. No esperaba tener que estrenar intempestivamente, pero me complace la sensación de verme con ropa distinta a la usual. También eso es un cambio. Voy ya cargada de bolsas pero me detengo en un suéter color azul. Es moderno y útil para esta época en la que inicia el frío en Madrid. Busco a alguien que me ayude a encontrar mi talla, pues no la hay entre las prendas del *rack*. Aparece una señora mayor, de sonrisa amable y facciones delicadas. Siento que las piernas me tiemblan al ver en ella un gran parecido con mi madre. Lleva exactamente el mismo peinado, restirado en un chongo. Me mira sorprendida ante mi gesto incrédulo. Tantas cosas que no compartí con Artemisa, y qué años tan complicados fueron los últimos entre las dos. Ambas decidiendo sobre los cuidados de mi padre, debatiendo siempre, con puntos de vista tan distintos y teniendo que ceder, la una o la otra, invariablemente, al no encontrar nunca afinidad. Jamás creímos que sería ella la que moriría primero. Un infarto fulminante, nada menos que el día de mi cumpleaños. Karma. Sin embargo, nos amamos de una forma que sólo ella y yo conocimos. Algo incomprensible para los demás pero que para nosotras, desde mi infancia, fue un pacto secreto y nunca traicionado. Amor más allá de nuestras personalidades y de las circunstancias. Amor que sobrepasó las rupturas temporales. Creo que la más importante se dio en mi juventud, porque antes la recuerdo siempre presente, cercana, cariñosa a su manera. En el momento en que me empecé a rebelar con opiniones distintas a las suyas, entonces sí que ya no le gustó y nos distanciamos. Creo que la diferencia más grande se dio una Navidad, cuando anuncié que en lugar de Historia del Arte, como ella quería, estudiaría Relaciones Internacionales. Intenté explicarle que eso me permitiría conocer más mundo, mucho más de lo que pensaba, porque el abrirse a otras culturas, entender la política de los países, hablar sus idiomas, adentrarse en sus relaciones sociales y sus leyes, era mucho más enriquecedor y, desde luego, el arte estaba inherentemente ligado a la historia de cada sitio. Pero no lo entendió; más bien, sí lo entendió perfectamente, pero no lo aceptó. Y en lugar de mandarme lejos, por ejemplo a que me encerrara en mi cuarto, se subió ella, azotó la puerta de la habitación que compartía con mi padre y no volvió a bajar. El asombro de parientes e invitados esa noche no se hizo esperar. Mi padre trató de salir en su defensa sin lograrlo, y la cálida reunión se deshizo con regalos abandonados en el árbol y yo cubierta de vergüenza y desazón por haber provocado esa desmedida reacción. Si no estabas con ella, era definitivo, estabas en su contra. Después, al convertirme en madre, entendí muchas de las decisiones que tomó a lo largo del tiempo y que entonces me parecían absurdas.

Era demandante y de un carácter férreo, a prueba de balas. Siempre profesando una veneración especial hacia la tierra que la vio nacer y hacia sus mitos: en complicidad con mi progenitor, me llamó Helena. Cuando nacieron mis hijos, Lucio y yo accedimos a su petición, en tono de mandato, de seguir la tradición y la herencia griega de su origen familiar y de su predilección por los mitos y los relatos, y así los bautizamos: Alejandro, Homero y Grecia. Cumplimos sus caprichos. En el fondo adoré cada pedazo de su ser, cada cosa que la integraba, cada instante a su lado. Me resulta terrible pensar que ella no haya alcanzado a medir la fuerza de mi amor, de mi devoción. Debí expresárselo, sin medida, pero las más de las veces me ganaban los asuntos cotidianos, las tonterías que hacían ríspida y delicada nuestra relación. ¡Qué desperdicio de tiempo, qué ausencia tan grande provoca no demostrar el amor con suficiencia!

Regreso de mis recuerdos y miro a la mujer del chongo. Tiene el suéter listo en una bolsa y sigue observándome curiosa, hasta que le digo que quiero darle un abrazo. Se desconcierta pero cede, y yo pienso en los abrazos que no le di a mi madre. Por las escaleras eléctricas desciende Paloma y nos mira extrañadas. Ella también se sorprende al darse cuenta del gran parecido que guarda la señora con Artemisa. Le sonrío y le agradezco, y me lanzo hacia mi prima rematando mi alegría de verla con un doble beso. Decidimos subir a tomar algo a la zona gourmet que ofrece una magnífica vista de Madrid. Es bellísima y la tarde pinta estupenda. Muero de hambre. Después de ponerla al tanto acerca de cómo está la familia en México, enfatizo mi pesar por el baúl perdido.

—Ay, Paloma querida. Estaba tan nerviosa que en lo último que pensé fue en tener el baúl equivocado. No me detuve a ver la identificación, di por hecho que era el mío —regreso a ese instante arrepintiéndome de haber sido tan descuidada.

—Te entiendo bien. Recuerdo una vez, en un hotel de Marruecos, que no subían mi maleta a la habitación. Llamé para pedir una explicación y me dijeron que alguien estaba a punto de tocar para entregármela. Pero no fue así. Tardaron y tardaron hasta que bajé a la recepción y resultó que, por equivocación, la habían depositado en otro cuarto y la huésped que la tenía no se encontraba ahí. Fue un lío de esos que desesperan —intenta en vano consolarme, mientras me narra su aventura.

—Estoy realmente desesperada. No sé cómo se resolverá lo sucedido —profundizo en mi queja, enojada conmigo.

—De algo deberán servir tantos años dedicada a la hotelería; trataré de rastrear tu baúl con mis amigos de las líneas aéreas —ofrece amablemente, mientras se apresta a tomar su celular para enviar algunos mensajes.

—Por lo pronto ya mandé un correo a la viajera o viajero despistado, pero hasta ahora no da señales de vida —comento con ansiedad.

Nos echamos a reír cuando Paloma trata de responder en tono de juego a las preguntas que yo me he formulado acerca de quién será "la persona" que tiene mis cosas. Hablamos de dos posibilidades: una es que el viajero viniera en el mismo vuelo desde México y se quedara en Nueva York, y la otra, que una vez ahí haya tomado otro vuelo de conexión a cualquier parte del mundo. Se le acaba el tiempo a Paloma y me ofrece no sólo quedarse con mis bolsas de compras, sino llevarme al museo del Prado por lo cerca que queda de su lugar de trabajo. Acepto encantada. Durante el trayecto en su auto, voy pendiente de reconocer las calles y las avenidas que alguna vez visité, los monumentos, los edificios y los palacetes que hacen que Madrid, al menos para mí, sea inmejorable. Me empiezo a ubicar en el trazo de la ciudad, en el pulso que tiene, en el peculiar aroma que guarda la atmósfera de aire seco en un otoño que se adivina luminoso. Paloma calla como dejándome absorber todo eso. Luego sale cualquier cosa a la conversación y tomando la Carrera de San Jerónimo me acerca al museo. Ofrece, además, que cuando vuelva al hotel un botones tendrá mis bolsas listas y me ayudará a conseguir un taxi para regresar a la Facultad. Es un verdadero encanto mi querida prima, no se le escapa un detalle.

Busco distraerme visitando el precioso museo. Ejerció en mí, desde la primera vez que lo pisé, un influjo casi mágico. Hay una exposición temporal llamada *Keramiká. Materia divina de la antigua Grecia. Colección del Museo de Louvre*. No cabe duda de que el azar me persigue y mi destino siempre está asociado, de una u otra forma, al mito de Helena, la de Troya, y a lo que tiene que ver con esa antigua civilización; ella está hoy justo aquí, quizá para darme la bienvenida, contarme algún secreto o advertirme de algo... en fin, para hacerse presente en mi escape. Ella también huyó. La primera vez que supe con detalle su historia fue a través de un relato que papá me contó para calmarme, mientras viajábamos en el avión hacia Grecia, con motivo de mis quince años. Me quedé impresionada con lo que me dijo acerca de la leyenda de "mi tocaya", una mujer que fue desterrada, que huyó, a la que quisieron y aborrecieron, la causante de la guerra y una antorcha ardiente como su nombre que iluminó el camino de muchos para que se cumplieran los propósitos de la invasión. Me enamoré de Grecia, país exquisito, sentí orgullo por mis raíces y asocié mi nombre al suyo, al de su leyenda. Después viajamos a Egipto, y cuando pisé la Biblioteca de Alejandría, lo primero que hice fue investigar más sobre los mitos. Esa tarde, en ese lugar tan mágico, bebí el elíxir de las palabras antiguas, de los relatos mágicos, de las epopeyas.

IV

Haparecida

Fue un amanecer de perros y de cruda, de aullidos de ciudad a lo lejos y de luz filtrada entre el piso y su sillón favorito, en el que se quedó dormido. Sacó su laptop de la mochila de piel que había traído en el viaje de regreso. Le resultaba siempre mejor leer en una pantalla grande que en la del celular. Y milagrosamente, a pesar de su escasa fe, apareció.

Para: **mlg@patagonia.org**

De: **helenatm@outlook.com**

Asunto: **¡Urgente! Confusión, baúles cambiados. Tengo el suyo, ¿usted?**

Estoy en Madrid y conmigo está su baúl. Confío en su buena voluntad y en una respuesta inmediata para asegurarme de que tiene el mío y podamos acordar cómo resolver este lío.
Muchas gracias,
Helena Artigas.

Estaba congelado. Tantas horas esperando y no sabía cómo responder. Mudo y ansioso a la vez. Urgido de las piezas, de "resolver ese lío", y de saber si ella era en realidad quien su instinto le dictaba; francamente sorprendido de que la conexión cerebro-emoción en lugar de estar diciéndole de forma práctica y puntual: necesitas ese baúl, le estuviera demandando: necesitas ese baúl y saber todo de Helena. Comprobar que era con ella con quien había tenido ese breve encuentro en el avión. No logró dilucidar estas reacciones ni tuvo cabeza para terapearse. Lo importante era que estaba ahí, del otro lado y al otro lado. Qué atinado habría sido darse cuenta a tiempo de que la mujer que lo había cautivado poseía un baúl idéntico al suyo. Llevárselo con tal de conocerla habría sido un poco radical. Pero, desde luego, el tema de conversación entre los dos pudo haberse abierto y él no hubiera dejado pasar esa oportunidad. Escribió:

Para: **helenatm@outlook.com**

De: **mlg@patagonia.org**

Asunto: **Lo tengo**.

Helena, yo sí conozco al menos su nombre. Soy Marc y no se imagina cuántas horas he esperado su correo. Le he dado tantas vueltas a la cabeza pensando cómo habremos confundido nuestros baúles, y concluyo que no hay más que la simpleza de nuestras mutuas distracciones. La gran noticia es que ya estamos en contacto para intercambiarlos. Sólo queda acordar cómo lo haremos, ya que usted está en Madrid y yo en Nueva York. Para mí es doblemente urgente recuperar el mío.
Espero su pronta respuesta y la saludo.
Atentamente, Marc Lanley G.

Lo envió jugando en su cabeza con la analogía de que el mensaje volaba con alas electrónicas y a la velocidad de la luz; suplicando que se apiadara de él de inmediato y resolviera sus dudas. Pidiendo que fuera ella. ¿Viajar a Madrid? Verla de nuevo, ahora con calma, durante largas horas, escuchar su voz, estar ante su presencia. Tener las piezas en sus manos. Correr hacia Londres y asegurar su futuro. Sonaba fácil. Helena sólo tenía que decir: aquí estoy.

Decidió salir para comer algo. Estaba deseoso de festejar la llegada del correo y de dar rienda suelta a su ilusión, ya con imagen en tercera dimensión incluida, si es que fuese ella. Eligió uno de sus lugares favoritos de Manhattan. Se localizaba a media cuadra del departamento. No cabía duda de que vivía en un sitio realmente privilegiado y le pesaba no haberlo gozado antes. Un edificio anterior a la guerra, de 36 departamentos en la 12 Este y la 22. ¿Cómo sería la vida si Jana y Max estuviesen ahí? Pasó largos años creyendo que en verdad nunca se recuperaría de haberlos perdido. Evitó a toda costa el contacto humano, como si con ello se impusiera un castigo por el trágico giro que había tomado su vida, aunque el hecho de que se hubiera desmembrado no fuera su culpa.

Muerte de cuna, Max murió así. Es atroz, desgarrador, pero sucede. A ellos, a Marc y a Jana, les sucedió. Esa noche, cuando Max ya estaba en su cuna, hicieron el amor apasionadamente; llevaban meses sin tocarse porque Jana había pasado por un mal parto y una difícil recuperación. Era su aniversario, y ambos, sin decirlo, dieron por terminado el periodo de abstención y se volcaron en quererse. Amanecieron exhaustos y cuando Jana se acercó a ver a Max, el bebé, simplemente ya no respiraba. Nunca pudieron tocarse de nuevo; la culpa los acabó a pesar de que los médicos les explicasen una y otra vez que ellos no pudieron haber hecho nada para evitarlo. Se separaron sin decirse una sola palabra. Así de radical. Marc evitó durante muchos años, refugiado en la Patagonia, la cercanía de otro ser humano. Hasta que alguien le escribió para pedirle asesoría respecto a la autenticidad de unas piezas, y cuando trabaron relación profesional después de un tiempo, se atrevió a hablarle del negocio del tráfico y la venta de tesoros, del saqueo con fachada de excavación, del apasionante mundo de los coleccionistas y de las grandes cantidades de dinero que con ello se podía ganar. Lo de menos era lo último; lo que despertó su interés fue la dosis de adrenalina que podía significar el hecho de traficar, dosis que no tenía que ser obtenida a través de una relación humana, sino de un ir y venir de objetos que no le hablarían ni lo cuestionarían, ni mucho menos intentarían tocarlo, y que necesitaba al menos para seguir respirando. Se decidió a hacerlo, volviéndose realmente exitoso, un especialista. La primera vez que tuvo que dejar la Patagonia fue por obligación, al no haber nadie más para entregar una pieza a un coleccionista. Poco a poco fue y vino cuando las ocasiones lo ameritaron, cuando la importancia de los negocios así lo demandaba. Pero esos ires y venires los hacía en automático, sin sentir, sin intentar siquiera acercarse a la vida de otra persona; hablando lo estrictamente necesario, no miraba más que unos segundos al otro, quien quiera que fuera, y deseaba volver de inmediato a su cabaña habitada por él y por su soledad. Mas parece que en el caso de Marc fue cierto que el tiempo sana, cura, repara.

Después de un periodo suficientemente largo de silencio, de duelo, de fantasmas y ausencias, un día se levantó y decidió volver a Nueva York. El proceso de vaciar el departamento que ya era suyo y en el que vivió con Jana, para que no hubiera nada de ella ahí, corrió a cargo de George, vecino y amigo incondicional, discreto, eficaz. A Max lo habían concebido en El Tajín, y ahí vio la luz, así que de él, en Nueva York, en el departamento de recién casados de Marc y Jana, nunca hubo nada. No llegaron ni sus risas, ni su olor, a llenar esos rincones decorados con tanto amor por sus padres en sus días de gloria, en esos primeros años en que la pasión, el deseo y el romance colmaban cada pared, cada esquina, cada objeto. Perder a un hijo, a un bebé recién nacido que era motivo de ilusión, fue devastador. Jana no pudo seguir a su lado, y la explicación que encontró para tal abandono, para su traición, lo hizo evitar recordar los sueños compartidos, las promesas que habían hecho y la maravillosa y breve historia que vivieron. Que un dolor tan grande la hubiera orillado a romper… Tardó mucho en comprender que hubiera llegado al extremo de tener que dejarlo para no pensar constantemente en aquello, pero al fin tuvo que aceptarlo. La escala que hizo en México fue para tratar de exorcizar los fantasmas del recuerdo y honrar en El Tajín a sus padres y a su hijo. Lo consiguió. El ritual fue precioso y los pocos conocidos que ahí quedaban y lo apreciaban, ayudaron a llevarlo a cabo. Tomó las cenizas y las ofreció a la tierra y a la luna, para que pudiera dormir en paz y descansar, haciéndose uno con la naturaleza. Pareció como si los dioses estuvieran ahí, acompañándolo en ese instante. Lloró como niño y después bebió sus lágrimas con la convicción de dejar su duelo para volver a empezar.

Regresaba a Nueva York con la intención de reencontrarse con sus afectos, con los amigos que tuvo y que quería recuperar, si es que seguían por ahí. Concebía a la soledad como un mar inmenso y él ya no deseaba navegar solo.

Entró a Fred's y se quedó quieto observando a un tipo a través del espejo de la barra. Lo vio fijamente. La barba canosa y crecida. Facciones algo duras y arrugas marcadas en la frente y los ojos. Alto y, podría decirse, corpulento. Tenía ojos melancólicos, pero penetrantes, de un gris acero. Era él. Estaba sorprendido con el reflejo de su ser en el espejo. No se había visto de esa forma. ¿Acaso la mirada de la "Helena del avión" había abierto el canal para mirarse de frente, con un nuevo valor, hacia dentro? ¿Qué estaba pasando? ¿Qué poder se desataba en él que propiciaba su recuperación y lo invitaba a querer sentir y hasta atreverse a gozar de los momentos? Pidió café y un jugo de naranja y se sentó en su mesa favorita. Contaba cincuenta y tantos. Juzgó conveniente empezar a cuidarse. Así que agregó a la orden fruta y granola. Después, unos *scrambled eggs with bacon and sausage*. ¿No muy saludables?

Muchas veces se preguntó si Jana y él debieron vivir en Londres y volver así a la tierra de su padre. Ahí habría nacido Max y tal vez no hubiese muerto. Pero el clima, esa lluvia incesante, ese andar melancólico, de hace 15 años, no iban con su forma de ser. A los 38 consideraba que era un tipo con suerte. Tenía una mujer hermosa y un hijo a punto de nacer. Se conocieron en México, en El Tajín, Veracruz, y tras establecerse en Nueva York inicialmente por el trabajo de Jana, al saber que estaba embarazada, decidieron volver al sitio en el que se enamoraron y que para Marc resultaba una fuente vital, no sólo de trabajo sino de energía, de vida. De ese lugar era su madre, y sus papás se enamoraron también ahí. Un arqueólogo inglés cayendo de amor por una muchacha que les llevaba de comer a las ruinas en exploración. La familia se estableció; el padre hizo suyo ese lugar. Sólo tres también, porque fue hijo único. En los veranos viajaban sin falta a Londres a ver a la familia paterna. Cuántos contrastes. Viajar de una tierra que era plena de sabor y colorido, cálida y vibrante, a una gris y civilizada, en la que poco se expresan las emociones. Sin embargo, los Lanley siempre fueron, en su muy peculiar estilo, amorosos con él. Las relaciones de familia, de amistad y de amores se forjaron siempre de raíces e ingredientes mezclados entre esas dos tierras, que habitaron en sus entrañas. De ahí la debilidad por lo prehispánico, por los tesoros antiguos (aunque de eso a robarlos…), el gusto por la comida, su afán de explorar y el miedo a volar. El nacimiento y la vida de Max se auguraban tranquilos, brillantes, rodeados de naturaleza que arropaba, que invitaba. Mas la tragedia sobrevino y la suerte hizo su aparición, para mostrarle a Marc quién mandaba, a la mala.

V

Cuatro salas grandes llenas de vasos y vasijas. Entre todas ellas busco a Helena. Quiero invitarla a acompañarme estos meses. Ahí está con Paris, el de la hermosa figura. Se ve radiante. Está sentada en un banco y en su mano derecha, que está levantando a la altura de su cabeza, lleva algo parecido al abanico de nuestros días. Con la otra mano abre una caja grande de la que asoma algo que parece querer mostrar a su amante. El rizado pelo cae por el cuello y lleva puesta una toga y sandalias. Paris, por su parte, tiene el pie recargado en una columna. Sostiene una flecha, además de llevar un tocado de soldado, toga y sandalias de cintas. Se miran, y Helena de Troya lo invita. Es un baúl. Soy yo y mi baúl o el baúl de Marc que yo abro mientras él me mira intensamente. Dejar que me hablen, hablarles en silencio. Una atmósfera de paz en la sala y la carga energética de lo antiguo, su magia, el sortilegio del pasado filtrándose por los ojos y colándose por el cuerpo de cada uno de los que los observan. Yo los miro, como los míticos enamorados lo hacen, sin saber lo que les aguarda, sin estar conscientes de su trágico destino. Es ese instante de éxtasis previo a la agonía. Pensar en su juego de seducción me consuela antes de volver a la realidad. Al salir, paso por la tienda del museo y me encuentro con la imagen de ellos que estaba en la vasija y que llamó tanto mi atención, impresa en una postal; sin dudarlo me la llevo.

Debo regresar a la residencia de inmediato para seguir rastreando mi baúl. En el camino me detengo en un sitio en el que venden toda suerte de productos y abarrotes. Me surto de fruta y yogur, y de unos panes dulces que se ven deliciosos. Dos botellas grandes de agua y unas bolsitas de té. También una crema para el cuerpo olor vainilla y unos jabones de La Toja que me recuerdan a mi abuela paterna, que no dejó de usarlos nunca. Tomo dos autobuses, llego a la Pérez Galdós, subo de prisa las escaleras y entro a mi habitación, cruzo los dedos a la espera de recuperar lo antes posible mis objetos, las cartas y los secretos que son miradas a mi vida, alojados ahí.

Suena mi celular. Es Grecia y yo siento una inmensa dicha.

—Mami, ¡hola! —pronuncia con una voz dulce.

—Mi niña, qué alegría oírte —le contesto feliz.

—¿Ya estás en Madrid? ¿Cómo te fue en los vuelos?

—Bien, corazón. Ya estoy aquí. Acabo de regresar de ver a tu tía Paloma y de dar una vuelta por el museo del Prado. Hablamos de ti.

—Salúdamela, Ma. Debiste haberme llevado contigo en lugar de mandarme aquí. Hace mucho frío y el acento francés con su *ggghh* ya me tiene un poco cansada —se queja.

—¿A poco te hubiera gustado estar aquí? —pregunto queriendo que en verdad me diga lo que siente.

—Depende —responde.

—¿De qué?

—De que me hubieras dado permiso de entrar y salir, como lo tengo aquí —menciona, como inquiriendo.

—Quebec es distinto a Madrid. Lo sabes. Allá eres libre de andar en bicicleta y caminar por ahí. Aquí habría sido difícil que te quedaras sola mientras yo me iba a la universidad, pues es una ciudad mucho más complicada. Trata de disfrutar, es bueno estar sola —le recomiendo, cuando en realidad tengo todas las ganas del mundo de que esté conmigo.

—A ti te urgía.

—Muchas veces lo platicamos; no me urgía dejarlos, me urgía estar conmigo —le digo enfática, al oír su reclamo.

—Bueno, Ma. No quería pelear ni nada. Invítame a verte, si se puede.

—Te quiero mucho, Grecia. Claro que vendrás. En cuanto tengas unos días libres lo organizamos —se lo digo intentando que en la voz se me note el inmenso amor que siento por ella.

—Un beso.

—Muchos besos para ti, mi niña.

La llamada me llena de añoranza y de dudas. Siento pesar por haberla enviado al internado para no tener que cargar con la angustia de dejarla en México sin mí. Intento revertir mi malestar con el pensamiento de que está en un lugar adecuado y, además, muy bello, en el que puede sentirse libre estando a la vez contenida. Eso de la contención resulta irónico, cuando de hablar de libertad se trata. ¿Existe la libertad contenida? ¿No es acaso un sinsentido? Evoco la imagen de mis otras libretas encerradas en el baúl, atrapadas mis palabras ahí. En ésta deslizo la pluma, a veces lentamente, y otras muy atropellada, y se abre mi espíritu con entera transparencia, entre las muchas líneas que estoy escribiendo sin máscaras, plasmando mis pensamientos en sus hojas. En todas, en fin, está mi intención de expresarme sin miedos y de tratar de explicarme el mundo y mi enredado interior. En las cartas de mi familia, en esas que pedí que con sinceridad me escribieran, está su propia opinión expresada en tinta, aunque su contenido pueda dolerme… o aliviarme. ¿Espero su aceptación a este cambio de vida que he deseado? Sí, claro que la espero. Deseo no haber trastocado sus vidas y que éste sólo lo vean como un paso más para volverme mejor, distinta, realizada y fuerte.

VI

Para: **mlg@patagonia.org**

De: **helenatm@outlook.com**

Asunto: **¡Inmensa alegría! Triple urgencia**.

Estimado Marc:

Por fin estamos en contacto y me alegra conocer su nombre. Dos distraídos pero ya conectados y sabiendo que el uno tiene el baúl del otro y que ninguno lo perdimos. Siento un enorme alivio. Estoy recién llegada a Madrid y realmente me resulta imposible moverme de aquí. Creo que la solución será involucrar a las líneas aéreas y pedirles su ayuda para realizar el intercambio. Viajaba usted desde México al igual que yo, supongo que en el mismo avión.

Triplemente urgente, Helena.

Una sensación de ansiedad me invade al enviar el correo y tener que esperar la respuesta del tal Marc. Un hombre que decidió no viajar ligero, como yo. ¿Habrá tratado de abrir mi baúl después de darse cuenta de que no le pertenecía? ¿Quién no tendría esa curiosidad? Yo no puedo resistirme. Empiezo con un pasador, nada. Después pienso en combinaciones de números y lo intento una y otra vez. Me siento ridícula. Es demasiado tentador y muy seductor pensar en lo que contiene una pieza de equipaje y lo que puede hablar de su dueño. Gustos, preferencias y hasta personalidades podrían definirse con detalle basándose sólo en los objetos encontrados. Con lo curiosa que soy. Podría ser la entrada perfecta a un juego, conocerse a partir de cada objeto y revelarse… ¿Y si ya abrió el mío? ¡Qué vergüenza si viera, por ejemplo, mi poco invitadora pijama de franela! Ni pensar en que vaya a leer mis libretas, ¡eso sí sería terrible! Abierta de cuerpo y alma ante los ojos de un extraño. Me encuentro en sus manos; por suerte, él también está en las mías.

Me calmo para responder a mi tutor su amable correo y confirmar que lo veré mañana. También les escribo un mensaje a mis hijos, que ya habían enviado alguno a mi teléfono olvidado. Sus líneas son cariñosas y creo escuchar sus voces. Quiero hacerlo y los llamo. Con gusto inicial y luego un poco secos, como suelen ser, usan el altavoz para preguntarme generales de mi llegada. Les afirmo que todo está en orden y, con un nudo en la garganta, les digo que los quiero. Prometo escribirles durante la semana y llamarlos el próximo domingo. Lucio aprovecha el momento e irrumpe preguntándome si estoy bien y si necesito algo. Temo que me juzgue, como muchas veces lo hace, por haber perdido mi baúl, así que no digo nada. No me dirijo sólo a él, sino que les platico que vi a Paloma y que visité el museo del Prado. También, que mi estudio es luminoso y pequeño y que estoy lista para iniciar mi día de mañana en la Facultad. Lucio se despide con frialdad; mis hijos ya no agregan nada. Yo ni siquiera quiero pensar por ahora en lo que siento.

Para distraerme después de la llamada, acomodo mis nuevas y escasas pertenencias. Me tranquiliza que haya esperanzas respecto a mi baúl, aunque la logística para hacer que vuelva a mí pueda ser complicada. Confieso que me agrada la idea de que haya resultado que el viajero perdido sea del género masculino. Me llevo bien con los hombres. Aunque tengo buenas amigas, creo que con ellos es más fácil y práctico tratar. Viviendo con tres ya me he acostumbrado. Homero y Alejandro se parecen mucho a su papá en su forma de ser. Homero es más cariñoso, pero ambos viven sin expresar mucho sus emociones. Menos mal que tengo a Grecia, con ella puedo dar rienda suelta a todo mi amor, llenándola de besos, abrazándola, diciéndole todo el tiempo lo mucho que la quiero. Ha sido mi gran compañera de estos años y somos aliadas contra los hombres de la casa, cuando hay que serlo. Últimamente se han marcado más los bandos. Hasta hace poco tratábamos de ir juntos a todas partes. Si Homero tenía torneo de tenis o Alejandro de futbol y Grecia alguna carrera, estábamos ahí, apoyando entusiasmados. Pero conforme han crecido, cada cual hace sus actividades, sobre todo los hombres, que pasan cada vez más tiempo subidos en las motos. Grecia pide permiso a cada rato para ir con sus amigas y yo tengo que decir que sí la mayoría de las veces, porque además de buena estudiante es bastante consciente y bien portada. Lo único que se le antoja, y a veces la hace rebelarse, es querer ir a las fiestas con sus hermanos; enfrentarse con nuestra negativa no le gusta nada. Me da risa verla arreglarse cuando hay reuniones en la casa y meterse a la cocina apenada cuando aparece por ahí alguno de los amigos de mis hijos que le gusta.

¿Cómo será Marc? ¿Tendrá hijos? ¿Será cariñoso con ellos? Igual y ni casado está y yo ya lo estoy haciendo un "señor". Por mucho que me pese yo también soy una "señora" de ¡45! Así las cosas, lo único que queda es esperar a que responda. Ojalá coincida conmigo en que debemos arreglar el problema través de las líneas aéreas, pero ¿será posible? Supongo que deben responsabilizarse de atender a los pasajeros en lo que tiene que ver con el viaje, y que pondrán de su parte para ayudarnos a recuperar nuestros respectivos baúles. Otra salida podría darla Paloma, que ha ofrecido sus contactos si acaso es necesario.

Ya cansada, pretendo dejar a un lado el gran tema de la pérdida. Quiero gozar cada instante y empezar en serio a disfrutar mi escape. Huida mas no desaparecida, escapada pero localizable. Por lo pronto, juego a inventarme otra vida.

Desde mi teléfono veo mis correos: nada aún. Ahora sí me urge dormir. Si me tomo una pastilla aseguro mi descanso, pero si no escucho la alarma y llego tarde a la Facultad sería vergonzoso. Mi entrada no será tan triunfal sin llevar los papeles que requiere mi tutor ni los que pide la Facultad para mi ingreso y matrícula. Tendré que poner mi mejor cara y usar mis mejores armas para seducir a quien encuentre a mi paso. Convencer y convencerme de que vale la pena estar aquí. "Buenas noches, Helena."

VII

Hoculto

De regreso, después del desayuno y de una larga caminata por el parque, respiró un poco, distrayéndose con lo que encontraba a su paso. A pesar de ello, seguía inquieto porque necesitaba recuperar las piezas de su baúl y cumplir lo prometido a lord Claridge, a quien no podía fallarle. Siempre habían sido hombres de palabra, caballeros sujetos a la lealtad de sus acuerdos. Había leído el correo de Helena. Encontraba en él una propuesta que parecía obvia, pero que implicaría el riesgo de perder su equipaje de nuevo, de que pudiesen abrirlo, encontrar las piezas e investigar qué eran y enterarse de sus actividades ilícitas. Debía pensar muy bien lo que le escribiría porque no podía confesarle lo que temía.

Para: **helenatm@outlook.com**

De: **mlg@patagonia.org**

Asunto: **Ocurrencia**.

Estimada Helena:

Gracias por responder nuevamente. Ha tenido usted una buena ocurrencia, pero me temo que las líneas aéreas no se hacen responsables cuando las piezas de equipaje abandonan el aeropuerto; aun así podríamos intentarlo. Sí, llegué a Nueva York desde México, como usted. Estuvimos en el mismo avión y muy probablemente nos habremos cruzado en algún momento. ¿Quién nos iba a decir que estaríamos en esto? Le prometo llamar y preguntar sobre la viabilidad de lo que propone. Aquí son las tres de la tarde, nueve de la noche para usted, creo. Si recibe esto ahora, tome en cuenta que lo estaré intentando y le tendré noticias pronto. Descanse.

Saludos, Marc.

Dirigió sus pasos hacia el baúl; volvió a mirarlo. Jugó con distintas combinaciones para intentar abrirlo. Le fascinaba la posibilidad de conocer su contenido. ¿Qué guardaría? ¿Qué habría decidido esconder ella en el cajón oculto? Volvió a su mente la mujer del avión, la de ojos alegres, entre verdes y amarillos, que se atrevió a mirarlo. ¿Sería ella Helena?... Se recreó en su apariencia, en su elegancia mezclada con un aire moderno y lleno de frescura. Pensó en su ropa interior y se le encendieron las ganas. Se le antojó desnudarla e irle probando cada prenda salida de ese espacio que guardaba sus cosas en absoluta secrecía. Rió para sí al sentirse vital, al descubrir que el deseo renacía en su piel. Caminó hacia donde estaba el reproductor de música y lo prendió. Provocó deliberadamente un ambiente que lo invitaba a sentirse ilusionado. Ese narcótico efecto de Helena lo obligó a empezar a buscar boletos de avión para viajar a Madrid cuanto antes y efectuar el intercambio. Apenas llegar y tener ya que partir a otro lugar no le pesó en lo más mínimo. Sobre todo si se resolvían dos problemas fundamentales: la entrega de las piezas a Claridge y encontrarse con Helena. Pero ¿qué tal si estaba equivocado y la mujer no era ni de cerca quien pensaba que sería? Decidió correr el riesgo fuese quien fuese la que reclamaba sus cosas. Desvelar el misterio valía la pena.

VIII

Amanece en mi pequeño estudio. Puse el despertador con margen suficiente para arreglarme con calma y no tener que salir corriendo. Abandono la cama, me preparo un té, tomo tiempo para disfrutarlo y me doy un baño. Dejo que caiga el agua: pienso que me cubre de ilusiones y me limpia en todos sentidos. Salgo envuelta en la toalla que después tiro al suelo para mirarme desnuda. Me contemplo. Han pasado los años, pero por fin me gusta cómo soy. Las cicatrices de mis partos y las de la operación contra el cáncer que padecí, irremediablemente son parte de mí, por lo que entiendo que del sufrimiento proviene también lo más maravilloso: el regalo de la vida. Me reconcilió con la imagen que hoy veo, acepto las imperfecciones, supero el inmenso dolor físico y emocional, me valoro desde otro punto de vista quizá, distante o distinto al que marcan las revistas de moda o los clichés. Mis pechos, con marcas grabadas de una historia, están sanos ahora, sin secuelas de la enfermedad. Disfruto tocarme y enfrentarme a mí, tal cual. Acaricio suavemente mi piel, mientras me lleno de la crema recién adquirida de dulce aroma. Dejo que mis dedos viajen y se hundan donde quieren, donde corresponde y donde me gustaría ser tocada por alguien que me amara de verdad. Mientras eso sucede, ya he empezado por cuidarme y complacerme.

Quererme así, casi sin complejos, es el resultado de un largo y muchas veces doloroso trabajo. Crecí con las exigencias de mi madre, que buscaba siempre llegar a los extremos de lo que ella consideraba "armónico" y "bello". Fui una niña gordita y ella me fastidió, restringiéndome toda suerte de alimentos hasta después de la adolescencia, en la que el cuerpo me cambió por completo. Todo lo quería disimular con el pretexto de que ella era la que se estaba cuidando. Pero en realidad lo que quería era que yo no comiera nada de lo que justo urge al paladar y al cuerpo, cuando uno está creciendo. Cerraba la despensa con llave y nunca quería que la acompañara al supermercado para evitarme los antojos. Eso me costó años de recomponer mi relación con la comida. Mi papá jugó un papel clave haciéndome saber, siempre que podía, que la comida era parte del gozo de los sentidos y que debería desentenderme de la carga emocional y negativa que mi madre quería imprimirle. Pasaron los años y, desde una madurez distinta, después de experimentar una grave enfermedad, opté por llevar un estilo de vida más saludable, que hoy por hoy me hace sentir muy bien. Y eso incluye todo lo que me gusta, pero con equilibrio.

Me casé con un hombre obsesionado con la "perfección" y llegó un punto en que me harté de descalificarme por no alcanzar sus estándares. Lucio me proponía regalarme sesiones de masajes, incluso operaciones por si ¿yo? no estaba cómoda con mis "curvas"; habiendo tanto que hacer ahora, decía, "hay que aprovecharlo". Pero me resistí. Yo me gusto, eso es lo importante. Desde luego, uno busca complacer a su pareja, aunque no a costa del bisturí o del riesgo de perder la vida. Las demandas de ser la niña modelo, la joven ejemplar, el ama de casa bien conservada, pretendieron llevar mi autoestima a la baja, mas nunca me dejé. No hay que comprarse exigencias ni dejar de creer en la peculiar belleza de cada quien, única, insustituible.

Ahora soy mucho más abierta que antes y todas las cuestiones relacionadas con la sensualidad y el erotismo han adquirido un nuevo valor. Tuve que curar mis heridas internas, sola. He invertido media vida en cuestionamientos y al fin me he liberado de las culpas de la religión, de mi rígida escuela y de las creencias que asumí a este respecto y que también aprendí de la cultura en la que crecí, en la que los placeres siempre resultaban ser pecaminosos. Se siente de maravilla. Sin embargo, todavía no comprendo ese afán de ensuciar, de darle una connotación negativa al placer y disociar de ese modo nuestro cuerpo de nuestras emociones. Castrar los impulsos, frenar los deseos, amedrentar las pasiones para cumplir con lo "socialmente aceptado"; un conjunto de normas anquilosadas creadas por individuos acomplejados, que pretenden ser jueces de lo prohibido y que la mayor parte de las veces se vuelven protagonistas de lo más oscuro y dañino. Después de muchos años lo comprendo y lo vivo así. Pero de joven sufrí mucho por culpa de esto. Además de todo lo anterior, mi iniciación en el sexo fue horrible. Perdí mi virginidad de golpe, empujada por Lucio. Trataba de convencerme de que tenía que ser suya, demostrarle que lo quería. Yo creía entonces que llegar virgen al matrimonio era lo correcto. Una noche, después de salir a una reunión, regresamos a mi casa. Mis papás no habían llegado aún de un concierto. Apenas habíamos entrado, cuando me jaló de la mano hacia el estudio que quedaba a un lado de la sala y cerró la puerta. Empezó dándome besos y yo lo evitaba, alegando que mis padres llegarían en cualquier momento. Claro que Lucio me fascinaba, pero no quería llegar más allá de sentirlo cerca, a pesar de desearlo intensamente. Me empujó al sillón y me subió la falda. Yo trataba de zafarme, de evitar que eso sucediera así. Además estaba consciente de que debíamos evitar un embarazo o cualquier enfermedad. Pude levantarme, y cuando trataba de salir del estudio, Lucio me tomó por los hombros y me forzó hasta que pegó mi cuerpo por completo en la puerta y sentí un dolor muy intenso que se mezcló con mi rabia y con las lágrimas que no paraban de salir. Todo corría hacia abajo, no sólo el agua de mis ojos sino el hilo de sangre que escurrió entre mis piernas. Logré por fin escapar de él y subí corriendo a mi cuarto. Entraron a la casa los que llegaban del concierto y Lucio, aparentando como siempre que nada sucedía, los saludó, y tras explicarles que me había acompañado a mi cama, pues me dolía mucho la cabeza y no quería dejarme hasta asegurarse de que estaba bien, se fue como si nada. Los días posteriores me llamó día y noche. Yo me sentía tan mal, tan poca cosa, tan estúpida por no haber sido más fuerte y más hábil que él, que no quería salir de mi cuarto, ni saber nada del mundo. Tuve que responderle finalmente, pues no tuve el valor de decirle la verdad a mi madre, más que alegar una simple pelea. Cuando le contesté me pidió perdón al mismo tiempo que me decía que, como ya había sido suya, le pertenecería para siempre. Me amenazó, incluso, con decirle a todo el mundo que yo me había entregado a él si no aceptaba su ofrecimiento. Unos días después llegó con su familia a mi casa. Estaban invitados a la cena de cumpleaños de Artemisa. Lucio aprovechó el momento para pedir mi mano delante de todos y yo, por idiota, por inexperta, por miedosa, por inmadura y porque a pesar de todo había algo que me atraía poderosamente a él, acepté.

Justifiqué su acción poniéndole pretextos: su calentura, su inmadurez, sus deseos incontenibles hacia mí. Nada debió de ser así. Tontamente, no comprendí que si en realidad me hubiera amado, el momento de estar juntos sexualmente habría sido totalmente distinto, nunca forzado, nunca violentado. Hablé varias veces con una monja, Clara, quien era mi amiga y fue mi compañera de escuela. Ella me ayudó a perdonarme, primero a mí y luego a él. Con una visión muy distinta de lo que es el pecado y la culpa, me guió para comprender que no todo estaba perdido, que si ya había llegado hasta el punto de aceptar formar una familia con Lucio, lo menos que podía hacer era trabajar día a día por tener un buen matrimonio. Era mi marido, yo había aceptado ser su mujer. Debía, en verdad, tratar de quererlo, de tenerlo cerca. Y así lo intenté. Sin embargo, su forma de hacerme el amor siempre fue casi mecánica: iba a lo que iba, y ya. Me "cogía" solamente, es la verdad. Yo me sentía frustrada, poco comprendida y nunca seducida. Dejé de estar enamorada, si es que se puede llamar amor a estar sólo ilusionada, a vivir una fantasía, a ser completamente inconsciente de lo que es amar en realidad. Nunca fue cariñoso pero insistía en que demostraba su cariño a su manera… Pero esas maneras nunca me acomodaron.

Cuando nació Grecia, me dediqué a cuidarla con devoción pues fue una niña prematura. Estuvo muchos días en terapia media en el hospital y después requirió de varios meses para ganar peso y ponerse bien. Con dos niños pequeños, además de una bebé delicada, me sentía agotada. Lucio nunca ha parado de trabajar, y en el tema de los niños, no ayudó demasiado. Eso sí, no nos ha faltado nada, más que su tiempo; mejor dicho, nos ha sobrado su egoísmo. A pesar de mi cansancio, casi siempre me mostré dispuesta a sus deseos en materia sexual y hasta me alegraba pensar en resultarle atractiva; era mi pareja a pesar de todo y yo buscaba que eso me gustara, y gustarle a él, complaciéndolo. Pero hubo veces que el sueño me venció y me quedé con la idea de no haberlo dejado satisfecho. Empezó a buscarme cada vez menos. Cuando Grecia cumplió tres años, organizamos una gran fiesta. Él apenas estuvo presente, pues supuestamente no había podido cancelar una cena de negocios muy importante con unos ejecutivos orientales. Se le hizo costumbre llegar tarde y sin ganas más que de dormir. Al darme cuenta de que pasaban meses sin que nos acercáramos, hice un plan para tratar de acabar con su indiferencia. Preparé su maleta y pasé por él un viernes por la tarde a la oficina, dejando a los niños encargados con sus abuelos. Una vez en el coche, le entregué los boletos para viajar juntos a Las Vegas ese fin de semana. Le encantó la idea y lo agradeció muchísimo. Llegamos al Wynn donde, para mi desgracia, había un *Car show* en el hotel. Lucio pretendió disimular su gusto, aunque yo sabía que los días ahí estaban perdidos a sabiendas de su debilidad por los coches. Y así fue. Encontró pretextos para entrar a la exposición una y otra vez. En esa época, acababa de quedarse con el control de dos concesionarias de su papá y se interesaba por lo que tenía que ver con ese mundo, por encima del nuestro, tristemente. Me entretuve comprando algunas cosas y leyendo en el hotel. Una noche, después de jugar en el casino, ambos con unas copas de más, llegamos a la habitación. Yo había comprado una preciosa lencería y salí del baño dispuesta a seducirlo; Lucio, para entonces, estaba profundamente dormido. Ese viaje marcó una distancia entre los dos, que yo nunca más procuré acortar. Recuerdo muy bien que tras esa escena mía intentando convencerlo en mi lencería recién adquirida, me di asco. Me odié por seguir procurando algo con él a pesar de su indiferencia, por haber cedido tantas veces a los encuentros sexuales después de aquella vez de jóvenes en el estudio de mi casa. ¿Cómo pude casarme con él? ¿Cómo haber aceptado ese maltrato inherente durante tantos años? Aun así buscar la cercanía, en nombre de la fidelidad al matrimonio... en nombre de lo que yo creía era el cariño entre esposos. ¡Qué difícil perdonarme y entender que todo estaba mal! Hoy por hoy, la cercanía ha desaparecido, justificada por pretextos, anulada por nuestras distintas formas de ser. No es lo mismo sexo que intimidad. No le pertenezco más a Lucio, aunque estemos juntos, y él, definitivamente, me ha dejado de interesar como hombre. Alejados el uno del otro, compartiendo la misma cama.

He sido una tonta por conformarme, por sumergirme en la tibieza que sólo conduce a la desesperanza. Cobarde por no enfrentar así, cara a cara, lo sucedido a lo largo de tantos años. He sido, lo reconozco plenamente, partícipe de los actos que nos han alejado, de las decisiones tomadas en detrimento de la relación. Cuando trato de analizarlo, llego a la conclusión de que Lucio ha ejercido un poder, un yugo sobre mí, sostenido, aunque no es manifiestamente violento y parece que no hace daño, sin duda cala, mina, desgasta y va acabando con la autoestima, con la libertad de decisión, con la individualidad. Dejé de ser dócil, de aguantarme y me convertí en un flaco negocio. Supongo que una mujer que siguiera sometida, que lo viera como el gran triunfador y se rindiera a sus pies, le habría acomodado mejor. Alguien que gustara más de su casa, de dejarse dominar, de ser "educada" por un hombre que se siente superior. Se equivocó conmigo el "señor Sánchez", y lo peor de todo es que yo me equivoqué con él. Nos hemos sufrido mutuamente.

Con mis hijos he tenido largas conversaciones sobre las relaciones íntimas, no sin varios: "¡Ay, mamá!" de por medio. Yo insisto en que se vuelvan conscientes de que son dueños de sí y confío en que decidirán lo mejor en su momento sobre lo que los haga sentir bien, sin dañar a nadie. Les he dicho que tienen que ser valientes y saber decir que no a lo que no les complazca, a lo que implique riesgos para ellos, a tiempo. Me pregunto qué pensarían los pobres si supieran cómo fue mi primera vez con su padre.

Con el paso de los años me las he ingeniado para gozar mi cuerpo de muchas maneras y pienso que ya está absolutamente conectado con las sensaciones que me permito tener. Por eso hoy, frente al espejo, estoy convencida de que me encuentro mejor que nunca. No ha sido nada fácil llegar a esto; ahora lo pienso muy quitada de la pena, pero en su momento cada nuevo descubrimiento a nivel sensual fue un tormento. No me lo permitía. Ni de broma debía sentir algo por alguien que no fuera mi marido. Es más, ni siquiera era consciente de desear algo distinto. Mis debates internos y las oportunidades se fueron dando de manera paralela, y me permití experimentar. Ahora llevo mis historias a cuestas, y algunos de sus recuerdos guardados en las otras libretas refugiadas en mi baúl.

Mientras éste vuelve a mí, debo empezar a concentrarme en desarrollar mi plan de investigación para concretar mis estudios. Ser una "doctora" y hacer lo que me gusta, de nuevo. Se nota que el profesor José María, a quien ya conozco gracias a *Skype*, es exigente, pero me agrada y seguramente con su guía llegaré a cumplir el reto de completar con éxito mi doctorado. Mi reto personal es vivir de una forma más auténtica estos meses que me regalé y que el destino me permite tener para mí. No sé si lo lograré, pero de que voy a tratar, seguro lo haré. Tengo que demostrarme, y de paso a Lucio el controlador, y a la memoria de mi exigente madre, que yo sola puedo lograr algo grande, algo digno de reconocimiento, y seré más completa y feliz... como si supiera claramente lo que es ser feliz. Miles de libros, cientos de fórmulas, tratados enteros que hablan de la felicidad, y creo que nadie, a ciencia cierta, conoce su extensión. En la búsqueda, de pronto se da ese instante en que uno conecta con la plenitud y el destello es tan fuerte que es imposible no reconocer que un momento único sucedió ahí, fugazmente. Eso quizá sea lo que hay que esperar.

La Complutense es extendida, una planicie en la que se erigen las distintas Facultades, cada una con su propio edificio. Me gusta más la UNAM, nuestra laureada máxima casa de estudios; pero, desde luego, estar aquí no resulta nada mal, claro está. Por más que recorro las directrices que me dio mi tutor, no doy con el edificio de Geografía e Historia. Me apena preguntar a alguien, así que intento fiarme de mi teléfono pero no me lleva más que a dar vueltas sobre un circuito por el que camino sin llegar a ninguna parte. Cerca de donde me detengo están unas personas conversando animadamente, así que me atrevo y les preguntó dónde está ubicado el sitio que busco. Se ríen un poco diciéndome que jamás hubiera dado, ya que hubo un cambio de edificio y donde dice en una placa blanca: Facultad de Filosofía y Letras, ahora es Facultad de Geografía e Historia. Dirijo mis pasos allí, y aunque no debería fijarme en la forma sino en el fondo, no puedo evitarlo. El edificio se ve maltratado y las paredes muestran varias leyendas en *grafitti*, entre las que se puede leer: "Únete a la Revolución". Eso sí me gusta. Lo considero y lo tomo como una señal. Revolución de mi vida, en todo.

Todo un trajín para encontrar su oficina, pero el profesor es bastante más amable en persona que en el mundo virtual. Una vergüenza enorme se apodera de mí cuando debo confesarle que no tengo conmigo los papeles que permitirán mi alta en las materias.

—Profesor, debo contarle algo —empiezo el diálogo, apenada.

—Te escucho, Helena.

—No traje mis originales para completar la matriculación —le comento con vergüenza.

—¿Cómo que no los trajiste? —responde sorprendido.

—Es decir, sí los traje pero no los tengo.

—No comprendo —y se le asoma la confusión en el rostro.

—Perdí mi maleta, era un baúl.

—¿Cómo sucedió?

—Bueno, no precisamente está perdido. Lo tiene alguien más y yo tengo el suyo.

—Esto suena a telenovela. ¿Quién lo tiene? ¿Dónde? —pregunta demandando respuestas inmediatas.

—Un hombre en Nueva York, y yo tengo el suyo. Estamos en contacto ya y supongo que en breve se resolverá esto y recuperaré lo mío.

—Lo siento mucho y deseo que sea así. La universidad es muy estricta en el tema del papeleo. Me temo que no podrás empezar hasta que no los recuperes y estén en orden, pero veré qué puedo hacer por ti en lo que llegan —advierte enfático.

—Se lo voy a agradecer mucho, profesor.

—Bueno, bueno, vale, dejemos eso y caminemos por ahí para que te familiarices con la Facultad.

—Caminemos, profesor.

Mientras recorremos los espacios universitarios pienso en Marc y quiero saber cómo hacer para recuperar mis pertenencias lo antes posible. De pronto me entran unas ganas tremendas de irme y de resolverlo. Sin embargo, José María sigue dándome pormenores funcionales. Finalmente logro despedirme. Camino de regreso hacia la Pérez Galdós. Mientras apresuro mis pasos, descubro alumnos de muchos estilos y nacionalidades. ¡Qué jóvenes lucen! ¿Cómo se verán desnudos, sus cuerpos al aire caminando hacia su destino final, y cómo se ve el mío en comparación con los suyos tan firmes y estéticos? Los años no pasan en balde, pasan en serio. Pongo especial atención en los hombres y al que voltea le sostengo la mirada. No puedo evitar ser coqueta; es más, me gusta serlo. Sólo me apena que sean menores que yo. Ojalá aparezca pronto alguien de mi edad.

Subo a mi pisito para encender la computadora y ahí están las nuevas líneas que Marc me envía. Escribe explicando que estuvo llamando a la línea aérea mexicana que nos llevó a Nueva York y le dijeron que no se hacían responsables del asunto, dado que yo tomé luego una conexión en otra línea aérea y el baúl quedó fuera de su control. Pero ¡gran noticia! vendrá a Madrid. Llegará mañana. Ha sido lo mejor que podría suceder. Tener aquí mis cosas. Conocer a Marc... será emocionante. Pensando en el cuerpo, en los desnudos, me pregunto: ¿cómo será él?, ¿guapo, elegante, descuidado?, ¿cómo vestirá?, ¿me gustaría si pudiese verlo así, sin nada?, ¿será más joven o mayor que yo? En fin, la gran alegría es que traerá consigo "el cuerpo de mis delitos" en mi anhelado baúl. Y por eso siento que ya me simpatiza.

Para: **mlg@patagonia.org**

De: **helenatm@outlook.com**

Asunto: **No lo pudo poner más fácil**.

Estimado Marc:

Ha puesto usted las cosas en bandeja de plata. Si todas las personas fueran tan atentas y resolvieran así de rápido las circunstancias difíciles, el mundo sería en verdad distinto. ¡Qué maravilla que pueda viajar de un día para otro a Madrid! Infórmeme, por favor, en qué horario podremos vernos el día de mañana o el miércoles, dependiendo de su llegada.

Estoy alojada en una residencia de estudiantes en la Complutense y no lo haría venir hasta aquí. Si me permite hacerle una sugerencia, podríamos realizar el intercambio en el Hotel Palace. ¿Lo conoce?

He cuidado mucho su baúl, y lo devolveré intacto.

Confieso haber sentido enorme curiosidad por averiguar lo que guarda en su interior.

Con el gusto de saber que el mío llegará pronto, los espero a ambos.

Helena.

IX

Hacia allá

Para: **helenatm@outlook.com**

De: **mlg@patagonia.org**

Asunto: **Madrid y curiosidad**.

Helena:
Gracias por sus palabras y la franqueza con la que escribe. Conseguí un vuelo que llegará a Madrid el martes por la madrugada. Acepto con gusto su propuesta de vernos en el hotel, el cual conozco bien. A las cuatro de la tarde del miércoles estaría ahí. ¿Le vendría bien? Tratándose de usted, podría saciar su curiosidad sin tener ningún problema en mostrarle el contenido.
Saludos de nuevo,
Marc.

Seguro que no se imaginaba ni por un instante lo que encontraría. El valor que tenían las piezas no saltaba fácilmente a la luz, a menos que ella fuera una arqueóloga experta o una afamada coleccionista. Vería, además, papeles y recuerdos de sus viajes, ropa y artículos sin importancia. Marc se había vuelto muy austero. La valija que viajó con el resto de sus cosas, desde la Patagonia hasta Nueva York, había llegado desde hacía días. George ayudó a recibirla. Contenía cajas de libros y alguna que otra cosa a la que le guardaba especial cariño. Le complacía leer y coleccionar objetos tribales, antigüedades, fotos. Debía prepararse para el día siguiente. Existía un doble motivo que lo invitaba a estar contento. Puso algo de música mientras recibía la respuesta de Helena. Buscó a *Frank* para que cantara *Fly me to the moon* y así echar a volar la imaginación.

Mientras empacaba, notaba que quería lucir lo mejor posible ante los ojos de la extraña. Dudaba en recortarse la barba. Por primera vez se lo cuestionó, después de años. Nadie había despertado en él interés, después de Jana. Hasta que llegó el baúl de Helena a sus manos, el encuentro en el avión (si es que se trataba de ella) y las fantasías. Estaba tan profundamente solo, que aquella desconocida parecía apoderarse de sus pensamientos con una extraordinaria constancia. Crisis de los cincuenta… y tres. Sólo quería paz. No necesitaba seducir ni estar con varias mujeres; buscaba una, y ya. Aquella capaz de aceptarlo y acabar con su soledad. Tenía ganas de que lo quisieran y querer. Enamorarse, si es que cabía esa palabra en el vocabulario de un cincuentón; sonaba a viejo rabo verde deseando a una jovencita. Pero no. Prefería a una mujer madura, con una vida ya resuelta; una que, como él, buscara ser amada, amar y compartir su vida, alguien como Helena. A ella le haría el amor hasta rendirse, hasta rendirla. Entonces, su respuesta a la propuesta llegó.

Para: **mlg@patagonia.org**

De: **helenatm@outlook.com**

Asunto: **Confirmado**.

Estimado Marc, viajero:

Ahí estaré el miércoles a las cuatro de la tarde en el bar del hotel. Nos reconoceremos por nuestros baúles idénticos. ¡Bromeo!

Me encantará que me cuente en persona, si así lo desea, lo que lleva consigo.

Sé que Madrid lo recibirá con los brazos abiertos, igual que yo.

Feliz viaje,

H.

Para: **helenatm@outlook.com**

De: **mlg@patagonia.org**

Asunto: Re: **Confirmado**.

Helena:

Ahí estaré. Desde luego, podré contarle lo que me pida. Marc.

Evitaría confesarle lo de las piezas. Fue sorprendentemente fácil sacarlas de México. Resultaba increíble que la policía y el control aeroportuario pusieran tan poca atención al posible tráfico de objetos de ese tipo y se quedasen tan tranquilos con los argumentos que usó, de que eran artesanías, recuerdos especiales que solía llevar con frecuencia desde ese lugar.

No era la primera vez que lo hacía. Los últimos años en la Patagonia habían sido claves para ocultar sus operaciones ilícitas. Y no es que no dedicara esfuerzo y horas al trabajo en la ONG; por el contrario, en esa doble vida que llevó, hacerlo significaba la exoneración de sus supuestos pecados y, desde luego, era la fachada perfecta que lo colocaba en un lugar como protector de la naturaleza y dedicado filántropo, que difícilmente levantaría alguna sospecha. Además, le gustaba contribuir a causas relacionadas con ese tópico. Una doble vida, tal cual. Difícil mentir al principio y orquestar todo. Después se volvió un profesional que iba por el mundo plantando su cara, que no era sino una máscara. Eso era, un tipo llamado Marc, oculto tras una fachada. "Marc Máscara."

Jamás imaginó que llegaría a la medianía de sus años, y menos ser un traficante. Pero la historia de la vida de las personas está llena de numerosos giros y traspiés. Tener el baúl de Helena era sin duda un giro más a su vida. Lo miraba y realmente lucía impecable. Mucho menos maltratado que el suyo. Volvía una y otra vez a ver su nombre en él.

¿Cuál sería la combinación para abrirlo? Ensayaba varias... y nada. Sólo jugaba con eso para distraerse. Se acercaba a oler su aroma a piel. Y a viaje. ¿Cuántos olores más se le habrían impregnado en el camino? ¿A qué olía por dentro? A ella. A sus objetos, a su historia, a su vida.

Rápidamente y con entusiasmo preparó el viaje a Madrid, una ciudad que, en lo personal, le gustaba mucho pues había tenido ocasión de visitarla varias veces y de hacer buenos amigos allí. Frente a la frialdad de los ingleses, encontraba muy cálidos a los españoles... Y eso que se decía que en su mayoría eran hoscos. Lo estimulaba volver pero, desde luego, el motivo principal iba más allá de la recuperación de las piezas. Helena ganaba espacio en su mente. Se propuso descansar para amanecer fresco y preparado. Durante la noche sudó frío, se incomodó por un leve malestar que parecía estomacal y apenas pudo dormir. Lo atribuyó desde luego al entusiasmo que le provocaba el viaje y, a su vez, a la imposibilidad de haber llegado a Nueva York del todo y tener que volver a viajar.

El JFK siempre le pareció un caos, pero observar su multiculturalidad, a las miles de personas que se congregaban ahí y saberse un simple mortal que podía, como los demás, sufrir lo mismo la pérdida de una pieza de equipaje que un vuelo, lo consolaba, en esa suerte de mal de muchos. Mezcla de razas y colores, de estilos para viajar y de historias. Se dirigió a documentar el baúl y obtener su pase de abordar. No supo qué estaba pasando, pero desde el taxi se le cortaba la respiración y sentía el corazón agitado, con taquicardia. Mientras pedía el asiento y entregaba los papeles, empezó a sentir un hormigueo en el brazo, se le adormeció. El pecho le dolía muy fuerte. Recargado en el mostrador, sudó, y el dolor se tornó insoportable.

X

Hoy amanecí emocionada. Una sensación de alegría y curiosidad corre por mi piel y me habita. Sonrío porque hoy recuperaré mi baúl. Además, el profesor José María me ha escrito diciéndome que quizá fue duro conmigo y ha gestionado que pueda empezar a asistir a las clases que hoy inician, en carácter de "oyente", hasta que entregue mis papeles y pueda hacer los trámites necesarios para formalizar el inicio de mi residencia aquí, y concluir mi doctorado. Me arreglo con cuidado y decido ponerme mi nuevo suéter azul. El clima se presta, y mi ánimo también. Tengo dos clases esta mañana. Paloma me hizo el enorme favor de mandar a un chofer a la universidad por mí, en cuanto terminen, para transportar cómodamente el baúl y esperar a Marc en el Palace. Tengo que reconocer que me entusiasma conocerlo. He imaginado lo que le diré y lo que me dirá, y recurrentemente llega a mí una extraña sensación que aún no sé definir. Pienso que sobre todo será curiosidad, darle cara y cuerpo a un extraño, al viajero distraído. Observar cómo se desenvuelve, si es distante o cálido, si es amable y educado, a qué huele y si tiene o no una voz atractiva. Si es alto o más bajo que yo. ¿Viejo? En fin, en unas horas se resolverán los enigmas.

El viaje en auto desde el campus, me ha permitido disfrutar con calma Madrid. Es una belleza de ciudad. En esta época del año las flores y los árboles se muestran aún en su esplendor. El sol brilla a pesar del frío que empieza a manifestarse y los caminos se abren como invitando a los paseantes a adentrarse en las calles y las callejuelas, en los barrios viejos, para mirar de nuevo los monumentos, edificios y museos. Llegamos por el Paseo del Prado hasta la Carrera de San Jerónimo, y finalmente pasamos por la fuente de Neptuno. Sentir la ciudad y acariciar sus mil posibilidades, me llena de antojos y de deseos de ir descubriéndola de nuevo, y de a poco.

Son diez para las cuatro y ya Paloma me dio la bienvenida al hotel con un doble beso cariñoso. Me ha colocado, con el baúl, en uno de los sillones de espera. Sobre mi cabeza cuelgan unas mariposas de seda que habitan la famosa cúpula del hotel. Ella me cuenta que son parte de una exhibición especial. En cuanto me quedo sola, empiezo a pensar en volar, en la fragilidad de las alas de las mariposas, en su colorido y en la fortaleza de estas viajeras, seres migrantes que no se rinden ante el clima o la adversidad. Una curiosa analogía: salen del capullo tímidamente y después no dudan un segundo en levantarse en el aire y apuntar al cielo. He salido del capullo de mi "perfecta" vida en México. Sólo queda desplegar las alas y… son las cuatro en punto.

Estoy sentada justamente en el sillón desde el cual se alcanza a mirar el vestíbulo, en el que rematan las escaleras que suben hacia este nivel del hotel. Hay un intenso movimiento. Trato de fijarme en cada uno de los hombres que van y vienen. Me gustaría que fuera ése… No, no, ése no. Mejor ése. Me mira, creo que viene hacia aquí. Esbozo una sonrisa, saluda de regreso. Me inquieto y me preparo, sudo un poco, me acomodo mientras ese hombre viene hacia donde estoy sentada. Se acerca, pero me percato de que no trae consigo ningún baúl. Aparece desde un sillón contiguo un señor al que saluda. Podría haber jurado que se dirigía a mí. Decepción.

Cuatro y media; estoy empezando a desesperarme. Miro mi celular para ver si acaso hay un correo de Marc, algún aviso. Nada. Cuarto para las cinco y llevo dos cocteles encima: el primero con Paloma, quien estuvo un rato sentada conmigo y después debió regresar a sus ocupaciones; el segundo por mis pistolas, rogando que el hombre dé señales de vida.

El reloj marca las seis y me doy por vencida. Es extraña la sensación de vergüenza que me invade, como si quienes están alrededor supieran que Marc no llegó, que me dejó esperando, que me engañó. Triste y decepcionada busco a Paloma en su oficina. Me mira compasivamente, adivinando lo que ha sucedido. Para borrar mi desencanto, me propone que me quede a dormir en una habitación de aquí. Es más, me dará una *suite* con viandas incluidas. Encantadora. Sólo que mañana los choferes estarán ocupados y tendré que llevarme el baúl de regreso yo sola. Ella propone que lo deje aquí, pero le digo que lo pensaré, y dándole un abrazo agradecido, le pido que por lo pronto lo suban a la *suite*.

La magnífica habitación está decorada con tonos azul y blanco. A la entrada me recibe una acogedora sala y una charola de plata con un refrigerio de jabugo y quesos, canasta de panes varios a un lado, y una botella fría de Cava. En el cuarto contiguo está una cama *king size* ocupando el espacio y dos mesitas de noche, cada una a un lado. Todo me recuerda a la casa de mi abuela Hera, mamá de mi mamá. Cortinas de seda enmarcan un gracioso balcón al que salgo a respirar, a congraciarme con el momento, a olvidar. Después me quito lo que traigo puesto y la angustia con ello. Con la copa de Cava en una mano y un bocadito de jamón en la otra, la pena se disipa y mi cabeza adquiere un último impulso antes de dormir para escribirle a ese desgraciado que no llegó.

Para: **mlg@patagonia.org**

De: **helenatm@outlook.com**

Asunto: **Perdido, preocupación**.

Marc:

Estuve esperando desde las cuatro en punto y hasta las seis de la tarde. Siento un nudo de preocupación en la garganta. Por favor, hágame saber a la brevedad qué es lo que ha sucedido. ¿Perdió usted el vuelo? ¿Pasó algún imprevisto? Supongo que no me estará engañando, ¿verdad? Recuerde que yo también tengo algo que a usted le interesa. Comuníquese cuanto antes, se lo suplico.

Helena.

A la medianoche me despierto completamente desubicada, sin recordar, hasta después de unos segundos, que estoy en la *suite* y no en mi pequeño estudio. El corazón y el estómago se me paralizan ante el recuerdo de mis papeles, de las cartas, de lo que llevo ahí y no ha llegado. Creo que es hora de llamar a Lucio para contárselo. Temo su desconcierto, su crítica y enojo al saber que he confiado en un desconocido que, desde luego, no se ha presentado para devolverme lo mío. ¿Un robo?... No voy a marcar, no hay por qué provocar su molestia. Luego será. Tan perfecto que sonaba llevar a cabo ese intercambio de baúles; tan fácil. Y yo, la ingenua que esperaba a Marc, ahora me siento como una novia plantada en el altar.

Camino desconcertada de un lado a otro entre la salita y el cuarto. Me paro frente al baúl de Marc y le lanzo una patada, de rabia, de desilusión. Quiero abrirlo, lo voy a hacer. Si no piensa aparecer y se ha quedado con el mío, tendré que saber qué obtendré a cambio. Pruebo combinaciones, jaloneo el candado, de nuevo ensayo números: imposible.

Ahora me invento una historia y hago, a como dé lugar, que alguien me ayude a abrirlo. Y si no lo logro, entonces, de cualquier forma, lo dejaré aquí; no pienso llevarme ese bulto de regreso pues lo único que hará será recordarme que no tengo el mío, que se burlaron de mí, que fui engañada y que además creí palabra por palabra, confiando en lo que a través de los correos estaba acordado. Pero ¿cómo dejarlo?, ¿qué tal si algo le sucede y entonces, a cambio de nada, ese tipo no me regresa el mío? Pues se lo tendrá merecido si es que le pasa algo. No lo abriré, pero no me lo llevo, ¡chingue a su madre!

Para: **mlg@patagonia.org**

De: **helenatm@outlook.com**

Asunto: **Perdido, preocupación, desconfianza**.

Son las cuatro de la mañana en Madrid. Doce horas después de lo acordado y no hay un correo, un aviso, nada de usted. Empiezo a sentir una enorme desconfianza. Si su intención fue engañarme desde el principio, créame, lo consiguió. Ni por un momento dudé que llegaría. Pero, claro, supongo que, como diría cualquier ancestro cabal, nunca debí confiar en un extraño, y usted lo es.

Helena.

Me volví a quedar dormida y tuve un sueño rarísimo. Entraba al museo preguntando a los guardias si habían encontrado mi postal, la de Helena y Paris mirándose. La que decidí que me acompañaría a todas partes en mi bolsa de mano y ahora estaba perdida. Ellos aseguraban no haber visto nada. Yo les pedía que me abrieran las puertas de la tienda del museo, para comprar otra postal. Me decían que resultaba imposible porque era de noche y el museo estaba cerrado para visitantes. Casi me echaban de ahí a empujones y yo caminaba sin rumbo por el Paseo del Prado; sentía mucho frío. Iba descalza, mirando hacia abajo para ver si encontraba la dichosa postal. De pronto, a lo lejos, en una banca estaba sentado mi papá que me mostraba que él la tenía en sus manos; pero por más que caminaba, corría acelerada y volvía a caminar hacia él, nunca lograba llegar. Y él me decía en tono amoroso: "Ten, aquí está la respuesta". ¿La respuesta a qué?, le gritaba y él replicaba: "A la pérdida".

Me quedo descolocada un momento al no saber si estoy dormida o despierta. Finalmente, logro abrir los ojos en medio de una tremenda agitación que parece tardar largos minutos en desistir.

Decido quedarme un rato más en la cama para tranquilizarme y discernir lo que vi. Tan real, mi papá tomando la postal. Simbolismo onírico; ¿psicoanálisis? Me alegra haberlo visto de nuevo, aunque sólo haya sido un sueño. Nos comprendimos tanto la vida entera; la nuestra fue una complicidad permanente y en contra, casi siempre, de mi madre. Ella representó siempre la disciplina y el control y se ocupó en educarme rígidamente. En cambio, Daniel representaba la pasión de habitar este mundo con gracia. Considero que fui obediente, pero cuando quería salirme con la mía, corría a él y en dos patadas lo convencía de lo que fuera. Era el único que con su carácter generoso y distendido lograba meter en cintura a mi mamá entre mimos y bromas, sin darle juego a sus arrebatos. Y no es que ella no fuera amorosa y dedicada, lo era demasiado. A veces me asfixiaba con su incesante afán de perfección y su exagerada atención. Mi cuarto tenía que estar muy bien arreglado, debía estar perfectamente bien peinada y portar el uniforme del colegio de monjas de manera impecable. Tenía que obtener las mejores notas, saludar de beso y con buena cara a aquel que se me presentara, y hacer la tarea antes que cualquier otra cosa. Si alguna vez sacaba malas calificaciones, le pedía a mi papá que firmara las boletas y guardara silencio, y él aceptaba amorosamente ser mi cómplice. Conforme crecí, fui entendiendo a mis padres y concluyendo que, sin duda, habían logrado el mejor equilibrio. Hacían fiestas, les gustaba mucho viajar juntos, tenían amigos y una buena posición económica; coincidían en general respecto a los valores y la forma de transitar por la vida, aunque tuvieran personalidades diametralmente opuestas. Quiero suponer que, muy a su manera, fueron felices. Nuestra vida era, en muchos sentidos, la preciosa música que salía del piano de mi padre.

¿Qué me habrá querido decir con la respuesta está en "la pérdida"? Me meto a bañar y le doy vueltas y vueltas a eso. ¿Habré perdido lo que sí tengo y dejé a cambio de nada, de lo que aún no he conseguido, de lo que no tengo? ¿Tendré que perder forzosamente, para ganarme? Para los griegos, los sueños jugaban un papel preponderante en la construcción de su mundo y en la comprensión de sus emociones. En la *Ilíada*, de Homero, sueñan los hombres y en la *Odisea*, las mujeres. Mi mamá, con esa herencia de mi abuela y bisabuela griegas, fue perfeccionando sus conocimientos de los sueños a lo largo de los años, siempre mostrándose dispuesta a analizar a quien quisiera contarle alguno. Desde luego, leyó y releyó a Freud en su *Interpretación de los sueños*, y se metió a estudiar psicoanálisis cuando yo cursaba la prepa. Interrogaba a mis galanes o novios para ver si no guardaban deseos o sentimientos sospechosos, amén de averiguar cómo era la relación con sus padres, y también daba su muy peculiar visión de las cosas, que desde luego, pensaba era la correcta. La extraño, los extraño. Pensar en que ahora sí soy completamente huérfana, me da frío; frío al salir de la cama e ir a la regadera, frío que se hace más profundo cuando salgo de darme un baño y pretendo que me lo quite una toalla, frío en el alma al entender lo que se ha perdido, lo que no regresa, lo que habita en el mundo de los sueños, nada más.

Decido dejar el maldito baúl de Marc en el guardarropa del Palace. Veo el reloj y apenas tengo tiempo de tomar un taxi para llegar a clase de nueve. Subida en éste, trato de dejar atrás lo que me conmueve, lo que me atormenta. Al recorrer Madrid hacia la universidad me doy cuenta de que Marc y el baúl podrían representar otra pérdida.

XI

Have Fénix

Abrió los ojos sintiendo como si su cuerpo estuviese cargando una enorme piedra. Le llevó varios segundos captar dónde se encontraba. Era la habitación de un hospital. Estaba acostado en una cama sin moverse apenas. Nadie alrededor parecía notar que estaba ahí. Al querer hablar, se dio cuenta de que llevaba puesta una mascarilla. Imploró para que alguien lo ayudara, le explicara lo ocurrido. Temblaba. Veía luces brillantes en el techo que le lastimaban. No encontraba la manera de comunicarse. Estaba adormecido y trataba de no cerrar los ojos, pero los párpados caían y todo se ponía negro. Una enfermera susurró su nombre al oído: "Marc". Él abrió de nuevo los ojos, ahora poco a poco, pues la luz lo molestaba y la cabeza le dolía. Le dijeron que había sufrido un infarto, que por fin estaba en una habitación normal después de haber pasado por terapia intensiva y media. Empezó a recordar. Estaba a punto de subir al avión; no era posible que hubiera sucedido eso. ¿Cuánto tiempo había pasado? Tres días.

Pensó en el desconcierto de lord Claridge al no ver cumplido su acuerdo, al no recibir señales de su arribo a Londres para cerrar el negocio que se traían entre manos. Y Helena... Seguramente estaba pensando lo peor de él, y tendría razón. Tres días de no aparecer... ¡Si en ese momento hubiera sabido que casi no le alcanzaba la vida para encontrarse con ella! De pronto, escurrieron las lágrimas por sus mejillas y se sintió sumido en la desesperanza. Seguro lo odiaba. Mala suerte, terrible infortunio; quizá debió quedarse para siempre a oscuras.

George por fin pudo entrar a verlo. Lo saludo con entusiasmo haciendo mención al mito del Ave Fénix, burlándose un poco del privilegio de verlo renacer de sus propias cenizas. Dijo que cuando recibió la llamada del hospital, después de haberlo localizado, al ser el primero en la lista de favoritos de su celular, le dijeron que estaba muy grave.

Tuvieron una breve conversación en la que George le contó que se había llevado a casa el baúl que encontraron junto a su cuerpo inerte en el aeropuerto. Supuso que podría contener algo de mucho valor. Y es que sólo a él le había confesado sus negocios, y sin juzgarlo, siempre se sentía inclinado a conocer las historias de las piezas que traficaba, sus orígenes y sus compradores. Era liberador para Marc contar con él como un vecino y amigo fiel, que mostraba su amistad incondicional. Le permitieron recuperar su teléfono: la ventana al mundo, la única vía de comunicación posible con Helena. Si al menos le hubiera pedido el número de su celular, ahora mismo le estaría llamando.

Vio que ella había enviado dos correos, uno menos amable que el otro; el contenido de ambos daba cuenta de su reacción, perfectamente entendible. Se apresuró a responderle. Después cerró los ojos, queriendo hacer pasar el tiempo para no tener que esperar su respuesta.

Para: **helenatm@outlook.com**

De: **mlg@patagonia.org**

Asunto: **¿Cómo confiar en un extraño?**

Helena:

Estaba a punto de documentar su baúl para mi vuelo a Madrid, cuando sufrí un infarto. Comprendo su desconfianza y le pido disculpas por no haberme reportado antes. Hasta hoy me han bajado de terapia media a una habitación, después de haber estado en cuidados intensivos. Si acaso desconfía, le puedo facilitar los datos del hospital y mi número de habitación, así como mi nombre completo para verificar lo que le cuento. Hace bien, sin embargo, en no fiarse de desconocidos, más aún cuando éstos padecen del corazón.

Espero me comprenda. Por cierto, usted para mí ya no es una extraña.

Marc.

Cuando George dejó la habitación, Marc pudo marcarle a Claridge. Poco a poco le contó lo que había sucedido y su socio de años se sorprendió de saberlo maltrecho. Él tenía ochenta años y estaba en pleno esplendor. No estaba molesto con Marc, sino con la situación, por no contar con las piezas antes de un viaje programado a Bali. El enfermo se disculpó de nuevo y el prestigiado coleccionista lo inquietó aún más cuando le dijo que procuraría enviar a alguien a su piso de Nueva York, toda vez que él saliese del hospital, para efectuar el intercambio. Lo que el viejo no sabía era que las dos máscaras, las pequeñas piezas de valor casi incalculable que esperaba con tantas ansias, se encontraban en Madrid, en una residencia de estudiantes bajo el incauto resguardo de una mujer que no tenía idea de todo ese asunto.

Con la angustia de la llamada empezó a sonar el aparato al que estaba conectado y un ejército de enfermeras y médicos acudieron en su auxilio, percatándose, gracias a algunas exploraciones de su cuerpo, que la situación no era para alarmarse. Marc sintió lástima y rabia por él. Imposible pensar que un hombre de 1.90 de estatura y 95 kilos de peso, aparentemente sano y robusto, pudiera ser reducido a "cenizas" por un ataque de esa naturaleza. Se convenció de que no se había tratado de su falta de ejercicio, o de su mal comer, sino de la angustia del extravío, aunada al miedo de volar y a la necesidad de recuperar las piezas, lo que lo hizo explotar. Tenía que entregarlas. Pero además, por ningún motivo quería perderse el encuentro con Helena. Así que como el buen George había dicho, desde este momento sería Marc, el *Ave Fénix*, renaciendo para viajar hasta ella, conocerla, y comprobar si efectivamente era la de la blusa de seda roja.

Aunque fue instruido de que más le valía que permaneciese sereno, la frecuencia cardiaca se aceleraba con cada pensamiento. Y es que las ideas se agolpaban en la mente de Marc al hacerse de pronto consciente, de nuevo, de la fragilidad de la vida, y eso no le era nada placentero. Nunca pensó que podría sucederle; así se la jugaba siempre con la suerte, la cual presentaba sus peores cartas, a la mala; y él se empeñaba en creer que cambiaría y que algún día le repartiría una buena mano. ¡Tenía que hacerle la peor jugada en el momento que más necesitaba su ayuda!

Su última parada antes del caos había sido su tierra, Papantla. Ahí rindió culto a sus muertos, en El Tajín. ¿Sería que lo llamaban a reunirse con ellos? Podría abrazar a su pequeño Max, ver a sus papás de nuevo y, así, descansar al fin. En este tránsito en el que se sentía tan frágil, recordó cuando surgió su miedo a volar y se hundió en ese pensamiento, viajando hasta su infancia. De pequeño tenía un muy buen amigo cuyo padre y tíos eran voladores. Se llamaba Felipe. Ambos se acercaban a verlos practicar, pues este acto era una de las tradiciones mexicanas que más lo cautivaban. Algunas veces los hombres jugaban con ellos a atarlos y a hacerlos volar a una mínima distancia del piso. A Marc le encantaba dar vueltas y realmente se llegó a sentir un hombre pájaro. No tenía miedo a las alturas, y retaba a los adultos a que lo subieran un poco más alto. El ritual de ascender y dejarse caer para volar tiene muchos significados. Un palo de 30 metros; cuatro hombres representan los cuatro puntos cardinales y están sujetos sólo por una cuerda alrededor de sus pies, y uno más que es el caporal, quien toca una flauta y da señales a estos danzantes voladores, los cuales saltan al vacío boca abajo, girando trece veces por los trece cielos del dios sol. Simulan la lluvia y celebran la fertilidad. El caporal, como figura central, se inclina, mantiene el balance en un pie y realiza una danza mientras toca música. Un fatídico día de verano, Eliseo, un caporal experimentado y muy valorado en la comunidad del Totonacapan, perdió el equilibrio de manera inexplicable y cayó desde las alturas a un lado de donde estaban parados Marc y su madre, que seguían el ritual de manera apasionada. Fue tan rápido. Los voladores pudieron parar, por fortuna, sin mayores contratiempos, pero todos vieron el cuerpo de Eliseo, ya sin vida. Fue impresionante para Marc. Por más que se abrazaba a su madre no podía dejar de ver a Eliseo. Presenció los intentos que se hacían por ayudarlo a sobrevivir y el momento en que dejó de respirar. No supo qué pasó, pero un miedo indescriptible le caló hondo. Creyó que nunca podría superarlo. Vuelos, alas, pájaros y nada menos que tener que convertirse en el "*H*ave Fénix", en su intento de recuperarse.

XII

Llego a las primeras clases con la seguridad de que podré nutrirme y aprender. Me gusta lo que veo y la sensación de sentarme en el pupitre de estudiante y observar desde ese punto de vista. Estoy francamente entusiasmada; diría hasta rejuvenecida. El ambiente del campus es distendido. Veo a muchos muy concentrados estudiando, varios más relajados en los jardines y la biblioteca siempre está llena. Se respira una combinación perfecta entre el rigor, la dedicación al estudio, la investigación y la soltura con la que el mundo va, viene y convive.

Hoy, al finalizar el día, se me acerca un joven como de unos treinta y tantos años y me entrega una invitación a una fiesta de bienvenida para los que están de residencia o de intercambio. Se me dibuja una sonrisa de oreja a oreja cuando me dice que será este sábado. Platicamos un poco y me pregunta de dónde vengo y si es la primera vez que estoy en la Facultad o si aquí estudié la maestría. Se llama Ramón y es integrante de la sociedad de alumnos. Creo que hago muy evidente mi emoción al recibir una suerte de *ticket* de entrada al mundo estudiantil y se ríe conmigo. Quedamos de vernos en la fiesta para seguir platicando. Me promete presentarme a algunos amigos, incluso a varios que viven en la Pérez Galdós, como yo. Empiezo a sentirme parte de este lugar y me entran unas ganas enormes de estar en esa reunión.

De vuelta en mi espacio me encuentro con un nuevo correo. Estoy helada con lo que Marc me dice. ¡Le dio un infarto! Dios mío, ese hombre podría ser un viejito que pretendía viajar ilusionado con recuperar lo suyo y el corazón le falló en la travesía. Seguro pretendía escapar de su aburrida vida, teniendo la fantasía de volar hasta aquí. ¿Ni sus hijos ni su mujer, si los tiene, se habrán enterado de sus planes? ¿Será verdad lo que escribe? ¿Y si me atrevo a pedirle los datos que ofrece del hospital?

Hay otro pensamiento que no me deja en paz: ¿Qué tal si es un engaño?, pero ¿de quién, para qué?, ¿de Lucio? Él se opuso a esto desde un principio. No quería que llegara aquí, a demostrar que soy independiente y valgo.

Hace unos años, cuando por primera vez le dije que quería hacer una maestría, me miró completamente sorprendido. Empezamos a discutir, me hizo mil preguntas para averiguar de dónde partía la necesidad de hacer eso a pesar de tener lo que satisfacía, y más, según él. Argumentaba, además, que yo ya no estaba en edad de ir a la universidad, e insistía en que por poco me encontraría con mis hijos ahí. Proponía que me dedicara a atender una agenda social y al deporte. Esa noche no le respondí, pero encerrada en mi cuarto le hice una lista de razones entre las cuales estaban que él, como gran empresario, debía procurar tener a su lado a una mujer más preparada, a quien admirar, y no era que yo no lo fuera, pero a él le gustaba sentirse importante y superior, así que busqué, con esas líneas, pegarle en su ego. Concluía dicha lista diciéndole que prometía aprovechar centavo a centavo el dinero que invertiría en mi preparación, complementando la beca que yo había obtenido. No tener libertad económica me ha impuesto tantos límites como no imaginé. Recuerdo cómo mi papá, ya cercana la fecha de la boda, intentó convencerme de que siguiera trabajando, aun casada. Yo adoraba mi trabajo, pero Lucio insistió en que era necesario que me dedicara un tiempo a montar bien mi casa y, en pocas palabras, a atenderlo. A los pocos meses quedé embarazada y la vida adquirió nuevas prioridades. Así pasó el tiempo, hasta que un día, en una exposición de arte, me topé con una maestra a la que admiraba en la universidad. Ella me habló de lo mucho que había disfrutado mi trabajo de tesis. Me preguntó si seguía preparándome. Le dije que no y me comentó que ella era directora de un interesante programa de maestría que me encantaría. Sin decir nada, fui a verla un par de veces, hasta que estuve completamente segura de querer hacerlo. Fue cuando no quedó más remedio que platicar acerca de mis planes con Lucio. Acostumbrado a hacer su voluntad y a mandar, como buen hombre de negocios, no ha podido con la idea de que yo me escape de sus manos. Tiene gente y los alcances suficientes como para haber planeado que sucediera esto. Pudo haber contratado a alguien para dejarme otro baúl y ponerme una trampa; hasta para ver a qué tanto puedo llegar a entrar en contacto con un extraño. Voy a llamarlo para medir su reacción.

Esto está resultando mucho más inquietante de lo que creía. Estar sola, sacar conjeturas y dialogar conmigo me está agotando. Escribirle, desde luego, también a Marc, es indispensable. Conseguir su número telefónico y escuchar lo que tiene que decir. Quizá sea demasiado por ahora si es que en verdad está en el hospital, pero debo plantearlo. Qué tal si el pobre hombre muere y yo me quedo sin mis cosas y nadie recibe en su ausencia las suyas, que ahora poseo. En medio de mis disertaciones me doy cuenta de que no he comido nada. Pongo pausa a mis tormentos. Me dan ganas de irme a cenar. Bajo a la recepción a pedir un taxi para llegar al lugar que más se me antoje. Para eso estoy aquí, para hacer lo que me venga en gana. Al diablo con mis dudas, con mi sentido de responsabilidad, con el baúl y con lo que contiene. Son cosas las que guarda, sólo cosas. Darles tanto valor sentimental y anhelarlas en verdad está empezando a hacerme daño. Puedo vivir sin tenerlas, puedo seguir adelante con o sin ellas; no sé si sin las cartas, cuyo contenido deseo tanto conocer, pero tal vez sí sin los malditos papeles, y sólo con lo que llevo puesto. Si Lucio, o Marc, o quien sea, están jugando conmigo, tampoco a ellos los necesito. Me siento valiente, atrevida, necesitada de afirmarme..., pues llegó el momento de hacerlo y llevar lo que siento hasta sus últimas consecuencias.

Cenar un cocido madrileño y rematar con unas torrijas le llenan el alma a cualquiera. Además, pruebo un muy buen vino de la Rioja. En las mesas de alrededor algunos comensales me miran comer opíparamente, tal vez extrañados de verme gozar sin compartir la mesa con nadie, como si eso no fuese posible. Camino por la Plaza Mayor hasta que me canso lo suficiente como para regresar. El sábado me iré de fiesta.

XIII

Hatado

Para: **helenatm@outlook.com**

De: **mlg@patagonia.org**

Asunto: **¿Y si dejo de ser un extraño?**

Helena:

Estoy de regreso en mi departamento y no logro ubicarme de nuevo en el espacio. Los médicos habían dicho en un principio que tendría que pasar otros días internado, pero los convencí de lo contrario porque desde el hospital era imposible trazar algún plan alterno para resolver nuestro tema. Las recetas y medicinas que me acompañan me hacen sentir completamente ridículo; podría decirle que hasta avergonzado por haber pasado por esto. Absurdo que un tipo de cincuenta y tantos pueda ser tan vulnerable. Nada menos que un infarto. No puedo subirme a un avión en seis semanas. Debo comer lo que me dicen y cuidarme de no tener emociones fuertes... ¡Imposible! Siento el corazón a flor de piel y me altero. Mi mente es presa de una incesante tortura, casi incapaz de tener la claridad suficiente como para saber cuáles serán mis siguientes pasos. No ha contestado mi último correo. Entiendo su desconfianza, lo mal que se habrá sentido al esperarme y no tener ninguna noticia. Fue una insensatez no habernos dado los teléfonos. Perdóneme. Por favor, deme su número y así podrá saber que existo y que no deseaba nada más que conocerla aquel día. Estoy "*h*atado" (con H de Helena, ¿me permite el juego?) a este lugar ahora, al reposo, a Nueva York, pero también a usted, ahora poseedora de mí baúl. Por favor, Helena, escriba; es hora de que arreglemos esto. Con estas líneas espero poco a poco, desde la confianza que inicio y que le pido me tenga, dejar de ser un extraño.

Marc.

XIV

Ver a alguien tras una pantalla te da la oportunidad de fijarte bien en sus expresiones, de medir sus palabras, de analizar sus movimientos y de hacerte consciente de los tuyos. Mando un mensaje a Lucio para decirle que quiero platicar con él por *Skype*. Creo que le parece raro que no me haya esperado hasta el domingo, cuando originalmente acordamos hacerlo, pues de inmediato se conecta.

Ahí está, impecable como siempre. Con un traje gris de discretas rayas blancas, corbata azul marino y su peinado engomado. Es bien parecido, sin duda. Sin embargo, se le notan ya un poco los años, porque toda la vida se ha asoleado mucho y las arrugas asoman en su piel tostada. Me da risa acordarme de las cremas en su lado del lavabo y de lo mucho que ahora pone atención en esos surcos. Su oficina tiene una vista increíble a una barranca llena de árboles, atrás de la cual, en ese México contrastante, está asentada una de las comunidades más pobres de la zona. Heredó de su padre un negocio inmenso y, además, lo ha hecho crecer.

Mis suegros son españoles que vinieron a "hacer la América", y vaya que lo lograron. Son una familia conservadora (mi partida ha causado un gran escándalo entre ellos), extensa, adinerada. Es cierto que el dinero los ha transformado a lo largo de los años, refinando sus gustos, permitiéndoles hacer poco menos de lo que les viene en gana y, a la vez, el poder va invadiendo sus conciencias, alejándolos un poco del placer de la sencillez. Mi marido se ha vuelto extravagante; gasta y en serio. Coches lujosos, motos, casas en lugares de descanso, relojes, trajes impecables y zapatos carísimos. En lo único que no tiene buen gusto es en las mujeres, y desde luego, no lo digo por mí.

Parece molesto pues lo primero que hace es señalar que no le he escrito estos días. Le explico que tuve poco tiempo para acomodar mi estudio y preparar mi ingreso al doctorado. Con la cámara de la computadora le enseño el espacio y se queja de que sea tan sencillo y pequeño. Él ofrecía que rentara un piso en uno de los mejores barrios de Madrid y yo me negué. Quedaba lejos del campus y habría tenido que encargarme de contratar los servicios y ocuparme de un lugar, lo que me quitaría tiempo, concentración. Logré ganar. Hablamos acerca de cómo están los niños; por fin, después de unos minutos de conversación, me salen las palabras:

—Perdí mi baúl; más bien me llevé un baúl equivocado.

—¿Cómo que te llevaste el baúl equivocado? —preguntó sorprendido.

—En la escala que hice en Nueva York. Me di cuenta cuando llegué aquí. La buena noticia es que ya sé quién lo tiene. Es un señor que vive ahí mismo, en Nueva York.

—¿Un señor? ¿Cómo piensan cambiarlo? —pregunta, y al hacerlo se escucha molesto.

—¿Tiene algo de peculiar que sea un señor? ¿O por qué preguntas?

—Por nada en especial. Qué bien que están en contacto. ¿Ya tienen un plan?

—Es un hombre solo. No tiene oportunidad de viajar. Y yo, iniciando el doctorado, también imposible hacerlo —le cuento, temerosa de escuchar su respuesta.

—Cuando se te ocurra algo me avisas. Acuérdate que antes de irte me pediste que no interviniera en nada. Recalcaste que tú te las arreglarías sola. Menos mal que aceptaste llevarte dinero y tarjetas. Úsalos como los necesites —me ofrece, sin hacerlo muy amablemente.

—En el baúl estaban mis papeles de la beca. Voy a ver si logro obtener una copia. Por lo pronto, el profesor José María consiguió que pudiera entrar de oyente a las clases, para no atrasarme.

—También están las cartas de nosotros, tu familia, por si te importa. Te marco el domingo para que hables con tus hijos. Grecia me contó que ya estuvieron platicando —comenta indiferente.

—Sí, lo sé, y claro que me importan. Espero recuperar pronto el baúl para conocer su contenido —contesto.

—Estamos en contacto —respondió secamente.

Me fijé en sus gestos y, sí, lo noté sorprendido cuando le dije que era un señor el que tenía mi valija. Aun así, la verdad dudo que sea capaz de haber organizado este lío para obligarme a regresar. De no darme su apoyo, a querer dañarme, hay una gran distancia. Me calaron sus palabras, su frialdad, el hecho de recordarme que yo no quería ayuda. Pero es verdad, no la quiero aunque la necesite. Si le pidiera a Lucio que alguien fuera a buscar mi baúl a Nueva York y me lo trajera a Madrid, lo tendría aquí en cuestión de días. Pero vine sola para arreglármelas por mi cuenta, y así lo haré. El arrebato de ayer de no querer ya mis cosas fue sólo eso. Atesoro mi baúl, es mi pasado y lo necesito conmigo para vivir el presente. Mis objetos en gran medida son mi seguridad, mis caprichos, mi historia personal, mis recuerdos, mis motivos. No dejaré que el tal Marc se los quede; tendré que confiar y buscarlo de nuevo.

Me encuentro con un correo de él que tiene un tono mucho más cercano. Me cuenta acerca de su regreso a casa tras algunos días en el hospital. Propone que tengamos confianza, que deje de considerarlo un extraño. Siento que sus palabras son sinceras, es agradable el tono que usa y, efectivamente, empieza a convencerme de que lo que cuenta es real.

Para: **mlg@patagonia.org**
De: **helenatm@outlook.com**
Asunto: **Tendré que confiar**.

Gracias por contarme su situación. Siento mucho lo que le sucede. Quizá pronto, cuando se restablezca, podamos conocernos y así dejemos de ser extraños. Pero, por ahora, necesito mi baúl. Hagamos lo más obvio e inmediato: contratemos ya, cada uno, un servicio de entrega especial y mandémoslos. Espero su respuesta inmediata para intercambiar direcciones. Deseo que se recupere pronto, Helena.

XV

Hablarle

Para: **helenatm@outlook.com**
De: **mlg@patagonia.org**
Asunto: **Gracias por confiar**.

Helena:
¿Tendrá un número al que pueda llamarle?
Saludos,
Marc.

Para: **mlg@patagonia.org**
De: **helenatm@outlook.com**
Asunto: **mi número**.

Marc:
Le paso el número de mi celular: (034) 647 035 721.
Por las horas de diferencia entre Nueva York y Madrid le propongo que me marque a las diez de la mañana de allá, el día de mañana.
Helena.

Para: **helenatm@outlook.com**
De: **mlg@patagonia.org**
Asunto: **horario**.

Helena:
A esa hora le llamaré.
Con el gusto de escucharla pronto,
Marc.

Estaba por darle otro infarto.

Ya veremos lo que el tal Marc tiene que decir.

¿Y si Helena quería las piezas? ¿Quién sería realmente?

Podría proponerle que haga la llamada por *Skype* para verlo.

¿De dónde surgía esa sospecha cuando estaba tan seguro de que era una mujer normal?... Bueno, si tenía *h*alas no era tan normal.

Verlo implica que él también lo haga, y me preocupa que sepa quién soy, si no es confiable.

¿Cómo convencerla de que debía ayudarlo?

¿Y si ya abrió mi baúl y sabe prácticamente todo de mí?

Mejor no marcarle, así evitaba que alguien pudiera rastrear la llamada. Pero si no lo hacía, ella iba a confiar aún menos en él. Pensó entonces en hacerlo desde un número bloqueado.

No voy a adelantarme, esperaré la llamada, y a ver qué pasa.

El tiempo se hizo eterno hasta las diez de la mañana del día siguiente.

Noche de fiesta, por fin. Me urge tomar algo, conocer gente. ¡Bailar!

Whitman y Neruda fueron su compañía esas horas, inspiración poética antes de oír su voz. Vivaldi en el ambiente, ya que estaba el otoño en pleno. Gramercy Park olía delicioso; pensó que se veía increíble desde la ventana.

Mi mejor sonrisa como accesorio y lista para entrar al salón de la Facultad, donde es la fiesta.

La señora Smith le había hecho el favor de limpiar la casa y comprar la despensa. También de traer el teléfono celular de prepago que le pidió. Cumplió algunos caprichos gourmet solicitados "dentro de lo permitido en la dieta".

Ahí está Ramón. Me recibe con gusto, me dice que me veo muy guapa. Lo de la sonrisa funciona siempre. Con él están Alba, colombiana, y Mathew, americano. Saludan muy amables y de inmediato me siento en confianza. Veo que han dispuesto comida y bebidas de los distintos países a los que pertenecemos. Asumo que hay tequila; no sólo eso, sino "margaritas de tequila". Empiezo a beber y la conversación fluye. La música está buenísima. Me cuentan que el DJ también es un compañero. Es un genio mezclando música del mundo y distintos ritmos. Parece que ha pasado sólo un instante cuando la fiesta está alcanzando su clímax. Ramón me toma de la mano y me lleva a la improvisada pista de baile. Soy mayor que él, ¡por Dios! Pero qué interesante es. Lleva el pelo corto, casi a rape, tiene mapas tatuados en los brazos y sus ojos son de una viveza extraordinaria. Muy guapo, varonil, sin duda. Con lo serio que se veía, ha resultado muy buen bailarín. Estoy totalmente relajada y me dejo llevar por el momento, y por él. Aprovechamos el cambio de ritmo y nos acercamos a la improvisada barra a tomar algo.

Con eso de estar leyendo poesía le dio por buscar una libreta y empezar a escribir. Si hubiera contado sus aventuras de esos años habría publicado un *bestseller*. Ni qué decir del tiempo en la Patagonia con su maravillosa geografía. Tenía un aire distinto, se respiraba diferente. Podría narrarlo. Sus momentos de arqueólogo descubriendo tesoros indescriptibles, las veces en que defendió territorios para evitar que las especies se siguieran extinguiendo del planeta. Los robos. Pero ¿a quién habría de interesarle su vida?

Ramón me cuenta que alguna vez formó una banda de rock y que, además de geógrafo, le habría encantado consolidar su afición y hasta convertirse en un "rockstar". Reímos. Después se acerca más y me susurra que le da gusto haberse topado conmigo. Me complace sentir su cuerpo cerca del mío; el ritmo de los dos en el compás de un momento excitante y divertido.

"TO YOU. Stranger, if you passing meet me and desire to speak to me, why should you not speak to me? And why should I not speak to you?"

Alba y Mathew se acercan para despedirse y por eso me doy cuenta de lo tarde que es. Les digo que me uno a ellos para irnos juntos a la Pérez Galdós, y Ramón de inmediato se ofrece a acompañarnos, aunque él vive fuera del campus. Vamos contentos durante la caminata. Casi me caigo al tropezarme con una piedra, lo que desata más carcajadas de los cuatro. Me siento realmente feliz de desahogarme así y encontrar nuevos amigos. Esto promete ponerse bien.

Justo para el momento. Whitman, en 1860, refiriéndose a dos extraños que deben hablarse, ¿querían hacerlo?

El estudio de Alba está un piso abajo del mío y el de Mathew en la otra ala de la residencia. Ramón parece no querer irse. Sube la escalera con nosotras y ambos despedimos a Alba en el primer piso. Le digo que así está bien, que ya baje, que sólo es un piso más, pero insiste en subir conmigo. Gracias Ramón, la fiesta estuvo fantástica. Gracias a ti, Helena, bailas muy bien y la pasé fenomenal. Se acerca a darme un beso que pretende que vaya directo a mis labios, pero logro esquivar un poco y quedan los suyos en mis comisuras. Lo empujo hacia atrás suavemente y me apresuro a encontrar la llave para abrir la puerta. Me pide entrar. Me niego; invento pretextos para medir a distancia lo que ha sucedido, y digerirlo.

Pablo Neruda estuvo en Isla Negra y vivió un corto tiempo en Chiloé; sitios que Marc pisó también, lugares explorados, tierra que se hizo muy amada. Tenía su pluma preferida entre las manos y, recordando el poema "La Poesía", lo escribió.

Y fue a esa edad... Llegó la poesía
a buscarme. No sé, no sé de dónde
salió, de invierno o río.
No sé cómo ni cuándo,
no, no eran voces, no eran
palabras, ni silencio,
pero desde una calle me llamaba,
desde las ramas de la noche,
de pronto entre los otros,
entre fuegos violentos
o regresando solo,
allí estaba sin rostro
y me tocaba.

Yo no sabía qué decir, mi boca
no sabía
nombrar,
mis ojos eran ciegos,
y algo golpeaba en mi alma,
fiebre o alas perdidas,
y me fui haciendo solo,
descifrando
aquella quemadura,

y escribí la primera línea vaga,
vaga, sin cuerpo, pura
tontería,
pura sabiduría
del que no sabe nada,
y vi de pronto
el cielo
desgranado
y abierto,
planetas,
plantaciones palpitantes,
la sombra perforada,
acribillada
por flechas, fuego y flores,
la noche arrolladora, el universo.

Y yo, mínimo ser,
ebrio del gran vacío
constelado,
a semejanza, a imagen
del misterio,
me sentí parte pura
del abismo,
rodé con las estrellas,
mi corazón se desató en el viento.

Duermo con el deseo bajo la almohada, ese deseo que de pronto se ha encendido y que da tanta luz, que ilumina el espacio, y por eso siento que debo cubrirlo. Una mujer de cuarenta y cinco años emocionada como una adolescente; deliciosamente ridículo. No puedo permitirlo.

Era ya la medianoche.

Son las siete de la mañana; qué más da dormir otro poquito y tener una fantasía. Me desnudo y me meto entre las sábanas. Toco mi cuerpo e imagino que él lo está haciendo. Dedos que exploran surcos húmedos, cueva al rojo vivo. Estremecerse al buscar aquel lugar y salir para volver a entrar, con un poco más de fuerza. Llegar a mis pechos y al otro extremo. Gemir y hacerlo cada vez más fuerte, entregarme a las sensaciones, volar.

Despierto y siento como que el haber conocido a Ramón ha revivido algo en mi piel y en mi alma. Irrumpe el recuerdo de esos deliciosos momentos; la maldita cruda emocional se suma a la física por las margaritas de más. La mañana empieza su curso a las nueve y es domingo. Otro rato más, otro. Pongo música, bajito, casi como la voz de Ramón ayer en mi oído. Resaca, sí, pero valió la pena cada segundo. Hambre, sueño, deseos. Mucho trabajo pendiente después de los primeros días de clase. Justo a una semana de haber llegado aquí. Me siento tan contenta, y hoy, además, con la seguridad de que hablaré con Marc.

Un número al cual llamarle. Helena tan deseada, presa de sus fantasías. Se hacía viable conocerla. Era real lo que estaba sucediendo y lo que sentía por ella, esa fuerza que ejerce la atracción, ese impulso de querer tenerla de frente, de tocarla, de hacerle el amor, de poseerla toda. Estaba excitado, le gustaba esa fiebre, saberse capaz de alojar una pasión así.

Se me pasó el tiempo como agua; en silencio, tan metida entre los libros y mi computadora para resolver las primeras tareas de las clases que tuve. Apenas puedo creer que ya sean casi las cuatro. ¿Sonará mi teléfono? El estómago sumido: exactamente la misma sensación que tengo cuando voy a subirme al avión. Extraña asociación, como si no importara la circunstancia que conduce a esa emoción, sino la emoción o el miedo mismos. Pero ¿por qué miedo? Si es sólo una llamada y si sólo es un hombre al otro lado ¡que tiene todas mis cosas!

Digitar cada número con calma y tratar de detener el acelerado ritmo de un corazón que anhelaba que algo sucediese, un espíritu que buscaba encenderse con cualquier pretexto, vivir con el nombre de una mujer como motivo, esperar que la presencia de ella apareciera, respondiendo. Que fuera el vehículo para reconstruirse, para que la vida volviese a tener sentido. Le complacía tener una nueva emoción, la necesitaba para respirar. Tanto tiempo callado, reprimido, solo. ¡Cómo pudieron pasar 15 años!

Ahí está, ese timbre. Dejo que suene un poco más, respiro, contesto.

—Helena, buenas tardes. Soy Marc.

—Marc, qué gusto escucharlo. ¿Cómo sigue?

—Mucho mejor. Gracias por preguntar. Y usted, ¿cómo está?

—Bien, gracias. Contenta porque es domingo.

—Debe disculparme por no llegar a Madrid. Fueron tres días de ausencia total.

—¿Ya salió del hospital?

—Estoy en casa, con todas las comodidades. Odio los hospitales.

—¡Quién no! Supongo que lo están cuidando mucho.

—Vivo solo. Pero ha venido una señora que me ayuda y me ha visitado algún amigo también. Usted, ¿tiene familia?

—Sí, Marc, pero no están aquí conmigo, se quedaron en México.

—Dice usted que está estudiando un doctorado.

—Así es, en Historia del Arte.

—Qué interesante. Desde que vi “Helena” en su baúl, pensé en la de Troya.

—Ni lo diga porque me estremezco. Helena es mi personaje favorito. ¿Sabe que vino conmigo?

—¿Y cómo es eso?

—La invité y aquí está.

—Ah, muy bien. Pues salúdela también.

—Marc, es urgente que cada uno de nosotros tenga su baúl.

—Créame que lo sé. En el mío hay dos piezas que deben llegar a Londres en breve. Estoy tratando de que alguien lo recoja por mí y le lleve el suyo. Pero en la casa de subastas en la que trabajo no hay nadie disponible aún para hacerlo.

—Entonces el asunto podría llevar varios días por lo que se ve. Yo necesito mis cosas inmediatamente, así que le pido me mande mi baúl y yo haré lo propio, adonde me diga.

—Como comprenderá, no tiene caso que usted lo mande a Nueva York cuando lo necesito en Londres. Tendrá que disculparme pero tener su baúl es lo único que me une al mío y me asegura tenerlo de vuelta. Si le mando el suyo, ¿cómo sé que tendré de vuelta el que me pertenece?

—Pensé que empezábamos a confiar el uno en el otro. Deme la dirección a la que debe llegar su baúl en Londres y lo envío. Lo haremos simultáneamente. No se trata de engañarnos, ¿o sí?

—No, desde luego que no. Pero lo que ese baúl lleva dentro debe entregarse, personalmente, a un coleccionista. Le pido por favor que me dé unos días para conseguir que alguien llegue a Madrid y ahí intercambien los baúles.

—¿Cuántos días?

—Sin falta, el martes le aviso si alguien puede viajar esa misma semana.

—Yo tengo como plazo sólo hasta el viernes para entregar mis papeles; de lo contrario ya no podré ser ni oyente en la Facultad.

—Si los necesita, déjeme ayudarla. Abro su baúl con su permiso y se los mando de inmediato, antes de que los baúles viajen.

—Tendría que pensarlo, ¿le parece?

—Me parece. Prometo buscarla en cuanto llame a la oficina y me respondan si alguien puede ayudarnos.

—Muy bien, pues que tenga usted buen día, Marc.

—Feliz tarde, Helena.

Helena le resultó interesante, amable. Consideró que tenía una bella voz.

Me gustó escucharlo. Voz rasposa, pero jovial.

La conversación fluyó, a pesar de la vergüenza que sintió al haberle mentido diciéndole que trabajaba en una casa de subastas.

No me pareció para nada que dudara de mí y dijera que la entrega de mi baúl está condicionada a recibir el suyo.

Jamás se arriesgaría a que le enviará el baúl en un *courier*.

Si le diera mi combinación, los papeles llegarían, pero también abriría mis secretos.

Seguía siendo un desconocido para ella. ¿Cómo ganarse su confianza y hacerla creer en él? Las intenciones eran buenas aunque se tratara de recuperar las piezas. Ella no tenía por qué correr ningún peligro. Marc era a quien podrían estar buscando, si acaso lo estaban haciendo. Pero no tenían por qué. No pasó nada en México y a Helena no la detuvieron ni en Nueva York ni en Madrid. Descartó que lo buscasen. No había razón para tener tales sospechas.

Mis objetos exhibiéndose ante un desconocido, revelando sus secretos; las libretas contándole lo que llevan escrito.

XVI

Estar en silencio y descansar de mi constante diálogo interior, que en la soledad se hace más evidente, resulta en una paz que hace mucho no sentía. Cuando estoy rodeada de todos, en la intimidad de la casa, converso con unos y con otros, cuestiono si ya hicieron esto o aquello, intercambio puntos de vista, debato. Poco me fijo en lo que digo, en mis discursos y en lo que por dentro, en realidad, me estoy contando. Aquí, en este retiro, me gusta escucharme de otra manera. Dialogar desde dentro, callar y sentir, y que la atmósfera se apodere de mí; que las cosas, los espacios y los ruidos hablen.

Darme una tregua, apartándome también del teléfono que llevo conmigo siempre, como si fuera una extensión de mi mano. Confieso que estoy apegada en grado considerable a ese universo electrónico que nunca guarda silencio; en parte por mantenerme comunicada con mis hijos y también por enterarme de todo lo que Lucio exhibe. No puede permanecer callado. Todo lo quiere contar. Me exaspera. Por mucho que me he esforzado en conservar mi intimidad, en guardar lo que me parece que es muy nuestro, que sólo nos pertenece a la familia, él ha logrado que suceda lo contrario. Si hacemos un viaje o si salimos a alguna de las casas de fin de semana, siempre tiene algo que decir, que publicar. No le importa romper el momento con tal de que el mundo sepa lo bien que la pasamos. Lo peor es que involucra a nuestros hijos en eso, en sacarse fotos con él, subidos en la lancha, o posando con el coche de moda. Ni siquiera mide el peligro que representa que todo se sepa. Yo le he prohibido que me incluya, pero inevitablemente aparezco ahí, en sus imágenes, en el "mundo perfecto" de Lucio Sánchez.

Peleo, sin embargo, porque suceda lo contrario; por tratar al menos de que mis hijos puedan ver que hay mucho más allá de la tecnología, que existen espacios para platicar rico, para conocerse mejor, y que no todo se trata de quedar bien con los demás.

Cómo tengo presente ese fin de semana en Careyes, cuando obligué a la familia entera a dejar sus aparatos y guardar silencio, invitándolos a gozar de la vista del mar y después abrir la conversación entre nosotros. Les pareció casi inaudito, ridículo. Pues eso tienen, una mamá ridícula que aún cree que lo que vale la pena es hablarse, tratar de entenderse a fondo. Siempre la queja y hasta la burla por mis ideas, pero aún tengo autoridad sobre los míos y me obedecieron. A Lucio también le costó muchísimo trabajo, pero aceptó. Los chavos salieron a hacer deporte y no necesitaron de la plática *en línea*, no hablaron con nadie más que entre ellos y nosotros. Confieso que me pasé un poco de la raya cuando una tarde, después de comer, invité a una amiga que conduce meditaciones y no les quedó más remedio que callar y seguir la dinámica que impuso. Cuando sentí que estábamos alcanzando la plenitud del silencio, a alguno de los tres se le ocurrió empezar a hacer un ruidito con la boca, que primero parecía un sonido exterior y nos distrajo, y luego se hizo francamente descarado, lo que me obligó, primero, a querer matarlo y, después, a liberar un ataque de risa incontenible. Tampoco hay que llevar las cosas al extremo para obtener buenos resultados; reírse rompiendo así el silencio da un buen resultado. ¿Me habré vuelto una amargada que ríe cada vez menos? Creo que, a los ojos de Lucio, sí. Haciendo su vida, aparentando ser perfecto, desea desconocer que algo sucede, algo importante, algo grave. Creo que han pasado años sin que riamos juntos.

El hecho de que alguien oiga por primera vez mi voz me hace preguntarme qué escuchó de mí; es una curiosidad que tengo. Desde la llamada con Marc es así. ¿Qué habrá adivinado de mí con lo que le dije? ¿Cuál fue el sonido que tuvo esa breve conversación? Tener ganas de hablar con un extraño, abrirte para que te conozca, siempre y cuando calles lo que eres. ¿Por qué callar? Para no ser, porque mostrarse así da miedo, te vulnera, te desnuda. El otro acaba siendo siempre nuestro espejo y a veces no nos gusta lo que vemos.

Con la confianza de no ser visto puede surgir, por el otro lado, lo que se es en esencia. Descubrirse protegido por la pantalla, para desnudarse frente a ésta y que nadie te vea. Engancharte con quien está del otro lado y ser capaz de decir lo que ocultas en tu vida real. La mentira de no ser quien los otros esperan puede convertirse en la verdad de ser quien siempre se ha sido en realidad; mostrar la auténtica personalidad, la que a veces no es evidente. En este lugar, justo en este momento, me doy cuenta de lo mucho que me he acostumbrado a mentir, a disfrazarme. Reparo en las múltiples máscaras que uso en mi vida diaria y en la gran oportunidad que tengo ahora de ser yo misma, aquí. He mentido por miedo a ser descalificada, a no tener la aprobación de Lucio, a desatar su ira. Su carácter arrebatado, y algunas veces hasta violento, me frena y me hace reprimir mis respuestas, medir mis reacciones; en gran medida, anularme. Pero si ahora, empiezo a mostrarme tal cual y hablar, en una de esas acabo por conocerme totalmente y, por fin, volar. ¿Callar o no callar? Para resolver éste y otros pesares, le recordaré a Paloma que tenemos una cita hoy en Casa Lucio, para exorcizar el recuerdo del hombre que tanto me ha hecho sufrir. Nada que una serie de manjares no pueda solucionar o, al menos, mitigar. Consultando mi celular veo las llamadas perdidas de Ramón y un mensaje en el que me invita a cenar.

Le escribo:

Gracias por la invitación, pero quedé de verme con mi prima. Nos vemos mañana por la Facultad.

Y de inmediato:

Se me apetece mucho verte y platicar contigo.

Yo:

Lo siento.

De nuevo él:

¿Te parece si más tarde paso por la residencia y salimos a tomar algo, o me invitas un café en tu estudio?

Yo:

La verdad es que no sé a qué hora regresaré, y no me gustaría estar presionada.

Él:

No te preocupes. Habrá mucho tiempo para disfrutar. Seguro coincidiremos pronto, guapa.

A nadie le cae mal un halago de vez en cuando y más si proviene de un hombre como Ramón, aunque… ¿habrá con él algún futuro?… Mmm, ¡no lo creo! Pongo algo de música y evoco esas tardes en las que, cuando era estudiante universitaria, de intercambio en Vancouver, hablaba horas y horas con mis amigos acerca de los planes que teníamos para el tan nombrado futuro. Con veinte años qué se puede saber de lo que nos espera. Pero desde luego uno está convencido de que los sueños están en la palma de la mano, cuando en realidad lo que se ve en ella es el destino. Líneas marcadas, líneas de tiempo que toman curvas inesperadas y giros que uno nunca ve venir. Aterrador y fascinante. Me divierte no saber qué pasará, y eso me reta tanto como aquellos días en que creía tener lo suficiente para alcanzarlos. Esos sueños, desviados por las propias decisiones, por las circunstancias y por los demás, van tomando otros carices. Algunas veces son pesadillas tan terribles que urge despertar y sentir que se puede volver a vivir. Tantas pérdidas en el camino, tanto dolor que sólo se disuelve entre tenues momentos de alegría. En resumen, la vida, al menos la mía, no ha sido miel sobre hojuelas, pero la esperanza de nuevas oportunidades llena los vacíos. Es cierto que amo y supongo que me aman, al menos mis hijos. Ese amor es, sin duda, mi motor y mi alimento, el sostén para seguir; es el futuro hasta que el tiempo alcance.

Me preparo para salir a ver a mi prima. Estoy callada, serena, reflexiva, con las emociones revueltas por la llamada de Marc, por la inesperada cercanía de Ramón y su insistencia, y por las ausencias que, desde donde están, habitan el vacío de mi presente inmediato. Brindaré en la comida por hoy, por el futuro que me aguarda, por el silencio y por las voces que me hablan a la distancia, por las posibilidades, por mi libertad, por las ganas que tengo de alzar la voz, rebelarme, ser como me dé la gana.

XVII

Hilusión

Se desnudaba frente a él, poco a poco. Vio su cuerpo y le pareció perfecto, justo porque no lo era. Su piel tostada contrastaba con la blanca pared del estudio, en la que se dibujaban sus formas. Leyó en voz alta un poema; mientras, ella se acariciaba la entrepierna, mirándolo. Estaba sentado en su sillón favorito y escuchaban una música suave que sonaba a jazz, con notas de orquesta clásica. La llamaba recreándose en cada una de las letras de su nombre: Helena. Si estiraba los brazos podía tocarla, pero no quiso hacerlo; habría roto el encanto de ver cómo gozaba. Se excitó al punto de casi no contenerse, y cuando sintió que ya no aguantaba más, fue ella quien se acercó. Le acariciaba la cara, repasando sus facciones con dedos inquietos y trazos sutiles. Él quiso abrazarla para sentarla en su regazo, pero ella no se dejó. Su lento caminar la llevó detrás de él, y con los pechos tocó su espalda y se apretó contra ésta. Él inclinó la cabeza hacia atrás y le dio un beso profundo y largo. Batalla de lenguas hasta que desunieron los labios y ella volvió al frente. Le pidió que fuera ahora él quien metiera los dedos entre su bosque que reclamaba. Respiró agitado, pidiéndole que lo dejara hacerle el amor. Ese instante fue la eternidad compartida. Se abrieron de piernas y de almas, habitándose. Compartieron, gritaron. Separaron las pieles y ella lo llevó a la cama de la habitación que olía a su perfume, a la premeditación de desearlo con ella y a la certeza de saber lo que estaba por suceder.

Después de haberle dado vuelo a esa fantasía, imaginando todo a detalle, le escribió porque le urgía, porque debía seducirla y convencerla. Sentir que tuvo piel y sensaciones de nuevo fue lo mejor que le pasó en esos días. Bendita distracción y maravillosa jugada de la suerte, que parecía reconciliarse con su supuesto enemigo. Hacía siglos que no se desnudaba frente a nadie… pero el sueño había parecido tan real que quedó satisfecho casi por completo. Las fantasías lo hacían su presa y resultaba que quería vivir el hoy, el ahora, con ella. Un adicto a la adrenalina curándose de la ambición de tenerla para llenar el vacío. En ese instante únicamente quería ser. Helena no era una ilusión ni ese nombre con H en la etiqueta de su baúl. Había cobrado forma, y de qué manera lo desafiaba e invitaba a saber de ella, aunque ya la adivinaba y la intuía. La soñaba al desnudo, junto a él. ¡Cuánto la necesitaba!

Para: **helenatm@outlook.com**

De: **mlg@patagonia.org**

Asunto: **Llamada**.

Querida Helena:

Me dio mucho gusto escuchar su voz y conocerla por teléfono. Ya es un primer paso importante para entablar confianza, ¿no cree? Sé que habíamos quedado de entrar en contacto hasta el lunes. Sólo quería decirle que he soñado con usted.

Mañana la llamaré. Marc.

XVIII

Hora de salir y despejarme. Disfruto mucho la caminata que me permite dejar el campus. Gozo esa sensación de libertad en mi cuerpo, entregado a los movimientos de mi andar y a la invitación del clima, porque el sol de otoño me saluda. Subo al camión. Sería maravilloso viajar con destino a ninguna parte. Cambiar de rutas, subir a uno y a otro autobús hasta agotar la ciudad. Pasear sin rumbo fijo, perderme sin buscar. Con el destino aparentemente trazado y perfecto es muy difícil no acostumbrarse a la rigidez, a lo predecible, a lo que uno mismo va construyendo para creer que se tiene el mayor control posible de cada una de las situaciones y los momentos, para aparentar que uno no está completamente perdido. Solemos estarlo, pero no tener idea de a dónde ir no es tan malo como parece. Pienso que hay sueños que viajan en camión, que sufren tropiezos y adversidades, baches y ponchaduras, falta de gasolina y desperfectos, pero de eso se nutren y se fortalecen; se hacen más grandes.

Estoy sentada en la tercera fila del lado derecho del camión. Hay poca gente conmigo. Dos señores mayores a mi izquierda, una fila atrás. Una mujer de mediana edad con una niña pecosita como de tres años. Otra con uniforme de enfermera, de mirada melancólica. Un trío de jóvenes que hablan alegres y van parados muy cerca uno del otro. Y yo. Pienso en cuáles serán sus anhelos y si vendrán aquí, también, para perderse, para evadirse y llevar su destino hacia otro lugar, forzarlo a hacer una maniobra distinta, a detenerse en un sitio inesperado, a viajar por otros rumbos.

Por lo pronto mi rumbo es la Cava Baja, y mi propósito, encontrarme con Paloma. Y ahí está, con un vestido rojo, su pelo corto y muy negro, a la entrada del restaurante, viendo cómo me acerco para saludarla. Muchos dicen que nos parecemos; aire de familia. Entramos felices, comentando acerca del frío que inicia y sobre el antojo de lo que comeremos. Nada más entrar al lugar, las papilas gustativas se me encienden y salivo al pensar en lo que comeré. Una golosa profesional, herencia de mi papá.

Nos sentamos y pedimos tapas variadas, los famosos "huevos rotos" y una botella de vino. Es domingo, sin prisas, aunque para comer no hay tiempo que perder. Paloma habla mucho y me interroga acerca de cada uno de los miembros de nuestra familia compartida. Empieza el vaivén de frases, palabras y confesiones. Angulas, croquetas, cocido que pelean por ser probados mientras nos contamos nuestras cosas.

—Prometiste que me dirías cómo va el asunto en casa —me recuerda.

—Querida Paloma, necesitaremos tres encuentros más. Pero empiezo por confesarte uno de los mayores miedos que traje conmigo: enfrentarme a la verdad. Saber lo que piensan de mí, Lucio y mis hijos —le cuento angustiada.

—Supongo que ya lo sabrás en gran medida, ¿no?

—Me refiero específicamente a algo que traigo de cada uno de ellos, por escrito de su puño y letra, y que viene en el baúl perdido —mientras le respondo, un escalofrío de incertidumbre me recorre.

—¿Cartas?

—Un ejercicio que una amiga terapeuta me sugirió que hiciera con ellos, antes de venir —respondo, tras dar un trago a mi copa de vino tinto, como buscando alivio.

—¿De qué va? —pregunta extrañada.

—A cada uno le pedí que me escribiese lo que sentía ante la inminencia de mi estancia de varios meses aquí. Antes de tomar el avión estuve a punto de guardar el sobre que me dieron en mi bolsa de mano, pero quise evitar la tentación de abrirlo durante los vuelos y querer morir o regresar.

—¡Hostia! Y se quedaron en el baúl perdido —afirma categórica y mirándome con cierta compasión.

—Así es.

—Pues, tía, por algo pasan las cosas —lo dice pretendiendo animarme.

—¡Habrá que creer que esto tiene sentido!

—Bebamos un poco y brindemos por la incertidumbre.

—¡Salud!

—Vi tu mensaje en el que me escribiste que Marc te había dicho que tuvo un infarto. Cuéntame, ¡por favor! —pide entre curiosa y divertida.

—Pues sí, parece que le sucedió cuando estaba por subir al avión y por eso nunca llegó. Reapareció por correo después de tres días. Me pidió mi teléfono y hablamos.

—Uyyy, qué curiosidad escucharlo, ¿qué te dijo? —me apresura para que le responda.

—Fue muy amable. Su voz se oía más joven de lo que imaginé, rasposa, interesante. Me explicó que no podría viajar en varias semanas. Que trabajaba en una casa de subastas y estaba viendo la posibilidad de que alguien viniera hacia aquí para intercambiar los baúles. Le conté que tenía que recuperar mis papeles pronto y acordamos que me llamaría mañana, por si yo decidía que él abriera el mío y me los enviara por mensajería. Pero tengo tantas cosas ahí tan importantes, que confiárselas a un extraño no es un asunto menor. Estoy preocupada, como imaginarás.

—Vaya, tú también podrías abrir el suyo y así los dos se comprometerían a respetar sus respectivos contenidos. Se deben algo el uno al otro, hasta que puedan cambiarlos —sugiere, amablemente.

—Paloma, uno guarda muchos secretos y los que están en mi baúl estarían expuestos ante él. Tú sabes que Lucio es un hombre de negocios muy conocido, y hay mucho escrito en libretas que lleno con mis pensamientos más íntimos desde hace tiempo y que quedarían en las manos de una persona que no conozco —le digo francamente preocupada.

—Te entiendo bien, prima. Y ya te trastorné un poco la comida con esas reflexiones. Compartamos un arroz con leche para endulzarnos un poco y llenarnos el alma. Además, tengo algo más que decir... ¡Me caso! —lo dice en voz alta, sin importar que en ese momento los comensales de las mesas cercanas nos miren con curiosidad.

La feliz noticia nos hace pararnos y abrazarnos, riendo de tal forma que la gente acaba aplaudiendo ante la frase que Paloma repitió de nuevo en voz alta: "¡Me caso!" Pienso en lo ingenuas que solemos ser las mujeres en los temas del amor y el matrimonio, pero nadie experimenta en cabeza ajena, así que mi querida prima tendrá que vivir sus propias experiencias, y de corazón le deseo que sea feliz.

Salimos del restaurante justo para que yo tome el autobús de regreso al campus y esté en la residencia a tiempo para hablar con mi familia. Primero le marco a Grecia, pero mientras lo hago, recuerdo que viaja hacia Nueva York para pasar ahí el fin de semana. Fanática de las obras de teatro, de los musicales, está ilusionada por asistir a Broadway y presenciar los estrenos. Compramos los boletos con tanta anticipación, y por fin, parece increíble, llegó el día. Ahí se encontrará, además, con mi amiga Clara, que pertenece a la misma orden de hermanas del internado de Quebec. Me da tanto gusto por ellas. Y experimento una gran tranquilidad al saber que mi niña estará tan bien acompañada.

Me busca Alejandro por *Skype* y después se unen a la conversación Homero y su papá. Los veo tan bien a los tres, tan tranquilos juntos, que siento, por un momento, que podrían funcionar bien sin mí, que hasta quizá sobraría en mi casa. Nadie es imprescindible, pienso, mientras cada uno me cuenta los pormenores de su semana. Homero está metido en la escuela, en sus trabajos y sus tareas; es muy dedicado y le gusta estudiar, como a mí. A veces tenemos largas tardes de intercambio y es mi cómplice absoluto cuando quiero visitar algún museo, ver documentales y hablar acerca de libros. Alejandro es completamente distinto, dedicado al deporte, medianamente va pasando las materias y el tenis es su pasión; parece que se ha recuperado del accidente y de la mala época que pasamos. Los tres, además, adoran las motos y los coches. A Lucio lo noto frío otra vez, como durante nuestra conversación de días anteriores. Cuando estamos por despedirnos me pregunta si he leído lo que cada uno me escribió y le digo que el sobre con las cartas se encuentra en el baúl. Pregunta si he avanzado en el asunto de su recuperación y le digo que sí. Entonces me dice que si necesito de su intervención no dude en avisarle. Es especialista en quedar bien enfrente de sus hijos y me da mucha rabia pensar que a mí acababa de decirme, cuando platicamos, que yo estoy sola en esto porque así lo he querido. Es algo que no soporto de él: siempre procurando guardar las apariencias. Y ya no quiero discutir el punto ni contradecirlo. Me duele pensar en el rencor que guardamos y me pesa tener que despedirme de mis hijos.

Marc me ha enviado un correo en el que dice que "ha soñado conmigo", lo cual me desconcierta y me hace ruido. Es momento de pensar en serio si me atreveré a confiar en él y permitir que explore entre mis cosas. La paradoja más absoluta ocurrirá entonces. Helena huyendo para ocultar su pasado, tratando de repararse y bebiendo un poco de posibilidad de futuro, pero cuyo presente se ve truncado por un perfecto desconocido que, al tener sus cosas y conociendo su pasado, la poseerá por completo, aunque nunca la haya visto cara a cara.

INTERLUDIO

GRECIA

Ma, me da mucho gusto que hayas logrado irte a Madrid a hacer lo que querías. La verdad, estaba muy enojada de que tú y papá decidieran mandarme aquí, y más pensando en que podrías estudiar aquí, cerca de mí, para estar más tiempo juntas. Pero luego, cuando me explicaste lo importante que es para ti estudiar, y que en la Complutense te gustó lo de las materias y te dieron la beca, lo entendí. Aquí he estado muy contenta porque podemos salir al pueblito a caminar y he hecho amigos de distintos países. Me da risa que sean muy diferentes. Salir es padre, porque en México no puedo hacerlo mucho. Andar en bici y tomarnos algo en un lugar está increíble. Extraño a papá y a mis hermanos, aunque ellos me den tanta lata cuando estamos juntos. De esas preguntas complicadas que querías que te contestáramos sólo pensé que lo que más me gusta de ti es cuando te veo reír. Tienes una risa fuerte que hasta me da pena a veces, pero me gusta mucho. Me encanta verte contenta, pero desde que se murió mi abuela Artemisa y luego el abuelo Daniel, como que te quedaste bien triste. Además de la época tan fea que pasamos cuando Alejandro chocó y estuvimos muy preocupados de lo que podría pasarle si lo metían a la cárcel y eso. Luego darme cuenta de que emborracharse no está padre y de que mi hermano se pudo haber muerto. También estuve muy asustada de que papá y tú se separaran o algo malo pasara porque se peleaban mucho. Me acuerdo del día en el que te llegó la respuesta de la universidad y dabas saltos de alegría porque te habían aceptado. Papá llegó y le dijiste feliz lo que pasaba y a él le dio tanto coraje verte así que se metieron a su cuarto y discutieron. Yo me puse a llorar. Por más que trataba de oír qué decían no lo logré, y me angustié tanto que no pude dormir en toda la noche. No sé qué pasó, pero a la mañana siguiente estaban tranquilos; papá me explicó de camino a la escuela que no le gustaba que te fueras porque no quería que tú y yo estuviéramos lejos. Más bien, creo que se siente mal de que quieras estar haciendo algo más como estudiar y eso, en lugar de querer cuidar la casa. Pero la casa siempre ha estado bien, y tú has estado con nosotros. Mis nuevos amigos me cuentan que sus mamás han trabajado siempre, y eso para ellos es de lo más normal. Yo les digo que casi ninguna de las mujeres adultas que yo conozco trabaja ni se prepara. Así que me siento orgullosa de que tú quieras ser diferente, aunque eso a papá no le guste. Debe de estar rara la casa sin mujeres. Puros hombres han de ser un relajo. Lo bueno es que se quedó Toñita, a ver si logra meter orden. Qué bueno que a Alejandro ya no lo dejan manejar y que tenga que ir con Sergio a todas partes, porque así sé que no le va a pasar nada malo. También te quería contar que Homero me manda mensajes a mi cel, y eso me gusta mucho. Las materias están unas de flojera y otras mejor, y *madame* Paulette me ayuda con el tema del francés, así que no me siento tan mal de no saberlo bien. Hay un niño que me encanta. Se llama Pierre y lo veo en la clase de teatro. Va un año arriba que yo, y van dos veces que nos ponen juntos a decir unas líneas y a mí me da mucha pena y nervios. Creo que él también viajará a Nueva York durante el fin de semana que iremos. Tengo prisa por que llegue ese día y ganas de ver a Clara. Le voy a decir que Pierre me gusta, y que si lo podemos invitar a comer. Gracias por cumplirme que pueda ver las obras de teatro que quiero con ella.

Te extraño y te quiero mucho, Ma.

HOMERO

Está cañón hacer un resumen o un análisis o como se llame de quién eres, o cómo te veo. ¿Lo que quieres saber es si te quiero y si me caes bien? Pues, las dos cosas. Eres mi mamá. Tú me enseñaste a leer y ahora, además, nos gustan muchas cosas iguales, como las películas y las escapadas a los museos, y cuando me traes libros y me cuentas las historias de Helena de Troya, aunque me burle de que te creas ella. Va a sentirse raro que no estés en la casa. A ver si mi papá deja de trabajar tanto y se mete más en lo que nos pasa diariamente. Veme contando, cuando nos hablemos o me escribas, cómo te va y si ya te encontraste con la otra Helena en un libro o algo. No te preocupes, yo estaré vigilando al menso de mi hermano, que por cierto ya se porta diferente desde lo del accidente. Mi papá quiere que lo acompañe los fines a las motos y eso está padre. También podré invitar aquí a mis amigos, que no esté nadie va a estar muy divertido. Quédate tranquila no va a pasar nada sin ti. Besos

ALEJANDRO

Híjole, madre, siempre me sacan de onda tus dinámicas. Eso de ponerme a escribir, conste que sólo lo hago porque te vas y no nos vamos a ver en un rato. Ya hace unos meses que he estado mejor y lo sabes. También sabes que yo no era así antes de llevarme con Luis y sus amigos. Sólo me concentraba en jugar tenis, pero es padre divertirse. Sé que fui irresponsable al no decirles que no supe cuándo me empecé a pasar de la raya y a emborracharme casi de miércoles a sábado. Fue tonto ocultarlo. Me saqué un susto enorme y aprendí la lección. Sólo de pensar que podría estar en la cárcel en vez de aquí, está *heavy*. Ya el brazo lo siento mejor, y el profe Raya jura que en breve otra vez estaré bien para seguir entrenando. Lo bueno es que no fue el brazo derecho. Ese día del accidente, cuando abrí los ojos y vi al jefe, me dio gusto pero me dio más cuando me abrazaste tú, neta. Me hizo acordarme de la vez que me caí desde la tarimita del preescolar haciendo el cursi festival ese de primavera y tú estuviste ahí consolándome como también en las veces en que la he cagado, perdona mi palabra. Con papá es diferente, hay muchas cosas que no le digo porque tiene un carácter de perros y porque casi nunca está. A la pobre de ti, mientras escribo esto, me doy cuenta de que te ha tocado muy duro, aunque de no ser por mi papá y lo mucho que se parte el lomo, como dice, no viviríamos con tantas comodidades. No soy tan inconsciente como parezco, madre, y me doy cuenta de lo que hace él para que estemos bien, y que esa es su forma de querernos, y que tú haces bien en defender lo que quieres hacer. Que yo me acuerde, nunca nos has dejado solos, más que cuando se han ido de viaje ustedes o así. Ya te toca descansar un rato y divertirte. En serio, madre, Helena, Ma, no te preocupes que ya salí de eso y ahora sólo me importa el tenis, volver a jugar como antes, y que Homero y mi papá se porten bien por acá. Quiero acabar bien la prepa para que te sientas orgullosa de mí. Se me olvidó decirte que le pedí a Toñita que metiera en el baúl una sorpresa para ti; va en un sobre amarillo que me dio tu amigo Fernando, el fotógrafo. Dijo que era un regalo padre que estabas esperando. Promete que me cuentas qué es. Besos de tu oveja negra.

LUCIO

Eres tan ridícula. Mira que hacernos escribirte cartas de despedida. Me dio rabia que lo pidieras, como si fuera oportuno o gracioso. Pero así me diste la oportunidad perfecta de desahogarme, de escribirte todo lo que pensaba decirte cara a cara, antes de que te fueras. Si no lo hice antes fue por respetar tu duelo después de la muerte reciente de tu papá y para no desatar más problemas. Cómo me cuestas trabajo, carajo. Ahora eres extraña, desconocida, lejana a esa mujer que alguna vez fuiste. He estado pensando mucho en lo que me resulta distinto de ti, y es que ahora, a tus cuarenta y cinco, pareces estar consciente de quién eres y lo usas a tu favor creyendo que yo no tengo idea de la clase de mujer en que te has convertido. Al parecer, te sales con la tuya siempre, ¿verdad? Pues no estés tan segura. Cada uno de nuestros actos desleales a la larga se paga muy caro; el destino se encarga de cobrar su factura. Dímelo a mí, que ya estoy empezando a darme cuenta de esto, al igual que, tarde o temprano, lo harás tú. Me alegra que vayas a estar lejos. Hablar de distancia no me resulta incómodo porque ya estábamos así aquí. Era demasiado estar juntos y no tolerarnos; a veces eres francamente insoportable. Reclamas mucho últimamente mi indiferencia ante las situaciones de la casa y de nuestros hijos. Parece que no logro, por ningún medio, que estés satisfecha con nada. ¿Cómo hacerlo, si te has vuelto otra? Disfrutas de hacer planes y excluirme de ellos. Siempre buscas quehaceres ajenos a tus responsabilidades en la casa; parece que sólo te gobiernan tus ganas de estudiar de nuevo, de salir, de rodearte de personas que nada tienen que ver conmigo ni con nuestro mundo. Me desespera no hacerte entrar en razón en lo absoluto. ¿Liberarte?... Muy bien, pero de eso a llegar adonde lo has hecho... No tienes madre. Mira que recibir en tu estudio, el que yo te regalé para que pudieras sacar tu maestría en paz, a tus amantes; eso no tiene nombre. Tus mentiras no tienen medida. Egoísta y soberbio me has llamado mil veces; reconozco que podrías tener razón. También podrías decirme infiel, desleal. Pero ¿quieres saber cómo te llamo yo ahora?: PUTA. Qué palabra tan fuerte, ¿verdad? Pues no deja de repetirse en mi cabeza desde que supe lo que has hecho. Para que lo tengas claro, conozco cada detalle de la vida oculta que llevas. ¿Nos debemos algo entonces o estamos a mano? Por lo pronto, quédate tranquila, tus secretos están a salvo conmigo y puedo aparentar ante nuestros hijos que las cosas están bien, y que si me ven molesto es sólo por el tema de que me opuse a que te fueras. Así que, como imaginas, no te puedo desear lo mejor. Por lo menos, sí quiero que desentrañes qué es lo que en realidad fuiste a hacer allá: abandonar a la familia por algo o "alguien", demostrarme que puedes conducir tu vida sola o tener la libertad de putear en otros horizontes. Piénsalo. Deshazte, Helena, de mí, de tu casa, de tus hijos y de todo lo que vale mucho más que un maldito doctorado por muy elevado que éste sea, o que una docena de hombres a los que puedas cogerte hasta hartarte. Vive la vida como se te dé la gana, a ver si cuando regreses nos encuentras.

SEGUNDO ACTO

I

Estar inquieta, moverme de un lado a otro de mi pequeña cama, en las noches meterme bajo las sábanas sin dejar de pensar, es mi especialidad. En la oscuridad libro una difícil batalla entre tratar de despejarme y evadir mis emociones y mis pensamientos o adentrarme más y más en ellos. Me siento nerviosa, miro el teléfono, pongo algo de música y prendo la lamparita del buró para leer algo. Luego la apago, cierro los ojos y vuelvo a hacer el esfuerzo de no pensar. Entonces hago el ejercicio de evitar mirarme por dentro, como si fuera sólo cuerpo y éste tuviera que someterse a un reposo absoluto, en el que no existe la mente ni la razón ni las emociones, sólo los sentidos que hacen posible las sensaciones del roce de la tela en mi piel y los ruidos que se cuelan por la atmósfera de la reducida habitación de estudiante. Me levanto y camino buscando en la penumbra la computadora para responder el último correo de Marc. Tengo sueño y a la vez ansiedad de saber por qué me escribió eso de "he soñado con usted"; pero lo más importante es que debo decidir si le daré la combinación de mi baúl, si permitiré que lo abra y a partir de entonces cada una de las cosas que están ahí, de las palabras escritas, de los aromas y las historias que les son inherentes, dejen de ser míos. Ya es la madrugada del lunes y mañana deberá llamarme, según lo acordado; así que no mandaré nada; mejor esperaré a que hablemos. Para entonces lo tendré claro. También está la posibilidad de que a él le dé exactamente igual lo que yo tengo ahí. Para qué tantos rollos mentales si ni siquiera sé cómo se presentarán las cosas. Aprender a confiar sería un buen inicio; ni que fuera a denunciarme al conocer lo que guardo. ¡Qué más da si un cualquiera se mete a las entrañas de mi vida! Fuera de escandalizarse por lo que escribo en caso de que sea puritano o recatado, la mayoría son textos tan personales que a él seguramente le parecerán de la menor importancia. Lo que sí importa es que de una vez por todas tenga ya en mis manos los malditos papeles para terminar el doctorado. Además, debe quedarle claro que tenemos que intercambiar los baúles y me da lo mismo que él necesite el suyo en Londres o donde sea. Más vale que ya me diga si me lo traerán a Madrid, pero no habrá negociación más allá de eso. No pienso dejar que un extraño quiera hacer su voluntad sin que yo intervenga.

Hace un tiempo me harté de no decidir. Solía considerarme una persona centrada en lo que quería, tenaz. Había llevado mi vida libremente desde mi juventud. Pude sobreponerme al carácter autoritario de mi madre para optar por la carrera que me atrajo, por las ofertas de trabajo que a mis ojos convenían. Claramente elegí a cada uno de mis novios y a Lucio como marido, aunque hoy no sepa por qué lo hice. Me dejé apantallar en primera instancia por sus encantos. Cuando me estaba conquistando no dejó pasar un día sin tener algún detalle. Yo, en mucho, me dejé llevar por eso, por su apariencia física y por su comportamiento "seductor". Vi muchas cualidades en él. Lo que no vi fue su lado oscuro, su capacidad de ir envolviendo a los otros para conseguir lo que le placía. Desde nuestro noviazgo empecé a ceder y ceder. El carácter de Lucio se impuso al mío y me dejé llevar por las ilusiones que él representaba. No se trató de que él mandase y yo obedeciera, pero sí hubo una suerte de sometimiento muy sutil en el día a día. Recuerdo una ocasión en que me invitó a una cena de aniversario de una de las concesionarias de autos de su papá. Se trataba de una gala y yo había escogido mi vestido con todo cuidado; tenía todo listo para esa noche. En la tarde de ese día, mi mamá llegó a mi cuarto muy contenta, con una caja de regalo. Me la había mandado él. Dentro, un vestido de noche y una caja con un collar y unos aretes. Llamó para asegurarse de que los había recibido, para decirme que tenía que usarlos y estar lo más elegante posible. Como si yo no lo fuese. Artemisa apoyaba la idea. A mi pesar, me los puse y así fui al evento. Durante el acto me "presumió" ante todos, no describiendo cómo era yo, ni si estaba contento de estar conmigo, sino haciendo hincapié en que él me había regalado ese vestido de diseñador y esas alhajas de la joyería más fina de México.

Cuando empezamos a vivir juntos, llegué a creer que quizá de verdad había hecho todo para complacerme, pero después, en el día a día, casi me fue dictando las normas de comportamiento, desde cómo debía yo arreglar sus cosas y tener la casa, hasta qué y cómo mandar a la gente que nos ayudaba desde entonces en las labores domésticas. Decidí callar y complacerlo. Pensé que eran cosas sin importancia y que lo que yo opinase daba igual. Total, no estaba peleando ninguna batalla con él. La realidad es que paso a paso lo dejé ganar la guerra. Lo hice sin saber siquiera que estábamos luchando entre nosotros; siempre buscando algo supuestamente mejor, más adecuado a sus gustos, descalificando poco a poco mis elecciones. Ahora me doy cuenta de que hasta se unió a mi mamá en varias circunstancias que a mí me molestaban, para estar de su lado. En lo que he sido firme ha sido en lo que respecta a mis hijos, pero ahí la he tenido más fácil, porque por suerte hemos estado de acuerdo en general en las cosas más importantes. Se ha complicado, sin embargo, en los últimos años, porque él pretende gobernar sus acciones y las mías, pero entre que ellos son jóvenes y yo pasé lo que pasé, se le ha vuelto un poco imposible.

El hecho desafortunado de mi enfermedad me permitió apropiarme de nuevo de mi capacidad de decidir. Cuando sentí por primera vez una bolita que parecía un chícharo en el pecho derecho, no le dije a nadie y fui de inmediato a hacerme una mastografía. Recibí sola la fatal noticia de que tenía cáncer. Recuerdo que dejé mi coche ahí y me fui caminando largas horas hasta mi casa para digerirlo y platicarlo directa y abiertamente con mi familia. Opté, desde luego, por hacerme las operaciones necesarias y procurarme los tratamientos pertinentes para intentar curarme. El paciente, si está en pleno uso de sus facultades, es el único que debe elegir y, consciente de eso y de la delgada línea que hay entre la vida y la muerte, afronté el desafío con la mejor actitud posible, y también decidí, cuando supe que estaba curada, vivir mi vida mucho más intensa y descaradamente, es decir, con un sentido distinto de apreciación, mirando de otra manera. En ese cúmulo de "decidires" se atravesaron situaciones que no imaginé y se presentaron personas que, estoy segura, antes del cáncer no habría vivido ni visto igual. Con mis hijos hablé de lo que estaba experimentando: del miedo, de la fragilidad que se siente cuando te dan la noticia, del enorme peso que te cae encima cuando crees que morirás. Me acompañaron a algunas citas, sobre todo a las esenciales acerca de mi tratamiento. A pesar de estar tan angustiada, me daba tal alegría verme acompañada en la sala de espera por los tres, queriendo aparentar que lo que me estaba sucediendo no les dolía, buscando distraerme, haciéndome reír. Lucio apareció algunas veces también, con prisa y alegando tener mucho trabajo, pero haciendo hincapié en que estaba ahí, al pie del cañón. Lo decía desde luego delante de mi doctora y de los niños. En la soledad de la habitación que compartíamos no me decía nada, ni se expresaba acerca de mi enfermedad o de los efectos secundarios que me provocaban las medicinas. Y la verdad es que no me fue tan mal; náuseas y cansancio, pero nunca alguna hospitalización debido a estos síntomas. También estuvo el tema de la caída del pelo, de las cejas y las pestañas. Me sentí un *alien*, despojada de parte de lo que integraba mi coquetería. Me costó muchas lágrimas al principio ver cómo se caían poco a poco, y luego, de un momento a otro, mechones enteros. Después, quién sabe de dónde, encontré la fuerza, como muchas otras mujeres lo han hecho, para encarar el desafío. Hasta llegué a jugar con *looks* distintos. Usé pelucas de todos tipos y colores. Me reconforté al concluir que podía estar enferma, o pasando por ese fuerte tránsito, por esa prueba que me obligaba a sacar lo mejor de mí, pero nadie podía quitarme la alegría ni las ganas de estar bien. A las quimios y a las radios me acompañaron mis amigas y mis primas, en un rol que armaron *a priori*. Las aplicaban en las mañanas, consecutivamente, y cada una de mis acompañantes me hizo sentir querida y especial. Lo agradecí tanto. Desde ese momento dejé de impedir que mis emociones fluyeran y empecé a opinar y a tomar las riendas de mi vida de nuevo. Me fui abriendo ventanas para expresarme. Empecé a escribir, a tomar talleres de arte y logoterapia y a retomar mi interés por la historia, a salir a bares con amigos y amigas. En ningún caso me nacía incluir a Lucio por el simple hecho de que me habría sentido observada, descalificada, juzgada erróneamente en cada uno de mis movimientos. Aprendí a recompensarme. Antes ni siquiera lo había pensado. Darme mis escapadas sin ser egoísta, abrirme, recuperarme. Lo que necesitaba era quererme, cuidarme, conocer más y más mi verdadera esencia y fortalecer mis virtudes. También decidí no tenerle miedo a mi lado oscuro, a mis debilidades, a afrontar lo que me hacía daño. Fue un gran paso respecto a mi relación con Lucio, a quien no solía enfrentar; tampoco a él le tengo ya tanto miedo, aunque sé que esto debo manejarlo con reservas y proteger celosamente el nuevo espacio que he ganado sólo para mí. En ese nuevo sitio no entra nadie, ni mis hijos, con todo y el inmenso amor que les tengo. Ahí está mi ser más íntimo. La verdadera Helena; una mujer que es y siente, que anhela, busca y sueña. Deshacerme de mi afán de control también fue un gran aprendizaje durante la época de mis tratamientos contra el cáncer. Entregarme a la experiencia de médicos y enfermeras, esperar pacientemente (no sin un escalofrío de por medio y con absoluto temor) los resultados de los estudios; recibir el pronóstico posoperatorio y posfarmacológico fue un desafío, pero lo superé. Nunca me había considerado peculiarmente valiente; ahora sé, sin duda, que lo soy. La fragilidad que guardan los instantes de placer y el gran maestro que es el dolor, han conformado mi nueva visión de la vida; ahora he entendido la verdadera razón del sufrimiento y el gran regalo que es tener salud y dominio de las emociones, con un absoluto agradecimiento por estar viva. En este momento estoy convencida de que es ahora cuando debo dejar ir al pasado, cerrarlo de una vez por todas y para siempre, que deje de pesarme y volar libre de incertidumbres, tormentos y desasosiegos por mis culpas. ¿Culpas? Debo borrar esa palabra en plural que me ha perseguido tanto. Libre de culpas, de una vez. Al fin estoy segura de que cada una de las decisiones que he tomado han sido bien intencionadas y con el corazón en la mano. Entonces, ¿por qué arrastrar tan pesada carga? ¿Sólo porque la moral o la religión o la sociedad dictan lo que supuestamente es bueno o malo? ¿Qué no importan las circunstancias o las razones que nos ponen en situaciones que podrían ser mal juzgadas aunque uno tenga la razón y el derecho de comportarse de cierta forma? Tiene sentido en este preciso instante defender mis posturas y, de una vez por todas, no tratar de escapar, sino volver a empezar. Iré labrando sobre este nuevo presente un futuro distinto, el que se me antoje.

II

Habitado

Arrepentimiento era lo que se le alojaba tras haber lanzado su deseo al aire: decirle a Helena que había soñado con ella, como una forma de hacerle llegar las palabras, a ver si las atrapaba. No respondía nada y Marc dedicaba las últimas horas a pensar lo que podría representar perderla. Las piezas de su baúl eran su seguridad a futuro, su última apuesta, cuestión que lo obligaba a tener que confesarse con Helena. No podía pedirle a nadie en Londres que viajara hasta Madrid y la buscara. Los parientes que tenía eran ya muy viejos y a sus amigos los había perdido, pues casi todos vivían en otros lugares de Europa. Confesar a lord Claridge que no tenía consigo el baúl implicaba no sólo perder lo que poseía, sino el fin del prestigio que había construido como famoso arqueólogo y coleccionista, relacionado con los mejores del mundo. Si Helena viajaba a Londres y llevaba aquellas piezas, la entrega se daría en el plazo que había ganado para arreglar ese asunto. Estaba decidido a pedírselo. ¿Se atrevería?

El encierro empezaba a asfixiarlo. Debía salir a dar una vuelta a su querido parque. En octubre la luz produce un efecto muy peculiar al pasar a través de los árboles, justo a las doce, lo tenía bien medido. Se dio cuenta por primera vez de eso quince años antes, cuando pisó Gramercy Park sin imaginarse que después podría comprar un departamento allí. Una luz parecida a la que algunas veces, en Los Glaciares, allá en la Patagonia, se funde y a la vez se refleja en el hielo, mostrando colores casi imposibles de comprender y de que la mente capture, por su extraordinaria belleza.

Sabía claramente que no pertenecía a ningún lugar. Eso le hablaba de un profundo desarraigo y de la inmensa soledad en la que vivía. También reconocía que las geografías, los aromas y los peculiares sabores de cada uno lo habían marcado, apoderándose de su ser, resultando, a su parecer, que guardaba un poco de todos y en sus arrugas se alojaban los recuerdos de su paso por ahí; fuertes y gratos, aleccionadores y fascinantes, tristes. Esas marcas de la piel se mostraban descaradas y profundas, como si quisieran contar las historias que guardaban.

Casi se le paró el corazón de nuevo, como si hiciera falta, porque recibió la llamada de Jana, su ex mujer, quien supo por un amigo en común lo que le había pasado y así, sin más, decidió aparecer y dejar de ser unas cuantas líneas en su anual postal navideña. Sorprendido por escuchar su voz, se dio cuenta en segundos que era ella, por ese tono dulce que resultaba tan familiar y esa ironía a la hora de querer averiguar y hacerse la que no quería enterarse de nada. Abrió el diálogo como si recién se hubiesen visto. Preguntas vinieron y respuestas un tanto cortantes de parte de Marc fueron de regreso. Y no es que no le agradeciera el gesto de preguntar por su salud; es que con sólo manifestarse, traía a su alma una mezcla tan difícil de describir, evocadora de los mejores y los peores momentos. Fue su gran amor y la madre de su hijo, pero también la mujer que, usando como pretexto su incapacidad de lidiar con el dolor, lo abandonó así, sin más, de un día para otro; cuando Marc ni siquiera podía levantar aún del suelo los trozos de sí. Quizá desde entonces vivió un duelo prolongado por años y padeció un bloqueo emocional digno de un larguísimo psicoanálisis. Solía tener un carácter abierto, podría decirse que hasta entusiasta y festivo, aventurero. Tras la muerte de Max y la huida de Jana, Marc se volvió una sombra; se le adelgazó el alma, porque se fueron las otras dos partes que lo integraban. Total, que no hizo más que agradecer falsamente su gesto y al colgar dejó fluir el cúmulo de emociones atrapadas, que habitaron en su subconsciente durante tantos años. Aventó el teléfono, lo pisoteó con rabia, lloró y por poco acabó de nuevo en el hospital. ¿Una herida abierta otra vez? Quizá nunca cicatrizó. Sufrió mucho cuando Jana lo abandonó, pero después, cuando volvió a cruzarse con una mirada o un gesto amable, con un paisaje que de tan perfecto le parecía irreal, se reconcilió con la vida y volvió a tener fe. Era creyente de un Dios tan evidente que resultaba imposible no verlo. Desde luego no pretendía entender sus juegos, sus intenciones ni sus manifestaciones; más bien se quedaba con lo que decidía regalarle, con la inexplicable belleza que reside, incluso, en lo que puede parecer más sombrío. Y hasta lo había perdonado por haberle quitado a su hijo. Eso sucedía contrariamente a su percepción de lo que era la suerte, que solía jugarle tan malas pasadas.

No quería contagiar a Helena de su pesimismo; más bien deseaba llenarla y llenarse de esperanza sabiendo que volvería a escuchar su voz y acordarían qué hacer con sus historias cruzadas, que apenas empezaban a interactuar. Los cerezos lo invitaban a observarlos y para ello se sentó en su banca preferida. Un paraíso privado en el que se iba encontrando cómodo de nuevo. Le agradaba mirar, pero no ser observado. En la Patagonia se acostumbró a ser un ermitaño; sus relaciones se basaban sólo en dar y requerir lo indispensable para vivir y hacer su trabajo, pero no fortaleció ningún lazo. Escribir acerca de la naturaleza, fotografiarla, vivirla, ocupaban sus horas. El ritmo era completamente distinto al caos de Nueva York. Allá tenía tiempo para explorar y explorarse. Acá, sólo el hecho de sentir las vibraciones de la ciudad, su exageración desmedida, hacían que creyese que no existía ninguna posibilidad de encontrar la paz. Pero mirar la calma del parque, tener la certeza de que podía escapar a ese lugar cuando se sentía perdido, era un aliciente para seguirse buscando y tratar de encontrar a Helena. Podría pasar el día así de no ser porque debía marcarle y, antes, pensar en los motivos que le daría para que entendiera la urgencia y la necesidad absoluta que tenía de que fuera su cómplice y su mensajera. ¿Tendría espíritu aventurero? ¿Podría preguntarle su edad? ¿Cómo sería su carácter? Si le dejase abrirlo, moría de ganas por ver lo que guardaba en su baúl. Toda ella ahí, en sus cosas. De nuevo experimentó la taquicardia de saberla posible, cercana, real. Si no lo acompañaba, entonces sus objetos lo harían. Estaba seguramente en cada uno, así podría hacerse una idea más clara de quién era Helena en realidad. ¿Qué tipo de mujer se consideraba? ¿Cómo se definiría si se lo preguntara? Una extraña que le era más cercana que ninguna y de la que, de ser con la que se topó en el avión, tenía la más preciosa imagen posible. Esos ojos amarillos, inquietos, vivaces, ese pelo y su voz.

III

Hencantado

—Helena, ¿cómo le va? Soy Marc.

—Marc, qué gusto me da oírlo de nuevo, gracias por marcar.

—¿Qué dice Madrid?

—Saliendo de clases, con mucho por hacer.

—Me había contado que está estudiando en la universidad, de ahí la importancia de los papeles que me comentó, ¿cierto?

—Así es, por favor, hay que enviarnos los baúles.

—Helena, respecto al mío, yo también tengo la urgencia de recuperarlo y entregar en unos días en Londres dos piezas que llevo ahí.

—Me dijo en nuestra primera conversación que quizá lograría que alguien viniera a Madrid. ¿Cómo va eso?

—Tenemos una subasta muy importante aquí en Nueva York, piezas nunca antes ofrecidas y el trabajo es un caos. Ahora es prioridad, a pesar de que, desde luego, es inminente que debemos hacer algo respecto a nuestro problema.

—Pero ¿cuánto más hay que esperar? Como le dije, el viernes debo entregar mis documentos.

—Seguro esta misma semana lo solucionamos, pero antes permítame abrir su baúl y mandarle los papeles.

—Envíe mejor el baúl.

—¿No se quedaría más tranquila al recibirlo directamente de una persona, aunque no sea yo?

—Ése sería el escenario ideal.

—Por eso insisto en que me dé tiempo para resolverlo.

—Está bien, esta misma semana deberá tener una solución. Tiene hasta el miércoles, si no ese día deberá mandármelo. De no ser así tendré que recurrir a que alguien me haga el favor de visitarlo a usted en Nueva York.

—¿Por qué no lo hace de una vez?

—No se crea que no lo pensé, pero mi amiga Susana, que sería la única a quien podría recurrir y vive ahí, está ahora en Alemania y regresa en un mes. Tendría que viajar alguien desde México a Nueva York y de ahí a Madrid, lo cual es una locura existiendo servicios seguros de envío.

—De verdad, Helena, yo no quiero afectarla. Sólo supongo que a usted, como a mí, le interesan mucho sus objetos, y no me gustaría que corrieran ningún peligro en el camino. Ya le dije que yo debo entregar las dos piezas, mismas que, le confieso, valen miles de dólares, y si no hago que lleguen a Londres sanas y salvas perderé mi reputación y mi trabajo.

—Insisto en que me diga qué hacer con su baúl, pero mientras mándeme el mío. Es cierto que tiene cosas muy valiosas para mí, pero tampoco creo que le pase nada en un buen servicio de *courier* aéreo.

—Como usted indique, pero si tan sólo me diera un poco más de tiempo le aseguro que tendría sano y salvo su baúl en Madrid. Mientras tanto, ¿quiere que le dé unas horas para pensar si le envío sus papeles?

—Me urgen, así que no lo tengo que pensar más. Si le doy la combinación, ¿podrá mandármelos mañana mismo por paquetería exprés?

—Desde luego, lo haría a primera hora.

—Están en un sobre verde. Con que lo tome y me lo mande tal cual me facilitará la vida por aquí. También encontrará otro sobre. Si lo incluye en el envío se lo agradeceré.

—Entonces estoy listo para que me dé la combinación y hacer lo que me pide.

—¿Le parece que le escriba por *mail* las indicaciones y la dirección que tengo?

—Me parece muy adecuado.

—Deme unas horas y me siento con calma a hacerlo.

—Esperaré sus instrucciones por correo. Que tenga muy buena noche, Helena.

—Feliz tarde para usted, Marc. Si necesita algo de su baúl con gusto lo abro y se lo mando, avíseme.

—Las piezas son lo único importante, lo demás no tiene ningún valor, pero en reciprocidad a su confianza me parece justo que usted tenga mi combinación y pueda abrirlo cuando guste.

—No lo haría a menos que usted me lo pidiera porque necesite algo en particular.

—Por ahora nada, pero ábralo, por favor. Me gustaría mucho que conociera un poco más de mí en lo que encuentre.

—Usted abra el mío, y ya luego veremos.

—Entonces, estamos en comunicación.

—Desde luego.

—Gracias, Helena.

—Gracias a usted, Marc.

—Espere, por favor… ¿Será mucho pedir que nos hablemos de tú? Tengo cincuenta y tres años. No soy tan mayor como para ser tratado con ese respeto.

—El respeto, Marc, no es cuestión de edad. Pero está bien, hablémonos de tú, yo tengo cuarenta y cinco.

—Eres muy joven, Helena.

—Ya no tanto.

—Jovencísima.

—Una vida que apenas empieza su segundo aire, diría yo.

—Eso me gusta, y aire es lo que me falta después del infarto.

—Perdón, no lo tenía presente. ¿Cómo sigues?

—Mucho mejor. Hoy salí a caminar a un parque cercano y resistí.

—Me alegra mucho. Hay que cuidarse.

—Así lo haré, tenlo por seguro. Cuídate tú también, Helena.

—Tómatelo con calma, Marc. Te escribo pronto. Tendrás que decirme de qué se trató tu sueño conmigo.

—En cuanto reciba tu correo te escribo de regreso y te lo cuento.

—Muy bien. Has conseguido despertar mi curiosidad.

—De eso se trata.

—Pues la tienes, aunque no entiendo por qué querrías despertarla.

—Hasta pronto, Helena.

¡Menos mal que la convenció y ganó un tiempo para no tener que verse obligado a mandarle su baúl y a que ella expusiera el suyo en un transporte cualquiera!

Me parece que Marc está complicando demasiado las cosas, pero la verdad es que me resulta un tipo agradable, educado en su manera de hablar, interesante.

Tendría su combinación, el pasaporte a su vida, que estaba a punto de abrirse para él.

Si se está recuperando de su infarto es muy probable que pueda dedicarse a hurgar, observar y leer mis cosas. Dice que vive solo, así que al menos espero no se las muestre a nadie. Me encantaría ver lo que tiene en el suyo, más aún las dichosas piezas que dice son tan valiosas. Tomo mi computadora y escribo su nombre para ver qué aparece.

Moría por recibir ese correo.

Referencias a un arqueólogo, fotos distintas, nada concreto.

Meter las manos en su mundo, tocar sus objetos, acariciar sus recuerdos, adivinar su presente. Imaginarla sólo con su blusa de seda roja, nada abajo. Verla tomar objeto por objeto, prenda por prenda y acomodarla en su baúl. Volvía entonces la imagen del momento en que se encontró con su mirada en el avión. Era ella, tenía que serlo. ¿Cómo no se había atrevido aún a preguntárselo? Resultaba ridículo no haberlo hecho ya.

IV

Suena un aviso de mensaje en mi teléfono. Es Ramón:

Hoy no coincidimos para nada en la Facultad, guapa. Con lo mucho que me habría gustado verte.

Me siento y escribo:

Después de la segunda clase me metí a la biblioteca. Estuve buscando algunos datos que me hacían falta para terminar un trabajo. ¿Y tú?

Responde:

Me reuní con Mathew para terminar la ponencia que presentaremos la próxima semana.

Y le digo:

Claro, les tocó un tema complicado, según me dijiste, pero seguro lo sacarán adelante. Los dos tienen pinta de ser "muy inteligentes".

Escribe de regreso:

Eso no puedo garantizarlo, maja, depende de qué consideres ser inteligente. Por ejemplo, que tú me gustes es ser inteligente.

Tardo unos segundos en responder:

Anda tú, como dirían tus paisanos españoles. Gracias por el halago.

Escribe:

¿Qué harás esta noche?

Yo:

Debo ir a la ciudad a recoger un paquete al Hotel Palace.

Me textea:

Es mejor que no tomes transportes públicos de noche. ¿Quieres que te lleve? Justo hoy me vine en auto, dejé reparando mi moto.

Contesto:

Me ahorrarías un gran trayecto. Acepto encantada.

Y pone:

Paso por ti en una hora a la residencia, si te viene bien.

Me apuro a contestar:

De maravilla, te espero.

Entonces llamo a Paloma para avisarle que voy para allá pues ella tiene el *ticket* de resguardo. No me responde y le dejo un mensaje en su buzón de voz. De cualquier forma sé que alguien podrá avisarle cuando estemos en el hotel y arreglará lo necesario para entregarme el baúl. Me apresuro a maquillarme un poco y a cambiarme la ropa que llevo puesta. Elijo unos *jeans*, una camisa de seda y me pongo unos botines. Estoy estrenando lo que acabo de conseguir en mis últimas y obligadas compras. Al verme en el espejo me siento bien, pero de nuevo me cuestiono si estaré haciendo lo correcto al entablar algo más que una amistad con un hombre al que le llevo varios años de edad. Esa noche de la fiesta no vi venir lo que pasó con él. Fue delicioso, sin duda, pero no estoy preparada para iniciar una relación, por mucho que se me antoje. Se enciende, sin embargo, mi vanidad, oculta hace tanto, casi perdida.

Cuando veo a las parejas en las que es a todas luces el hombre menor, me cuestiono siempre qué los moverá a estar juntos; en particular, qué lo moverá a él. ¿Interés? ¿Deleitarse con quien puede ser más experimentado? ¿Apreciación real de la belleza de una mujer, que estoy convencida de que en la madurez se exalta? ¿O química simplemente? No deberíamos creer que el hombre debe ser mayor o más poderoso que la mujer. Se debe tener un poco más de apertura. En los tiempos que corren, ¿qué no hemos visto ya? Sólo queda aceptar sin juzgar, abrirse a las posibilidades y relacionarnos mucho más desde la esencia que desde la apariencia. ¿Será que con estas disertaciones estoy tratando de convencerme de sentir algo por Ramón?, ¿pretendo darme permiso?

Él llega puntual y está listo para llevarme. Sonríe ante nuestro encuentro. Me da doble beso y yo se lo devuelvo con gusto. Huele rico, en verdad se ve muy bien. ¡Qué difícil no ceder a las primeras de cambio ante su atractivo! Además es listo y su conversación fluye amable. Su manera de moverse me gusta y me agrada mucho que haya atinado en la selección musical que pone para el trayecto, casi al cien con lo que me place oír. Habla de cosas cotidianas. Yo lo escucho con especial interés y estoy dispuesta a conocerlo más y a dejarme conocer.

—¡Pero qué guapa estás! —exclama, mientras siento que me observa de arriba abajo.

—Gracias, tú también te ves muy bien hoy —reviro.

—Qué bueno que pude ayudarte, además fue un pretexto para volver a verte —comenta, guiñando un ojo.

—La verdad es un alivio no tener que cargar sola de regreso un bulto de ese tamaño.

—¿De qué hablas, Helena? —pregunta curioso.

—Lo que voy a recoger al Palace no es un simple paquete, sino un baúl, una pieza de equipaje.

—¿Lo olvidaste? —se extraña.

—Digamos que en un arranque lo dejé a propósito.

—¿Y qué llevas ahí, mujer? —inquiere.

—No es mío.

—¿Entonces?

—Al viajar hacia Madrid desde México hice una escala en Nueva York. Llevaba conmigo mi baúl *vintage* que consideraba muy especial, pero no imaginé que alguien podría tener uno igual, y menos aún que ese alguien viajaría en el mismo avión desde México. Confundimos las piezas y yo me traje el suyo a Madrid. Él se quedó con el mío en Nueva York.

—Entonces es un *él* —y refunfuña.

—Sí, un hombre llamado Marc —respondo.

—Así que ya están en contacto —afirma haciendo una mueca.

—Desde los primeros días. Él iba a venir a Madrid, pero cuando estaba a punto de volar hacia acá le dio un infarto.

—Pero, tía, y ¿entonces? —pregunta con gesto curioso.

—Pues nada, que no hemos podido intercambiar los baúles. Ese día lo esperé en el hotel como habíamos acordado y nunca llegó. Yo estaba tan enojada que decidí dejar el baúl ahí.

—Vale, parece una historia de novela —lo dice con cierto tono de burla.

—Te juro que nunca imaginé que me sucedería esto —afirmo con pesadumbre.

—Así lo creo.

—He pasado por varios estados de ánimo y he sacado cualquier cantidad de conjeturas respecto a los baúles y a Marc. Hasta llegó un punto en que casi decido que daba lo mismo perder el mío.

—¡Qué complicaciones, pobrecilla! Ya no te preocupes más, disfrutemos del paseo de esta noche pues yo estoy muy contento de tenerte en mi auto; hoy sólo para mí —acaricia mis piernas mientras se acerca a darme un beso en la mejilla.

—Yo también estoy contenta de estar contigo —se lo digo temblorosa, esperando que no haya notado ese cambio en mi voz y en mi ánimo.

Llegamos sin prisas a estacionar el coche cerca del hotel. Nos bajamos relajados y con hambre. La propuesta de mi amigo es que cenemos algo antes de recuperar la pieza de equipaje y yo acepto encantada. Se dirige a un lugar que se llama La Cocina de Neptuno, un sitio muy concurrido que ofrece mariscos y delicias de temporada. En un momento dado, la conversación me da pie a contarle que mi inquietud por estudiar Relaciones Internacionales nació desde muy chica. Que mi madre quería que tuviera el título en Historia del Arte gracias a la enorme pasión que tenía por las bellas artes. Que mi padre, además de ser ingeniero químico fue un gran pianista. A ambos les gustaban las mismas cosas y me enseñaron a tener una sólida apreciación por la pintura, la música y el arte en general, que además cultivé porque tuve la oportunidad de viajar y conocer lugares fascinantes. Por eso quise hacer primero una maestría y ahora este doctorado, para darle gusto, aunque ya no esté aquí. Mi madre tenía especial orgullo y debilidad por sus raíces griegas, me llenó de anécdotas y cuentos de deidades y musas, de criaturas fantásticas y grandes pensadores a los que desde pequeña aprendí a conocer. Fue mi papá quien siempre vinculó mi nombre al de Helena de Troya.

Ramón ríe y parece muy entretenido con mis relatos. Otra vez expresa su alegría de coincidir conmigo en la Facultad de Geografía e Historia. Me cuenta que es hijo único y que su gusto por la geografía le nació justo por su impedimento para viajar. Y es que su familia perdió su patrimonio en la época de Franco, y tanto sus abuelos como sus padres tuvieron que recomponer sus vidas y hacerse de nuevo desde la nada. Entonces pusieron una tienda de abarrotes que ahora es una importante cadena. Así que sus ganas de viajar y conocer el mundo las fue acumulando hasta que ya era un adulto, cuando pudo hacer lo que le dio la gana, explorar lo que más le gustó y profesionalizar su pasión. Se graduó como geógrafo y ahora se siente increíble al estar estudiando un doctorado. Después toca el tema de la noche en que casi nos besamos, diciendo que la gozó enormemente y desviviéndose en halagos hacia mí, elogios que yo interrumpo tomando mi copa de vino y brindando a la salud de lo que sea que el destino nos depare.

Del restaurante vamos sin prisa hacia el hotel. En un momento dado, mientras conversamos entretenidos, se acerca un poco más a mí y me pasa su brazo por la cintura. Después del desconcierto momentáneo, me dejo abrazar y llevarme por la sensación de estar acompañada, protegida, y eso está de maravilla. Entramos al Palace, que me cautiva otra vez con su exquisita atmósfera. Es un lugar que me gusta mucho, me atrapa con su encanto. Busco al *concierge* y le pido que localice a Paloma. Le he dejado varios mensajes y no he tenido respuesta. Tras unos cinco minutos aparece para decirme que Paloma está en Sevilla. Entonces le explico que ella me hizo favor de guardar un baúl en el número 3 letra B del guardarropa. Me responde que si no tengo la contraseña es imposible que me entregue lo que necesito y tendría que indicárselo Paloma directamente. Empiezo a sentirme alterada. Me cambia el delicioso humor con el que venía de la cena, por culpa de lo incómodos que resultan los impedimentos que trastocan mis planes. Y eso que pretendía dejar atrás mi afán de control.

Resolvemos que habrá que esperar un poco más a ver si mi prima aparece y, mientras, nos sentamos a admirar la cúpula y a tomar unos tragos. Ramón se sienta muy cerca y roza mis piernas con sus manos. Me pongo nerviosa y siento agitarse mi respiración. Nos miramos largo rato sin decir nada. De pronto aparece nuevamente el *concierge;* se ve muy alterado mientras me dice que ya recibió indicaciones para entregarme el baúl, pero que al buscarlo se dio cuenta de que no hay nada en el número 3 letra B del guardarropa. Yo me quedo en *shock*, totalmente desconcertada, y empiezo a conjeturar qué habrá sucedido. Tuve el baúl arriba, en la *suite* en la que estuve ese día aquí. Se lo explico ante su mirada sorprendida y rápidamente el señor empieza a hacer aspavientos y a llamar a algunos empleados cercanos. En pocos minutos me pasan un teléfono; es Paloma al otro lado de la línea:

—Prima, no te preocupes, ya estamos tratando de averiguar qué ocurrió —su voz tranquila pretende calmarme.

—Por favor, Paloma, ese baúl no puede perderse, está bajo mi responsabilidad. Fui una estúpida al no preocuparme de él cuando dejé la habitación, suponiendo que tú lo guardarías según lo acordamos —y aunque no quiero que suene a reclamo, así acaba escuchándose.

—Y lo hice.

—¿Entonces?

—Es lo que estoy tratando de entender —responde, confundida.

—Pero tú estás segura de que lo viste cuando yo dejé el cuarto y luego el hotel.

—Chica, pero claro. Yo misma me aseguré de que lo bajaran y uno de los botones me entregó la contraseña —afirma.

—Y a ese botones ¿lo tienes bien identificado?

—Sí, cariño, lo están localizando porque hoy es su día de descanso —pretende tranquilizarme cambiando su tono de voz.

—Bueno, pues no me voy de aquí hasta que aparezca; me muero si lo pierdo —le reviro enfáticamente.

—Aparecerá, te lo aseguro —se despide mostrando absoluta certeza de que así será.

No puede ser. Ramón me pide que me siente y me calme. Me toma de la mano y después me jala suavemente hacia él para darme un abrazo, resulta tan reconfortante que no me quiero mover de ahí. El susto, la sorpresa y la desazón hacen explosión y empiezo a llorar como una niña. Las personas que están cerca me miran y él vuelve a decirme que debo estar tranquila. Poco a poco me calmo, Ramón suaviza el momento contándome cosas a las que no pongo la más mínima atención, pero el solo hecho de que esté ahí, frente a mí, tratando de entretenerme, me pone de nuevo en paz.

¿Y si alguien se robó el baúl para hacerse de las piezas? Pero ese alguien, ¿cómo pudo saber que era yo quien lo tenía y no Marc? Sólo que me hayan seguido desde el aeropuerto de Nueva York. Para eso debe tratarse de una red de espionaje muy bien montada o la policía. ¿Y si Marc resulta ser un delincuente? ¿Si lo están buscando y yo me veo atrapada en medio sin deberla ni temerla? Esto lo pienso en voz alta y el pobre Ramón no quita su cara de sorpresa y de ¿qué hago aquí? Me disculpo una y otra vez por este incidente, pero él, serenamente, sólo me pide que espere y tenga fe.

—Fe es una palabra compleja, querido —le digo en medio de mi estupor.

—Siempre hay que tener algo de ella, aunque uno no sea religioso —lo dice suavemente.

—No entiendo la fe como un concepto puramente religioso, tienes razón.

—¿Lo ves?, creer que se puede arreglar es un pensamiento optimista que deberías tener —me invita a mirarlo tomando mi cara con sus manos.

—Es que nunca vi venir esto.

—Pero sucedió y tienes que enfrentarlo; además seguramente no es nada grave, sólo una confusión —se acerca y me da un beso en la mejilla.

—Yo ya armé un lío en mi cabeza como lo habrás visto.

—Pero no tiene por qué ser así, confía y sonríe.

—Mis miedos sobrepasan a mi sentido del humor la mayoría de las veces —le confieso con cara y gesto de tristeza.

—Pues ahora procura que gane el segundo.

—Bueno, trataré de hacerlo —y logro esbozar una media sonrisa.

—Sólo intento distraerte.

—Lo estás haciendo. Gracias por estar aquí.

Pasan dos largas horas durante las cuales el personal del hotel se esmera en llenarnos de atenciones. Paloma no ha vuelto a llamar. Seguramente el botones en cuestión no da señales de vida. Empiezo a sentirme mareada y confundida por tantas bebidas distintas y tantas personas diferentes que se acercan a preguntar si se nos ofrece algo más. El reloj marca las 12:45 a.m. Me recargo agotada en el hombro de mi amigo, que amablemente me lo presta para mi descanso. Cierro los ojos. El *concierge* vuelve de nuevo. Esta vez para ofrecer a Ramón una habitación con el propósito de que estemos más cómodos. Eso me despierta y vuelvo a ponerme alerta. Me niego. Esperaremos aquí, le digo. De pronto veo a lo lejos el baúl, cargado como si fuera un enorme trofeo, en los brazos de dos hombres que se dirigen hacia mí, con una sonrisa alentadora que nos contagia. Lo ponen a mis pies. Siento que respiro. Volteo a abrazar a Ramón, agradecida. Uno de los botones me explica que el muchacho en turno decidió resguardarlo en otro lugar para que estuviera más seguro, pues llegaba recomendado por "la jefa" para que le pusieran especial cuidado. Y así lo hizo; sin decirle a nadie abrió una bodeguita que tienen atrás de la recepción y ahí lo guardó. Con sólo preguntar por él, Paloma lo tendría de inmediato y lo felicitaría por su tan acertada maniobra. Lo que hay que ver. Menos mal que salí bien librada y que Marc no tiene por qué enterarse nunca de este incidente. Ahora sí, ya no lo suelto, me lo llevo conmigo. Veo que está tal cual lo dejé y que su candado no fue forzado de ninguna forma. Vuelvo a respirar. Pido a Ramón que nos vayamos ya, por hoy ha sido demasiado. Paloma me envía un cariñoso mensaje disculpándose por los inconvenientes de esta situación y vuelve a ofrecerme una "noche de *suite*".

En el trayecto de regreso guardamos silencio. Supongo que Ramón está tan cansado como yo. Suavemente acerca su mano a una de mis piernas y yo permito que la deje ahí. Se me eriza la piel y me pongo alerta, mis sentidos puestos en ese roce y mis pensamientos en decidir si debo poner mi mano encima de la suya. No lo hago. Al llegar a la residencia, Ramón estaciona el auto y saca el baúl de la cajuela. Caminamos hacia la entrada y él, desde luego, carga el baúl y se apresta, fuerte y decidido, a subirlo hasta el segundo piso. Frente a la puerta de mi estudio busco la llave, pensando en cómo me habré de despedir, y toda vez que el baúl ya está dentro, le doy un doble beso, esta vez tronado y bien plantado en sus mejillas. Pide que lo deje acompañarme un rato más y me niego, alegando que han sido unos momentos tan estresantes que me han dejado agotada. Estoy complacida por tener de vuelta y en resguardo el baúl de Marc, emocionada por sentir tan cerca la presencia de Ramón, su delicioso olor, su vitalidad y sus ganas. Yo reprimo las mías; antes de cerrar la puerta le agradezco reiteradamente su ayuda.

V

Hafortunado

La gente suele decir que las coincidencias, los encuentros, no son mera casualidad, sino que tienen un fin específico. Recordaba a un profesor de filosofía que argumentaba que la vida era una mezcla de destino, carácter y azar, y desde entonces no había encontrado una explicación más convincente. Decía que el destino era la época histórica, el lugar geográfico y la familia en la que nos tocaba nacer, es decir, aquello que no podemos elegir. El carácter es la personalidad inherente con la que estamos marcados y proviene desde la cuna, las capacidades que tenemos y nuestras carencias. Y el azar son las circunstancias, aquello que nos es ajeno, como los sismos, los cambios de clima o las guerras que, con nuestra peculiar personalidad y lo que aprendimos, encaramos de tal o cual manera. Marc tenía la convicción de que nunca le había caído bien a la suerte. Se la imaginaba como una dama juguetona y a veces perversa, a la que le gustaba reírse de la naturaleza y de lo que excedía a nuestro entendimiento. Era, a su parecer, como una hermana menor de Dios; una especie de entidad femenina y caprichosa que se empeñaba en hacer su voluntad, premiando a quienes le parecían agradables y burlándose de quienes no lo eran a sus ojos. Él estaba en el grupo de los segundos, aunque se empecinaba en creer lo contrario.

En ese tenor, Helena, por ejemplo, podría ser su fortuna o su desgracia. Se sujetó al acuerdo de mandarle primero los papeles que requería. Debía hacer que confiara en él, y tener más tiempo para conocerla por sus cosas, hablarle de su propuesta de que viajase a Londres. Las luces de afuera contrastaban con la penumbra en que estaba sumido. Recostado en la cama, imaginaba a Helena y sus sentidos se prendían. Maldita taquicardia que le daba tanto susto y alteraba sus deseos. Respiraba. Calmándose, cerraba los ojos. La imaginaba desnuda, como en su fantasía reciente; se deleitaba acariciándola. Recreaba el aroma a flores de cerezo que se le habría impregnado en la piel durante su caminata por el parque, acompañándolo. Puso a Bach que viajó con sus notas en el ambiente y susurró en su oído todas las cosas que deseó hacerle; Helena volteó y lo miró con unos ojos inquietos y profundos, con los que pretendió conocer el mundo y dominarlo. Al menos a él ya lo tenía dominado por completo; por fin todas las luces se apagaron. Sin verla le hizo el amor, como nunca pensó hacerlo, con una paz interior que contrastaba con el vigor que sentía cuando entraba y salía, cuando escuchaba la voz placentera y suave de ella que trastornaba sus emociones. Estaba seguro de que la suerte finalmente se había convencido de que debía estar a su lado. Soñaba con la Helena cuya voz ya había escuchado. Se convencía de que era el momento de preguntarle si era ella, la del avión de México a Nueva York, la que sabía volar, la que lo invitaba a hacerlo.

VI

Para: **mlg@patagonia.org**

De: **helenatm@outlook.com**

Asunto: **Combinación**.

Marc:

La combinación de mi baúl es: 19/17/14.

Quiero, a cambio, la descripción de tu sueño.

Helena.

Aprovecho para escribir correos a mis hijos. Me sorprende el carácter tan distinto que tiene cada uno. De Grecia, nada más enviado, recibo de inmediato un correo de vuelta en el que me dice que está en clase, pero que saliendo me escribirá con calma. Homero y Alejandro aún no responden. A Lucio no tengo la mínima gana de contarle nada. Estoy cierta que no tiene caso seguir y que lo que ha sucedido entre nosotros ya no puede repararse. No quiero seguir viviendo con lo que hay, con los remedos de lo que ha sido nuestra relación.

Decido escribirle y cuando lo hago se me hace un nudo en el estómago. Sólo unas líneas para decirle que me comuniqué con mis hijos y que estoy a punto de recuperar mis cosas. Entro de nuevo a clase y al salir vuelvo a revisar mi teléfono. Ninguna respuesta de ninguno de los hombres de mi casa.

Sigo empeñada en no perdonarme el hecho de no haber metido en mi bolsa de mano el sobre con las cartas de los cuatro. Ahora sabría lo que cada uno tiene que decirme. Lo que Lucio haya escrito me altera. Es una tristeza que hayamos llegado a esto. La separación inicial de nuestros cuerpos, aún viviendo juntos, ahora permea a la de las emociones, dejando al parecer un solo vínculo: nuestros hijos. Paulatinamente me fui desencantando, desenamorando, si es que acaso lo estuve. Desde luego hubo romance y pasión al principio. Lucio fue el gran conquistador y logró, en muy poco tiempo, que yo dejara a un lado mis planes de conocer el mundo, mi trabajo y la vida como la vivía, y que los cambiara por estar con él, en pareja, formando una familia. Era guapo, lo es. Además, muy trabajador, casi adicto. Dedicado a sus cosas, con ganas de viajar y con costumbres parecidas, se fue dando la fórmula que me convenció de que en el seno de un lugar en el que yo ampliara y compartiera lo que soy, mi existencia podía ser aún más feliz. Los primeros años lo fueron. No pudimos tener hijos más preciosos, familias extendidas tan buenas y una posición económica desahogada. Mucho tiempo hubo armonía. Pero como pasa siempre, no hay perfección, y Dios, o quien sea, se encarga de recordártelo.

Fue un día de agosto en el que yo necesitaba mandar unos papeles a Mykonos, Grecia, para arreglar el asunto de una herencia que mi abuela Hera le dejó a mi mamá. Se me había hecho tarde y los servicios de paquetería que conocía estaban cerrados. Pensé que en la oficina de Lucio podrían ayudarme a enviarlos a primera hora del día siguiente, por lo que fui hacia allá. Me encontré con que no había nadie en la recepción, pero algunas luces de las oficinas seguían encendidas. Vi al fondo del pasillo la de Lucio, el "señor director", también estaba iluminada. Apresuré mis pasos con el gusto de haberlo encontrado y darle los papeles para que me hiciera el favor de enviarlos. Abrí la puerta e imaginé todo menos lo que vi. Estaba desnudo; sólo tenía puesta una corbata roja, volteó a verme y se quedó absolutamente paralizado. Su pene también lo estaba. En un sillón, frente a él, yacía, igualmente desnuda, una mujer de unos treinta años con el pelo revuelto y los ojos desorbitados ante la visión de mi persona parada, estupefacta, en la puerta. Cerré de inmediato y me apresuré a salir. Una vez en el refugio de mi coche, me solté a llorar, pero después mis lágrimas se secaron tras un ataque de risa incontrolable sólo de volver a pensar en lo francamente ridículo que se veía el maldito Lucio, haciéndole poses a la tipa esa, como un payaso seductor con su corbata anudada al cuello.

Desde ese día algo se rompió. Lucio me pidió perdón mil veces, pero yo tardé mucho tiempo en sobreponerme a lo sucedido. Por supuesto no me considero conservadora, pero verlo así fue como un balde de agua helada que me cayó cuando no lo esperaba y duele como clavos en la piel. La cabeza se llena de ira y de fuego. Propuestas de viajes y regalos llegaron; no sé si queriendo eximir sus culpas o, simplemente, demostrando que seguía ahí, creyendo en ese vínculo que sólo tenía sentido por nuestros hijos. Cuando intentó tocarme de nuevo mi rechazo fue total. Cómo me dolió acceder otra vez a tener intimidad con él, y a pesar de haber cedido, la gran salvación, si es que puede considerarse un hecho afortunado, fue que Lucio se acercó cada vez menos, y yo, con franqueza, lo agradecí. Me pregunté mil veces cuáles de sus acciones estaban relacionadas conmigo, con mi incapacidad de mantenerlo contento, de seducirlo, de seguirle resultando atractiva. Me culpé creyendo que le había robado tiempo a él por estar con mis hijos. Analicé su temperamento y el mío, contrastantes, divergentes. En fin, me cuestioné el ejercicio de la libertad personal y concluí que él tenía derecho a emprender sus propias búsquedas, pues no me pertenecía; nadie pertenece a nadie. Fui negociando poco a poco con mi enojo, pues curiosamente no fueron celos, ni algo cercano lo que sentí; más bien la traición al pacto matrimonial y a los acuerdos de convivencia que teníamos. Una deslealtad y punto. Después perdoné su debilidad o su engaño o su necesidad de autoafirmarse ante una o mil tipas distintas; daba igual, porque a mí ya se me había salido del corazón, aunque no estuviese plenamente consciente de que así era en aquel momento.

VII

Habierto

Fue hacia el baúl de Helena. Lo miró con calma. Quiso que le hablara de ella, aun sin estar abierto. De haberlo hecho sin su consentimiento, la violación a su intimidad habría sido excitante. Ahora al saberse autorizado, se llenó de emoción, de angustia y desasosiego, sensaciones casi idénticas a las que se manifestaban cuando debía subir a un avión y volar. Si con sus alas lo abrazara, lo transformaría.

Antes de regresar a su piso y tener el baúl de Helena para sí, con la combinación lista, había tenido una cita con el doctor Bachman. Desde que volvió a Nueva York, y ante lo sucedido, tenía el enorme pendiente de charlar con él. En ese entonces no pretendía, a menos que él aconsejase lo contrario, comprometerse a un proceso de terapia; sólo quería retomar lo que alguna vez dejó pendiente, contarle de sus procesos de duelo y de los quince años que estuvo tan lejos. Le parecía extraordinaria la trayectoria de su amigo doctor. Al ser psiquiatra y tanatólogo, además de tener una especialidad en ansiedad. Estaba seguro de que podría ayudarlo, pues con el antecedente del infarto lo que más debía evitar, intuyó, era afrontar situaciones ansiosas que desatasen sus ya casi habituales taquicardias, que serían peligrosas.

Caminó hacia el consultorio para recuperarse y adquirir de nuevo condición. Se había portado muy bien; siguió las indicaciones de los médicos y, a pesar de lo mucho que se le antojaban, decidió pasar de largo por su puesto favorito de *hot dogs* y sólo se concretó a saludar a su amigo Vivek, el hindú dueño del carrito de aquellas delicias callejeras.

El barrio olía a la mezcla de sabores que se encuentran en cada esquina, a los cerezos del parque; también al murmullo de la gente que no paraba de hablar o al silencio de las coladeras que impedían la vista a un subsuelo entretejido de secretos, que sólo filtraba su luz por las rejillas. Nueva York era pecado y penitencia, exceso, taxis y caos; pero también era parques y viajeros, turistas que llegaban pensando en lo imponentes que resultan sus edificios que simulan soldados prestos a la batalla, con sus escudos brillantes y sus remates cercanos al cielo.

El consultorio estaba alojado en un pequeñísimo edificio de tres pisos en el que convenientemente se encontraban los consultorios de un dentista y de un oftalmólogo. Supuso que no necesitaba las atenciones de ninguno, más que las de su querido doctor. En cierta forma lo extrañaba. Fue quien lo ayudó a salir de angustias en la época más pesada y dolorosa de su vida. Ese apoyo no podía agradecerse sólo con el pago de una consulta; tenía un valor que trascendía cualquier monto posible, aunque el último regalo que le hizo, y quizá Bachman ignoraba, valía al menos treinta mil dólares, y ese sí que no había sido robado: una pieza de colección de una belleza inusual adquirida legalmente. Esperó que aún la conservase. Nunca le contó lo que valía.

Se saludaron con enorme alegría. El doctor se acercó a darle un cálido abrazo. Lo vio más viejo; habían pasado tantos años. Pero eso sí, confirmó que prevalecían en él su acostumbrada sagacidad y su buen humor, que se manifestaron de inmediato en sus primeras frases. Bachman lo invitó a sentarse en el que fue su sillón preferido, seguía tan cómodo como en aquellos días. Una vez tranquilo, Marc dirigió su mirada hacia cada uno de los rincones del espacio, buscando la pieza y, justo donde se quedó la última vez, ahí estaba. Respiró aliviado.

—Marc, qué gusto me da verte después de tantos años. Bienvenido. Ya sabes que este espacio es tuyo.

—Lo sé, querido doc, así lo siento.

—Me dijiste por teléfono que habías sufrido un infarto; ¡pero muchacho!, tienes escasos cincuenta y tres años, ¿no?

—Así es, pero aquí estoy, más vivo que cuando nos vimos la última vez.

—Desde luego que sí, en ese momento estabas casi muerto.

—Y en la Patagonia me fui recuperando.

—Escogiste un bellísimo lugar para hacerlo. Cuéntame por partes. ¿Rehiciste tu vida? ¿Te casaste? ¿Tuviste más hijos?

—Nada de eso. Nunca me enamoré de nuevo, vivo solo y no, doctor, no tengo más hijos.

—Los negocios, ¿cómo van?

—Sigo en el negocio del arte y las antigüedades; nunca volví a la arqueología por más que, como sabes, haya sido mi pasión.

—Y de Jana, ¿qué fue?

—Curiosamente recién aparecida después de tantos años; me hizo una llamada telefónica que me dejó descolocado. Emergió de nuevo la rabia y el deseo de que nunca más vuelva a hacerlo.

—¿Sigues guardando ese rencor que casi te lleva a destruir lo poco que te quedó, después de la muerte de Max?

—No lo definiría como rencor, sino como enojo por su descaro al hablar, como si nos hubiéramos dejado de ver ayer, haciendo preguntas sin sentido y queriendo averiguar de mí, como si le importara.

—La última vez que hablamos dijiste que no te volverías a enamorar y pensé que sería algo pasajero, pero que realmente no hubiera vuelto a suceder me preocupa, y deberías preocuparte tú también.

—Ahora tengo una ilusión, una esperanza; se llama Helena.

—Me alegra mucho eso. ¿Quieres contarme más?

—Creo que se trata de una mujer que vi en el avión que tomé en México para venir aquí. Resulta que confundimos nuestras piezas de equipaje, baúles. Yo me traje a Nueva York el suyo y ella se llevó el mío, involuntariamente, a Madrid. Tras reponerme del susto de perder mis cosas, porque llevo ahí dos piezas valiosísimas, que aún no tengo conmigo de vuelta, y después de largas horas de búsqueda y reclamos en el aeropuerto, me contactó. Para mí fue imposible hacerlo antes, ya que ella sólo había escrito "Helena" con "H" en la etiqueta de identificación del suyo. Y entonces sucedió algo inexplicable. Comencé a sentirme enganchado a su recuerdo por el hecho de estar casi seguro de que era ella y ahora tener sus cosas conmigo.

—Y la mujer, ¿cómo tomó eso?

—No lo sabe.

—¿Cómo que no lo sabe?

—Apenas sabe de mí. Hemos intercambiado frases por teléfono para ponernos de acuerdo y uno que otro correo.

—¿No te parece un poco exagerado estar invocándola y dedicándole tiempo en tus pensamientos del día a día?

—Sí, me lo parece.

—Pero, no te importa...

—Por el contrario, lo alimento, me lleno de eso, me siento vivo al hacerlo.

—Pero no lo haces, realmente.

—En cierta forma sí, puesto que ya estamos en contacto y me estoy ganando su confianza.

—Marc, no es que no quiera que tengas un motivo y una nueva necesidad de sentir que puedes amar, pero es necesario hacerlo sobre bases reales. Debes tener claro quién es esa persona, de dónde viene, si tiene compromisos, familia, pareja, hijos. Además, ni siquiera sabes si es quien te imaginas.

—No sé nada más, sólo quiero constatar que es la mujer con la que crucé miradas en el avión y la sola fantasía de estar con ella ha conseguido que el deseo vuelva a hacer su aparición en mi piel, y de manera por demás manifiesta.

—Tu instinto sexual de nuevo encendido, podríamos decir.

—No sólo eso, sino mis sentidos.

—¿No han intercambiado sus cosas todavía?

—No, estamos en el proceso más bien de abrir el baúl del otro y ver qué pasa. Ella necesita con urgencia unos papeles y está por enviarme la combinación de su baúl para que yo pueda tomarlos y mandárselos por paquetería.

—Y, ¿por qué no le mandas mejor el baúl y ella el tuyo?

—La verdad, doc, es que yo sí podría mandárselo, pero aún no sé si quiero hacerlo. El tener el suyo me permitirá negociar respecto del mío.

—¿Qué hay que negociar?

—Que no viaje de regreso aquí a Nueva York, sino que lleve a Londres mi baúl, lugar en el que debo entregar las piezas que tengo resguardadas en él.

—¿Piensas planteárselo así?

—Primero prefiero ganarme su confianza, que sepa más de mí, y luego sí, pedirle que haga eso.

—¿Por qué habría de hacerlo?

—Porque para entonces la habré convencido.

—¿No es muy precipitado, o ambicioso, pensar en eso?

—Creo, en definitiva, que no lo es.

—¿De qué te servirá eso si no la conocerás? Si ella acepta y hace lo que le pides no habrás ganado más que entregar las piezas, pero no la habrás visto.

—Ciertamente. Tal vez tengo miedo de comprobar si en serio es ella o no.

—Hay otras maneras de hacerlo antes de pedirle lo que pretendes. Te estás complicando demasiado, mi estimado. Pídele que se comuniquen por esos medios nuevos que hay en los que las personas se ven cuando están al otro lado de la línea y del mundo.

—Eres más moderno que yo, doc. Venceré mis temores y se lo propondré.

Alivio es la palabra con la que podría definir lo que sintió después de hablar y hablar con el "doc". Lo necesitaba. No es que hubiese comprobado si estaba loco o no, nada concluyente.

Estaba consciente de que Bachman había hecho intentos por aterrizarlo en la realidad, pero era justo lo que no quería. Qué más daba si sufría una desilusión, de cualquier forma su vida presente ya lo era, así que un resquicio o una posibilidad de alegría serían siempre bienvenidos.

Marc volvió a su piso con el enorme deseo de leer su correo. Tomó tiempo hasta que encontró la calma suficiente para hacerlo. Estaba sentado, como siempre, en el sillón de cuero, con un mezcal en una mano y un cigarrillo, cuidadosamente confeccionado y ya encendido, en la otra. Lo sabía, no debía fumar. Vivaldi de fondo, *Primavera* para ser exactos. Tuvo el baúl de nuevo muy cerca y volvió a mirarlo. Digitó los números. El baúl ya estaba abierto. Ya era absolutamente suyo. Helena lo era.

VIII

Lo que mis cosas tengan que decirle a Marc, lo que hablen de mí, me inquieta. El interior de mi persona evidenciado no sólo en mi ropa íntima, sino en cada uno de los objetos que salgan del baúl. Estoy segura de que los verá a detalle; sería muy raro que no despertaran su curiosidad. Primero, como buen hombre, se decantará por los *brassieres* y las *panties*, los camisones, la textura y el olor de mis prendas más íntimas. Creo que no comprenderá el contraste entre éstas y la pijama de franela, o la faja... Bueno tendrá que comprender que en el guardarropa de una mujer debe haber de todo, pues nunca se sabe qué puede ofrecerse.

Luego encontrará mis "Pecados y placeres", libretas que fui llenando una a una, con detalle, en una exhaustiva labor de catarsis e intento de exorcismo, cada vez que cometí alguno, o todos, y que escribí tratando de aliviar mis decepciones, las traiciones de Lucio, su implícita violencia que siempre cuidó de no hacer evidente. Si Marc las lee, y después aún sigue queriendo hablar conmigo, será una buena señal. Ser juzgada o no juzgada, he ahí el dilema. Desnuda ante sus ojos estaré. No hay marcha atrás. Lo peor y lo mejor es que soporto las ganas de saber cómo reaccionará.

Para: **mlg@patagonia.org**

De: **helenatm@outlook.com**

Asunto: **¿Abierto?**

Marc:

Perdona que insista, hazme saber en cuanto te sea posible si ya lo has abierto.

Helena.

Mi mente empieza a dar vueltas y vueltas como es su especialidad. Me alegra tener el tiempo y el silencio para dejarla maquinar; la soledad le abre puertas y ventanas a toda clase de pensamientos y sensaciones. Me complace. También lo hace el silencio de mi pequeña habitación a la que voy poniéndole toques cada vez más míos. El otro día salí temprano de clases y fui al barrio de Chueca a caminar. Entre las curiosidades del mercadito encontré un marco de madera tallada en el que puse la foto de mis tres hijos, la que siempre llevo en mi bolso de mano y que ahora ha encontrado reposo, una lamparita *art decó* que coloqué en mi buró, dos modernas acuarelas de paisajes con el mar de Barcelona y el puerto, que ya están colgados en la pared frente a mi cama. Un tapete colorido, tejido con flores de toques hindús y una silla, en la que me siento para quedar frente al espejito de hoja de oro que también adquirí ahí. Me gusta que mi espacio huela a flores, así que por diez euros a la semana logré que don Pascual, el mozo que cuida la residencia, me consiguiera flores de formas y colores variados y empezara a traerlas desde este lunes. La música siempre es mi fiel compañera: trova, boleros y lo que oyen mis hijos cuando vamos juntos en el auto. Pensando en música recuerdo a Ramón y lo que me contó sobre su afición por el rock.

Tocó en una banda... Tengo un nuevo amigo "rockstar". Me sonrojo.

Hoy Homero me mandó un mensaje de texto, respondiendo a mi *mail*, asegurando que la casa va bien. Sin novedades en el frente, "capitana", ponía. Me alegra tanto que piense en mí; sería terrible que se acostumbraran a no tenerme, y en seis meses podría ser que, al menos en su día a día, sintieran que no me necesitan. Ya de 17 y 19, quién va pensar que su mamá les haga falta. A mi niña sí estoy segura de que estar con su madre le hace una gran diferencia. Ahora estamos lejos, pero nunca distanciadas. Quiero pensar que significo algo importante en sus vidas, en la de cada uno, y se sentirán orgullosos de mí, no sólo cuando termine mi doctorado, sino después del recuento que puedan hacer de mi vida, al fin y al cabo. Ellos tendrán una versión distinta a la mía, cada cual la propia. Siempre nos contamos las historias desde nuestro lado de la cancha, a partir de lo que de manera personal nos atañe. Son escasas las veces en que nos comprometemos a tratar de entender a fondo los motivos del otro, las verdaderas razones que marcaron cada una de las acciones que emprendieron en su vida y las que, directamente, tuvieron un impacto en la nuestra. Es curioso ver cómo, conforme crecen, se van pareciendo —en estilo, en forma de hablar y, desde luego, físicamente— a uno o a sus dos padres. Mis tres hijos son una mezcla, quiero pensar, de lo mejor que Lucio y yo tenemos. Sería ideal que heredaran sólo nuestras virtudes, pero también heredan los defectos, las mañas que aprendieron de nosotros, nuestros miedos y nuestras incertidumbres. Caras vemos, genética no sabemos. Yo los veo espléndidos, pero lo más importante es que son fuertes y sanos. Ya con eso uno se siente del otro lado y le implora a la vida que así sea siempre. Sigo divagando y ya son las dos de la mañana. ¡Qué ganas de hacerlo acompañada! Invito a Ramón a que ocupe mis fantasías; nada mal para emprender el sueño de una noche en este otoño de Madrid.

IX

Holerte

Tuvo el permiso de hablarle de tú, y con el baúl frente a él, fue como si ella estuviera ahí. Lo imaginó así.

Supuso que cuando se decidió por una pieza tan especial, al igual que él lo hizo, pensó en la practicidad de sus cajones, de sus rincones para acomodar esto y aquello para que quedara muy bien asegurado lo que ahí encerraba. ¿Detectó que tenía un cajón secreto? En el suyo fue ahí, justamente, donde colocó las piezas y sus certificados de autenticidad. Encontró los sobres. No quería detenerse aún en lo demás, pues le urgía ver si se topaba con una foto de Helena. Se le aceleró el pulso, sudó un poco, aunque en realidad hacía frío en Nueva York, y sintió la necesidad imperiosa de encontrarla en algún sitio. Vio varias libretas de piel de distintos tonos con letras grabadas en dorado. Cada una con el título "Pecados y placeres". Se advertían como una joya; un agasajo absolutamente invitador y, por el título, prohibido. Pero ¿fotos?, ¿dónde? No podía ser que no tuviera. Maldita era digital en la que ya no se usa que las imágenes se impriman, pensó.

Abrió sólo un poco cada uno de los cajones de en medio, los que alojaban su ropa. Asomaron, como dispuestos a coquetearle, tanto encajes como listones, y sus distintos colores invitándolo a tocarlos. Se estuvo regodeando en la fantasía de verla en cada uno de ellos, lista para seducir. Su talla, su talle; podía verla entre sus brazos, perfecta. También había algunas blusas, camisones de algodón, pijamas, sacos y una chaqueta de cuero, pantalones y playeras. Entre sus prendas apareció otro sobre, con una leyenda: "Ábrase sólo en caso de angustia en sus vuelos, melancolía o curiosidad". Lo dejó donde estaba, pensando que si lo tomaba, implicaría que sus manos habían buscado donde no debía. Las cosas estaban llenas de su aroma que emanaba como si exhalara de los poros de su piel lo más seductor, un "*h*olor" que viajaba y se apoderaba de Marc; que se le estaba metiendo hasta la médula y se empeñaba en no desaparecer. Hizo un intento más de explorar para ver si daba con algún sitio en el que pudiera ver una imagen de Helena. Sabía que tenía que enviar sus sobres inmediatamente y con ellos su combinación. No había respondido el último correo así que, antes de que siguiera angustiada, mejor la llamó.

—Helena, buenas tardes.

—Marc, espera un momento, estoy en clase; déjame salir adonde pueda escucharte.

—Perdón por marcarte así y no avisarte antes.

—No te preocupes.

—Sólo para decirte que en este momento prepararé todo para enviarte el paquete con tus sobres.

—Perfecto, supongo que llegará mañana por la tarde.

—Sí, quiero imaginar que sí.

—Gracias, Marc, lo harás justo a tiempo para salvar mi lugar en la universidad.

—No sabes qué alegría me da ayudar con eso. Quedamos en que haríamos un intercambio justo dado que no podemos poner a viajar nuestros baúles; si yo abrí, tú también hazlo.

—¿Tienes nuevas noticias?

—Aún no. Lo más seguro es que, como me pides, tenga que enviarte tu baúl; y del mío, si no te importa tenerlo un tiempo más ahí, no te puedo decir nada hasta dentro de unos días, cuando sepa si alguien puede viajar a recogerlo.

—Marc, de verdad que no pasa nada, déjame que te lo mande de una buena vez a Nueva York. Y tú envía el mío.

—Es que quizá tenga que pedirte un favor, pero es muy aventurado decirte ahora de qué se trata. Suplico que me des más tiempo.

—Respecto al mío, lo quiero ya, aquí. Desde luego no te precipites si crees que lo mejor para el tuyo es que se quede conmigo un tiempo más.

—Helena, por favor, ya van tus papeles, dame dos días.

—¿Qué clase de favor necesitas?

—Permíteme decírtelo luego, con más calma.

—Muy bien, escribe y te leeré, pero quiero mi baúl; por cierto, ¿cómo encontraste su interior?

—Cada cosa en el que supongo será su lugar; claro, da cuenta de algunos movimientos durante su viaje pero acomodé lo que estaba suelto lo mejor que pude.

—Gracias otra vez.

—A ti, Helena, por dejarme abrirlo. Prometo que lo cuidaré celosamente. Huele delicioso, por cierto, huele con "h" de Helena.

—¡Ahh! Es cierto que siempre llevan el olor de cada uno y es bueno que te guste.

—¿Por qué es bueno?

—Porque los olores ricos siempre son memorables; además habla bien del fijador de mi perfume.

—Habla bien de ti.

—Espero tu envío y te confirmo cuando tenga los sobres en mi mano.

—Acerca del sueño…

—¿Me lo vas a contar?

—Si tú quieres.

—¡Claro que quiero! ¡Qué curiosidad!

—Estábamos juntos en mi departamento, en mi estudio concretamente.

—¿Y?

—Charlábamos y leíamos poesía. Luego pasaba que nos besábamos y… mmm.

—Marc, mejor me lo sigues contando en un correo, o cuando nos encontremos, si es que lo hacemos. Me incomoda

oír lo que imagino que quieres decirme que sucedió después. Estoy afuera del salón y no puedo seguir.

—No quiero incomodarte. Sólo intento describir el sueño. Pero ya que sugieres que te lo cuente cara a cara, intentaré que suceda pronto.

—Ojalá.

—Perfecto, feliz tarde de estudios, Helena.

—Buena mañana para ti, Marc.

Colgaron. Volvió a oírla, fascinado por su tono de voz, su manera, su firmeza al decir que quería lo suyo. No podía creer que la suerte por fin empezara a acordarse de él. La culminación sería que sus "*h*alas" pudieran llevarla a Londres; ahí sí que le habría puesto un altar. Le escribió una nota. Estaba listo para enviarle el paquete. Fue a la oficina de la esquina, silbando de gusto porque ahí le iba su futuro cercano, y no le quedaría más remedio que ser su cómplice. Volarían.

X

Es martes y no tengo clase hasta la una. Recordar la llamada de Marc me ha invitado a hacer una pausa en mis trabajos y empezar a navegar en la red para tratar de encontrar algo que me hable de quién es él. Soñó conmigo y parece que lo que ahí pasó no fue muy conservador que digamos. Sonrío al pensar en su intento de hacer la descripción de su sueño y en el freno que le puse. Habría deseado oírlo todo, desde luego. Bien a bien, no sé por qué no lo dejé terminar. ¡Espero haberlo dejado acabar en el sueño!

Cuando tecleo Marc Lanley, aparecen, como sucedió la primera vez que lo hice, dos o tres referencias que hablan de un famoso arqueólogo que encontró piezas importantes en la zona del Tajín, donde trabajó por muchos años. Dicen que es inglés y destacaba por su precisión y la rigidez en los temas de exploración de los terrenos, rigor en las excavaciones y profundo respeto por las culturas de esos pueblos, en los que ejerció su oficio. En sus fotos se puede ver que era un hombre guapo, interesante. Me encanta verlo, y saber esta historia hace que me pregunte si este señor tendrá algo que ver con "mi Marc"; me gusta llamarlo así; de pronto, me ha parecido curioso sentir eso. ¿Será su papá? En definitiva tendré que pedirle que la próxima vez que nos hablemos sea por *Skype* o *Facetime*. Necesito verlo, saber cómo es. Se me ha despertado la curiosidad, la urgencia, porque además él a estas alturas ya habrá encontrado mis fotos y sabrá cómo soy, así que es justo que yo tenga la misma información, una que sea en tercera dimensión. Ahora probé con "Marc Lanley G." y apareció una serie de datos relacionados con la Patagonia (así es su dirección electrónica, claro) y con unos esfuerzos de conservación de especies endémicas; también algo relacionado con arte y piezas prehispánicas. No aparece que trabaje específicamente en una casa de subastas; tampoco nada relacionado con Nueva York. Me río mucho con las fotos; cuando pongo *googlear* imágenes, aparecen algunas de unos cuántos hombres. Espero que nada de lo que veo tenga relación con él. En mi cabeza juego con ellas y pongo la cara de uno en el cuerpo de otro, dando rienda suelta a mis fantasías acerca de este personaje que ha irrumpido en mi vida. Ya que tenga el paquete con mis papeles le pediré que nos comuniquemos y nos veamos. ¡Qué agasajo será si me manda su combinación! Podré saber cuáles son las dichosas piezas, verlas, tocarlas y entrar en su muy personal universo, el que se aloja entre las paredes y los rincones del baúl. Adivinarlo entre sus posesiones y verlo, aunque no sea cara a cara.

Salgo de mi encierro para llegar a tiempo a la clase. En el camino me topo con Alba; me da mucho gusto verla porque después de la fiesta de bienvenida a la Facultad no habíamos coincidido. Es muy acelerada en su forma de hablar, pero su acento me encanta. Vamos conversando muy quitadas de la pena, cruzando hacia el salón, cuando a lo lejos vemos a Ramón, quien a la distancia saluda extendiendo los brazos y las manos haciendo ademanes. Conforme nos acercamos, reímos; él avanza hasta encontrarse frente a nosotras y lanzar un expresivo: "¿Cómo están las chicas más majas de este campus?" Alba sonríe y yo abro más los ojos riendo, además de con los labios, con la mirada, y no puedo evitar que me envuelva entre sus brazos. Me dejo apapachar, entregándome a la feliz sensación de su cuerpo contra el mío y experimentar, así, el esplendor de juventud, celebrando su vitalidad. Quedamos en cenar mañana por la noche e invitar a Mathew. Proponen un lugar en la Plaza de España que se llama La Esquina del Real. Ramón sugiere que nos vayamos en su coche y se compromete pasar a recogernos a la Pérez Galdós.

El profesor José María es el que imparte la materia que más me atrae: Historia de Grecia. Es muy ameno en sus explicaciones, pero a la vez muy rígido en cuanto a lo que pide en las investigaciones y la entrega de trabajos. Eso me gusta, porque me reta. Tener un sentido del tiempo y de la organización fue difícil después de años de no estudiar, pero en la maestría lo perfeccioné. Con eso de las nuevas tecnologías, la información está al alcance de la mano, pero hay que saber depurarla, elegirla, confirmarla. Los requisitos de un doctorado son exigentes y el estar a la altura es mi verdadero reto. Desde luego, ampliar mi conocimiento de ese fascinante mundo griego del que me siento parte. Aunque haya visitado Grecia muchas veces —ahora tan disminuida por los escándalos financieros y la gran deuda que la abruma, y me entristece profundamente— no deja de cautivarme. Quiero aprender más del pasado, siguiendo con mi premisa de descubrirlo para depurar mi presente. Además de Grecia está mi obsesión por Helena de Troya, mi afán de invitarla aquí, a esta aventura conmigo; estamos vinculadas a pesar de no coincidir jamás en espacio, tiempo y vida. Helena no vivió, pero la elaboración de su mito fue tan verosímil, que de alguna manera todas las mujeres podríamos ser ella. ¿Cómo puede un mito volverse tan poderoso? Supongo que cuando se mezclan las pasiones con la lucha por el poder, la fórmula es perfecta y más cuando apela a nuestra condición puramente humana, alejada de los dioses, a pesar de que Helena siempre esté representada a través de ellos, de nuestras relaciones con la divinidad. Su belleza fue su maldición y la marca indeleble de su destino. Ella se entregó, amó, tuvo hijos, se enamoró de nuevo, fue desterrada, se reivindicó y fue pretexto hecho culpa en la guerra más emblemática de la mitología antigua. Tantos hombres la adoraron, y cuántos más la deseaban, sin tenerla. Solamente fue fiel a ella misma. Una musa hecha mujer y una mujer hecha mito. ¿Qué historia se contará de mí cuando ya no esté en este mundo? Imposible adivinar lo que cada uno pensará y le dirá a los demás; de cualquier manera yo no estaré aquí para atestiguarlo, pero lo que mis hijos puedan concluir y lo que guarden en su memoria acerca de la clase de mujer y madre que fui, eso sí es fundamental para mí. ¿Ser o no ser juzgada? ¿Y qué tanto se puede defender la propia individualidad, la búsqueda personal, el amor por una misma, sin que esto sea confundido con el ego?

Estoy en la última clase del día. Ahora sí que no he puesto ni un poco de atención a mi amable tutor por estar viajando a otro espacio-tiempo; más bien, sólo espero a que lleguen los minutos finales para hacer mutis. Regresaré a dormir a mi estudio para ver si consigo acortar las horas hasta que el envío de Marc llegue.

XI

Muy temprano escucho unos dedos golpeando suavemente mi puerta. Es don Pascual, quien amablemente me ha subido el envío. Le agradezco sonriendo; él hace un gesto amable de vuelta. Tomo el paquete y busco unas tijeras. Sentada en la cama lo exploro, le doy vueltas y me decido a abrirlo. Siento un nudo muy grande en el estómago; trago saliva, respiro. Voy revisando su contenido. Efectivamente el sobre verde está intacto. Me alivio de la presión que tenía encima y surge el entusiasmo por poder, hoy mismo, matricularme oficialmente en la Facultad. Al sacarlo cae una nota en la que Marc me dice que le ha dado gran gusto ayudarme, a pesar de la vergüenza que lo embarga por no entregarme mi baúl. También viene un sobre que nunca había visto. Lo abro y con absoluta sorpresa descubro que son mis fotos, la colección entera del estudio que mi amigo Fernando me hizo. ¿Cómo llegó al baúl? ¿Quién lo metió sin avisarme? Si fue Toñita, ¿por qué no me dijo nada? Menos mal que están aquí conmigo, es una buena noticia a pesar de la mala nueva de no recibir el sobre correcto y perderme de nuevo de las cartas de mis hijos y de Lucio. ¿Será que no debo leerlas?

El día que decidí tomarme esas fotos fue uno de los más raros e increíbles de mi vida. Está ahí, paso a paso, descrito en mi libreta titulada "Julio en llamas". Las vuelvo a ver. Siento que aquella es otra mujer, y no yo quien aparece en ellas, desnuda, acompañada por un modelo. Retratos eróticos, muy sugerentes, en blanco y negro.

Una de las muchas veces en que mi autoestima estaba tan a la baja que evitaba a como diera lugar mirarme al espejo, quedé de verme con Fernando en un café. Llegué devastada. Era muy reciente mi fatal descubrimiento de las infidelidades de Lucio. Lloré y lloré y el pobre trataba de consolarme. Me decía que la vida era así, que las parejas pasaban por eso inevitablemente y a pesar de que no lo merecía, eso no podía influir tanto en mi esencia. Que era una mujer hermosa, debía ser feliz y seguir adelante. También preguntaba si yo imaginaba mi enorme poder de seducción. Dijo, enfáticamente, que si acaso no me daba cuenta de lo mucho que los hombres me miraban, era porque de verdad elegía pasar por alto esa circunstancia y desde ese momento en adelante no podía ser así. No debía ya ser la misma, para bien. Y tuvo una idea que al principio me pareció descabellada, pero poco a poco resultó más y más atractiva. Propuso hacerme una sesión de fotos que enalteciera mi belleza, exaltara mis atributos y expusiera lo mejor de mí. Le prometí que lo pensaría y después de darle vueltas le dije que sí; total, no perdía nada, necesitaba distraerme para recuperarme. Le tengo mucha confianza después de años de amistad, desde niños casi; así que resultaba ideal que fuera él, quien detrás de su lente, me mirara con el respeto de un fotógrafo profesional y un amigo fiel. Acordamos el día, la hora y, llenándome de valor, me presenté en su estudio. Ahí estaba un moderno Paris, a quien yo no esperaba, por lo que casi salgo corriendo por donde entré. Pero Fernando me explicó que sólo era un modelo haciendo su trabajo y yo sabía que en el arte, en la fotografía, se posaba y nada más, cuando el caso lo requería. Logré calmarme y ceder. Empezamos a acercarnos con la ropa puesta mientras se realizaban pruebas de iluminación y la plática fluyó tranquila y divertida. Tomó varias fotos así, y después pidió que nos desnudáramos. Aparecí en el set con una bata y sin nada debajo, muerta de vergüenza y de deseo, dejando aflorar mi vanidad, aunque avergonzada por mi cuerpo imperfecto que contrastaba con la perfección del apuesto modelo. En fin, ya estaba ahí, más metida que nada en la seductora atmósfera de los reflectores, de las cámaras, y me entregué al momento. El ejercicio más soberbio e invitador que jamás había vivido y que, finalmente, me encantó. Al acabar la sesión y toda vez que Paris, muy educadamente, se fue del estudio, Fernando me invitó a quedarme a tomar una copa. Estaba tan contenta por lo que me permitió ver en su computadora —unas cuantas imágenes de la sesión, nada más— que accedí con alegría. Nos acercamos a la pequeña cocineta. De inmediato mi amigo sirvió las copas y sacó pan y quesos. Brindamos, bebimos, compartimos emociones y fuimos entregándonos al placer de la compañía, a la libertad que siempre ha caracterizado nuestra amistad. Por un momento creí que la infranqueable barrera que ambos habíamos puesto desde nuestra primera juventud se estaba derrumbando. Evitábamos resistirnos. Pero yo estaba muerta de miedo; al confesárselo, agradecí la delicadeza que tuvo él para entender que no era mi momento. Tardó días en entregarme tan sólo algunas fotos, que yo admiré y guardé luego celosamente. E hicimos un pacto: cada vez que yo estuviera pasando por un momento difícil, él me haría llegar otras más para recordarme que, ante todo, estaba yo y mi muy peculiar belleza que debía ser reflejo fiel de lo que me sucedía por dentro y, por lo tanto, tendría que esforzarme por encontrar el equilibrio y seguir adelante. Desde dentro mirarse y trabajar para verse bien por fuera, me dijo.

Metí una sola foto a mi baúl, con mis otras más queridas. ¿Las encontrará Marc? Su nota, con beso agradecido incluido, me ha cautivado. Pide que no abra su baúl hasta que estemos hablando. Entonces será momento de vernos. No puedo llamarle para decirle que acepto porque las veces que él me ha llamado, en la pantalla de mi celular aparece

número desconocido. Voy a escribirle un correo para avisarle que quiero conocerlo, verlo frente a frente, a la distancia.

Siguió con la inquietud de encontrar alguna imagen suya y cayó en la cuenta de que no había revisado el cajoncito interior del cajón de abajo a la derecha. Metió las manos y encontró cinco fotografías. La primera era una imagen antigua. En ella aparecía una niña sentada en las piernas de quien podría ser su padre. A un lado quizá su madre; vestidos de gala, sonreían. ¿Sería Helena una de las niñas? Seguramente sí. Otra de las fotos mostraba un paisaje, una isla con el mar de fondo y unas ruinas... ¿griegas? La tercera retrataba a dos jóvenes y a una jovencita que parecía menor que ellos. Los tres eran muy guapos y se abrazaban divertidos. ¿Sus hijos? Por fin descubrió la que resultó ser la foto más importante, reveladora, en blanco y negro, de una mujer preciosa, ¡la del avión!, y un hombre apuesto. Se abrazaban tiernamente. Sus perfiles se dibujaban el uno frente al otro. ¡Era ella! Y, ¿quién más? Una imagen maravillosa que en el instante lo prendió y lo hizo sudar. La quinta y última era una foto de familia, y ¡ahí estaba!, el perfil y los rasgos iguales a la anterior; aparecían los mismos jóvenes, y un hombre, ¿su marido? Helena, su Helena, bellísima, con sus ojos casi amarillos, con su mirada vivaz. Estaban sentados en una barda de piedra, y al fondo, el mar. Llevaba puesto un sombrero y su pelo caía sobre sus hombros; su sonrisa era abierta y franca. Preciosa, en esplendor. No le importaba lo que estuviese haciendo, tenía que marcarle en ese momento.

Para: **mlg@patagonia.org**

De: **helenatm@outlook.com**

Asunto: **Preparada**.

Estimado Marc:

Estoy lista para abrir el baúl y simultáneamente platicar contigo.

Helena.

¿Será una deslealtad que abra el baúl y luego lo cierre antes de que Marc me llame? Ya mi antojo de ver sus cosas me rebasa. Esas piezas de colección de las que habla deben ser algo muy especial. Me siento frente a él, parece ya un viejo amigo, casi el objeto más importante de mi minúsculo espacio. Tiene garbo e historia; se ve en el desgaste que lleva con dignidad, relatos de un elegante caballero que guarda consigo mil historias que contar. La combinación lista. Coloco 20/05/00, y ya está. Marc en su baúl, al descubierto.

Hay ropa. Es lo primero que veo y me apresuro a abrir los cajones de los lados, en los que descubro toda suerte de objetos peculiares. Unos binoculares que comparten espacio con una desgastada libreta café oscuro y unos lápices con la punta bien afilada. En otro, un reloj que parece antiguo y unas Polaroid. Fotos de naturaleza, creo que es el Perito Moreno, nubes y montañas. Otra de un grupo de personas: tres hombres y dos mujeres, abrazados, con un precioso lago de fondo. Parecen estar acampando, como en una expedición. Son atractivos, de mediana edad. ¿Será que entre ellos está Marc? Y la foto de un bebé precioso, acostado en la hierba, vestido con un suéter verde.

A simple vista, por más que mis manos buscan, no siento ni veo las piezas. Deben ser de un tamaño respetable, ¿cómo es que no las encuentro? Están en el cajón secreto, pero ¿son tan pequeñas como para caber ahí y asimismo ser tan valiosas como él asevera? Seguramente son éstas, envueltas en un paño de lana cada una y que no son más grandes que mi mano. Me apresuro a desenvolver una y veo que tiene plástico burbuja cubriéndola. Puedo ver, a través de la transparencia, que es una especie de máscara. La envuelvo con el paño de nuevo. ¿ En serio serán tan valiosas? Decido dejarlas en su lugar y aparentar ante Marc que no he visto nada. Cierro otra vez el baúl con vergüenza experimentando una serie de sensaciones mezcladas: gusto, curiosidad, ganas.

Se me antoja un café para saborear estas emociones acompañadas del líquido caliente y oscuro que, casi de inmediato, está listo y pasando por mi boca, deslizándose suavemente por dentro, me conforta. Quiero estar tranquila para ver a Marc. Me maquillé con calma y sostuve el pelo hacia atrás en una especie de chongo despeinado. Importa siempre, pero más hoy, cómo luzco. No puedo dejar de ser coqueta, pues cada impulso por seducir debe actuar para recuperar mi trastocada autoestima. Ahora que lo pienso, resulta una suerte de incongruencia el hecho de que me atreva a mostrarme y a llamar la atención, cuando en realidad por dentro he librado toda una batalla para recuperar mi autoestima. Lo hago por igual con hombres y mujeres: busco agradarles. Los otros me importan. Trato de entablar relaciones con personas que resultan interesantes e imagino que si a alguien le parece que soy atractiva, el tiempo compartido se hace más sustancial y no se pierde.

El tono de mi celular sonando interrumpe mi reflexión y me apresuro a acomodarme en el sillón en el que estoy sentada.

—Diga.

—Hola, Helena, ¿cómo estás hoy?

—Marc, hola. Estaba descansando un poco y revisando algunos papeles.

—¿Te parece que nos veamos por *Facetime* o, si quieres, por *Skype*? Me gustaría pedirte que abras mi baúl como te había dicho y contarte acerca de las piezas.

—Por *Skype* está bien. Mi nombre ahí es Clío70.

—Ahora mismo nos conectamos.

—Déjame traer mi computadora y estaré lista en dos minutos.

—Perfecto, gracias. Yo soy *Marcmask*.

—Hola, ¿ya me ves?

—No. No hay imagen. Pero sí te escucho.

—Yo tampoco puedo verte.

—Me habría encantado tener la suerte de conocerte en la pantalla. ¿Tendrás ahí mi baúl?

—Ya sé que querías que lo abriera en tu presencia y yo no tengo ningún inconveniente en hacerlo. Así que, si no hay imagen, si quieres lo dejamos para otra vez.

—Lo importante es que tú veas lo que hay ahí, no que me veas a mí, así que adelante, por favor, ábrelo. ¿Recuerdas la combinación?

—Sí, me la escribiste. A ver. Ya abrió. ¿Qué quieres que haga ahora?

—Supongo que conoces el cajón secreto. Ahí están las piezas de las que te hablé.

—Creo que son éstas. ¿Tan pequeñas? Me cabe cada una en una mano.

—Son unas máscaras prehispánicas. Una de piedra verde y otra de obsidiana. ¿Quieres abrirlas? Vale la pena admirar su hermosura.

—No es necesario, Marc. Están muy bien cubiertas. Mejor que sigan así. Me pone nerviosa pensar que sufran algún maltrato por mi culpa.

—Como tú quieras. Mi urgencia de que vieras que estaban ahí es porque necesito pedirte algo que te va a sonar descabellado, pero que, por lo pronto, es mi única opción.

—Dime.

—Es más complicado de lo que imaginas. Las máscaras que tienes contigo debí entregarlas a lord Claridge, un coleccionista inglés que ya me adelantó una buena suma de dinero por ellas hace varios días. Cuando pasó lo del baúl y supe que estabas en Madrid, cambié mi vuelo a Londres para hacer escala en donde estás y verte; pero entonces vino el infarto. Por más que quiera no puedo viajar, pero las piezas tienen que entregarse. ¿Podrías ayudarme tú? ¿Viajarías a Londres para llevarlas? Desde luego yo cubriría los gastos. Tendría que ser este mismo fin de semana.

—¿Llevarlas yo? ¿Qué no hay nadie que pueda ayudarte? ¿Algún amigo o un compañero de la casa de subastas en la que trabajas?

—No, no ha podido ayudarme nadie; todos están muy ocupados. Piénsalo, quizá sería un viaje interesante para ti y a mí me salvarías la vida.

—Pero ¿quién te crees que eres? Perdón, pero no te conozco de nada y para mí es imposible viajar en este momento. Es más, aunque fuese posible, no lo haría.

—Son dos días, Helena, el fin de semana.

—El viernes tengo la cita de presentación del tema que quiero abordar en mi tesis doctoral, con mi tutor. Para mí es una prioridad. Marc, por favor, mándame mi baúl, tus piezas están a salvo.

—Aquí está el tuyo. Ya abierto, lo sabes, pero intacto. ¿Quieres algo más? Te lo mando mañana mismo.

—Lo que quiero mañana mismo es mi baúl.

—Entonces acepta por favor ir a Londres y lo enviaré de inmediato. Lo tendrías allí antes de que hagas el viaje que te pido.

—¿Estás queriendo decirme que si no acepto no me lo mandas?

—Te ruego que me perdones. Estoy desesperado. Sólo te tengo a ti. Disculpa tanto inconveniente y mi atrevimiento por pedirte eso.

—Suena a algo que deberías pedir a alguien de tu confianza. No cuentes conmigo.

—Entiendo.

—Lo siento.

—Descuida. Lo solucionaré viajando yo. Te haré saber en cuanto vuelva a arreglar mi viaje, cuándo y a qué hora estaré en Madrid, para, por fin, hacer el intercambio. Buenas noches, Helena.

—Buenas noches, Marc.

Este hombre está loco. ¡Con qué frescura pretendía que lo ayudara! ¡Que venga por su baúl y me traiga el mío, por favor, de una maldita vez!

Se sintió como un imbécil. El enojo se apoderó de él y se repitió varias veces *fuck*. Malditas máquinas que no hacían su trabajo en el momento oportuno. Trató de imaginar cuál había sido la expresión de Helena cuando le pidió que viajara. Punto y aparte de eso, el solo hecho de conocerla lo hacía querer estar ahí, inmediatamente. ¡Qué maravilla saber que era ella, la del avión!

Después de la llamada me queda un sabor amargo por la desesperación de volver a depender de él. Meto el sobre verde a mi mochila y emprendo un precipitado andar hacia la Facultad para entregar mis papeles, matricularme y avisarle a mi tutor que desde hoy ya soy alumna y oficialmente aspiraré a ser doctora en Historia del Arte de la Complutense de Madrid. Si por fin es verdad que Marc va a llegar, entonces estaré tranquila. Decido enviarle un mensaje de texto a Lucio y decirle que he conseguido mis papeles. De inmediato recibo su respuesta, escueta, diciendo que le parece muy bien que tenga mis cosas conmigo. Le pregunto por los niños y me contesta que están bien y la casa en orden. Lo que no está en orden es lo tuyo conmigo, pienso, mientras le contesto que me alegra saber que no hay novedades.

XII

Halas

La fría conversación con Helena lo sacudió. Desde luego, no le tocaba a ella viajar ni hacer nada por Marc. Era un absoluto extraño que además no había cumplido con la promesa de llegar cuando lo acordaron por primera vez. Se sentía como un idiota. No lograba acercarse a ella de ninguna forma. Ni por teléfono, ni con los correos intercambiados, mucho menos después de su absurda petición.

Debía viajar de una vez por todas y regresarle su baúl, para obtener las piezas y abrir la posibilidad de que se interesara en él. Apresurarse a reservar los boletos para llegar el viernes a Madrid fue una prioridad que entendió de inmediato. Experimentaba un gran pesar, sin embargo, por no quedarse para tratarla más, pero lo cierto era que si no entregaba las piezas estaba perdido, desprestigiado y, entonces sí, no podría echar adelante su idea de conquistarla. Lo prioritario era llegar a Londres. Haría una escala en Madrid, antes de ver a Claridge. Planeó estar de regreso en cuanto se liberara de su tormento. Habló con su cardiólogo. Se ofuscó al saber su molestia cuando le dijo que viajaría. Salió a comprar otros medicamentos y se preparó de inmediato. También avisó a lord Claridge. Ahora sí llegaría. Al menos, esa era su intención. Con calma, cuidando sus palabras para suavizar lo ríspido de la conversación, le escribió a Helena avisándole que pronto llegaría a España.

Se tomó la libertad de extraer del baúl las siete libretas "Pecados y placeres" que contenían, infirió, los secretos de la mujer. Era la única oportunidad que tenía de leerlas, antes de regresarlas a su lugar. Fascinado con la idea de que contaba con varias horas enteras de vuelo para conocer su contenido y así saber quién era Helena. Metió las libretas en el *backpack* y se le iluminó la mirada, sabiéndolas bajo su resguardo y listas para ser exploradas.

A pesar de su exaltación, no pudo evitar que el temor de morir lo invadiese, aunque trató de distraerse con el movimiento del taxi en el imposible tráfico de Nueva York. Pensó en la escena de un nuevo infarto al subir al avión o ya en el aire, y la rabia lo obligó a gritarle dos o tres improperios al taxista que parecía querer matarlo en un accidente de tránsito. Su humor no era el mejor porque había tenido la certeza de que Helena aceptaría ayudarlo. No obstante, aquella era una Helena con *h*alas que no parecía ser audaz. Y tenía razón. Hasta le atraía más, pensándolo dos veces, el hecho de que no hubiese aceptado la sugerencia de un desconocido, aunque ese extraño fuera él. Los años de aislamiento pesaban sobre sus habilidades sociales y hacían mella en su cabeza, llevándolo a creer una serie de fantasías encendidas desde que la supo dueña de su baúl, atrevidas desde que se volvió su motivo.

Llegó al JFK avergonzado de sentirse tan mermado, acompañado de un maletero que llevaba su baúl y que, después de larga espera, lo ayudó a colocarlo en la báscula de documentación. Le cobraron 100 dólares por exceso de equipaje, pero por fin estaba en la banda y recibió el pase de abordar. Sentado en la sala de espera vio las *h*alas de cada uno de los aviones y pensó en los voladores de Papantla de nueva cuenta, en la fatal muerte que le tocó presenciar y que lo marcó para siempre. Reflexionó acerca de si habría logrado superar aquella experiencia al igual que sus otros traumas que no debían habitarlo a esa edad y mucho menos después de la época de calma que vivió en la Patagonia. No podía decir que fueron años felices, pero sí reflexivos, tranquilos, reparadores. Tuvo que sufrir ese infarto de tal manera que la suerte le mostrara sus cartas y le diera la oportunidad de cambiar de mano, para entrar en un nuevo juego. Mientras el avión despegaba, él decidió llevar ese juego hasta las últimas consecuencias, sin temores, entregado a la experiencia de vivir, considerando la confusión de los baúles y su aparición como un parteaguas que daba fin a esos años pasados; la segunda mitad de su vida empezaba en el aire. Estiró los brazos, simulando precisamente unas alas como símbolo de ese inicio y se dispuso a volar. El tipo que iba a su lado lo miró con extrañeza, Marc le guiñó un ojo en señal de complicidad, pero el otro fingió no haberlo visto y volteó hacia otra parte. Su cuerpo no dio ninguna señal de alerta que le preocupase. Llegó el momento de abrir las libretas de Helena; así que se acomodó en el asiento disponiéndose a leerlas.

Después de hojear una y otra, cayó rendido ante la visión que se fue conformando de ella. Resultó extraordinaria a sus ojos pero se sintió profundamente culpable porque no debió leer esas libretas. Conocer toda su vida, sus pensamientos y sus deseos más profundos, provocó que se sintiera totalmente obsesionado. Creyó que tal reacción se debía a que estaba dopado, envenenado con tantas medicinas que trastocaban sus pensamientos y exaltaban sus emociones. ¿No se suponía que eran calmantes? Tal vez actuaban de forma contraria. Tenía que dormir un rato y prepararse para el instante en que en realidad tuviera frente a él a Helena.

Despertó y vio el atardecer desde la ventanilla. Estaba preparado para Madrid y para Helena. Emocionado, pensaba que estaba ya muy cerca, al menos pisando su suelo y respirando su aire. Al bajar del avión una sensación de opresión apareció en su pecho; tuvo palpitaciones.

El clima era fresco, pero no frío. Su corazón aguantaba y se contenía, evitando latir muy rápido para no darle más sustos. Una noche antes había enviado un correo a Helena pidiéndole que se reunieran en Barajas, el aeropuerto de Madrid. Marc llevaría el tiempo justo para tomar el vuelo a Londres. Ella accedió.

XIII

Son casi las ocho y debo prepararme para la cena con mis amigos. Se me antoja mucho estar con ellos y quiero ver a Ramón otra vez. Muero por brindar con él, con Alba y Mathew, porque Marc se hará de carne y hueso. Eso me pone contenta. Hace mucho que no lo estoy a plenitud.

Suena mi celular. Es mi amigo que me dice que ya están en el auto y que la única que falta soy yo. Me apresuro a tomar el abrigo, mi bolsa, ponerme un poco de lápiz de labios, perfume y salir de mi estudio para encontrarme con mi presente, con mi renovado destino. Cuando estoy por salir me llega un correo de Marc en el que dice que mañana estará aquí, pero con el tiempo justo para tomar su vuelo a Londres. Pide que nos veamos en algún café cerca del aeropuerto. Tendrá que ser a las diez en punto pues solo dispone de una hora para hacer el intercambio de baúles. Le respondo sugiriendo la Taberna Bahía, que es agradable y está a corta distancia.

Me da pena ver que en el auto han dejado el asiento delantero para mí y que Alba y Mathew van atrás. Ramón me saluda, efusivo, con su doble y tronado beso, y ellos extienden sus manos para tocar las mías y saludarme también cariñosamente. Es una noche preciosa de luna llena. Las calles de Madrid brillan con sus monumentos y sus palacetes, con sus jardines y sus flores que dan la bienvenida en cada esquina. Vamos disfrutando el paseo nocturno sin dejar de hablar; nos arrebatamos la palabra para contarnos los sucesos de los últimos días, cada uno con sus quehaceres a cuestas y sus pendientes, pero emocionados de salir y despejarnos. De nuevo mi amigo posa su mano en mi pierna y la acaricia, mientras comenta, relajado, que a él y a Mathew les fue muy bien en la presentación de su trabajo. Me atrevo a rozar también su mano, a seguir el juego de ambas enredándose, jugando a conocerse, mientras les cuento que estoy por recuperar mi baúl. Prometemos que al llegar al restaurante pediremos tequilas a la salud de los confundidos baúles y de *Marcmask*, nombre que el misterioso y loco hombre con infarto a cuestas usa en *Skype*. Reímos al unísono y resolvemos que brindaremos por él, haciendo un conjuro, por sugerencia de Alba, a la preciosa luna llena, para que la llegada de Marc traiga la buena nueva de mis objetos recuperados y sea una oportunidad de empezar, ahora sí, con mis cosas y con el pie derecho, para disfrutar mi estancia aquí, aunque por dentro sigan habitándome todos mis debates.

Durante la deliciosa cena compuesta por boquerones, gulas y espárragos como entradas, después calamares, bacalao y solomillo, y habiendo brindado con tequilas y vino tinto, llega un momento en que Alba propone que cada uno contemos un secreto; algo que hayamos guardado celosamente y que la confianza de contarlo selle la amistad iniciada entre los cuatro. Estamos de acuerdo y decidimos hacerlo por orden alfabético.

Empieza ella. Alba relata que en su casa en Bogotá se alojó durante un tiempo un guerrillero y, sin saber quién era en realidad, un día vio por televisión que lo estaban buscando. Cuando cuestionó a su padre, él le dijo que debía callarse y no mencionar nada a nadie sobre el asunto. Después se supo que ese guerrillero había hecho explotar una bomba en el centro de un parque, matando a varios civiles. El hombre había sido compañero de su padre en la escuela, se le había aparecido así sin más, obligándolo a mantenerlo oculto bajo la amenaza de que, de no hacerlo, mataría a toda su familia. Nos quedamos mudos ante tal confesión. Lo que hemos escuchado da pie a que empecemos a hablar de lo que son las decisiones que encierran predicamentos tan grandes. De cómo el pasado marca y se lleva siempre a cuestas.

Toca el turno a Ramón. Cuando salió de España por primera vez tenía 21 años y estaba por terminar la carrera de geógrafo. Le faltaba descubrir tanto que se acomplejaba por ello; pero había leído mucho de países y sus territorios, así que cada vez que pisaba un nuevo lugar, escogía a quien le quedara más cerca y le hacía creer que había viajado por todas partes; es más, presumía que había dado la vuelta al mundo dos veces. Nos burlamos de su inocente mentira haciendo énfasis en que seguramente su porte de explorador y sus tatuajes de mapas, ayudaban a que la incauta gente creyese en él. Un secreto inocente de un hombre afortunado que efectivamente pudo recorrer el globo sin parar, durante cinco años, maestría de por medio y ahora con doctorado en curso.

Llega mi turno y la confesión de mi secreto. Decido contarles que cuando acabé mis tratamientos contra el cáncer que padecí —les sorprende—, me prometí que siempre ayudaría a quien se me acercara en busca de consejo o compañía si estaba pasando por una situación similar, ya fuera como paciente o como familiar de alguien enfermo. En el término de dos o tres meses, desde que comencé a hacerlo, mi ayuda se hizo tan popular que alguien me sugirió que me capacitara para aconsejar más asertivamente. Y lo hice. Me preparé en temas de tanatología y cuidados paliativos, de imagen oncológica y de terapias complementarias a los tratamientos. Me llevó dos años hacerlo, a escondidas, pues quise que fuera un agradecimiento íntimo y secreto por estar viva, para que no se confundiera la gratitud con presunción. Entonces comencé a recibir a hombres y mujeres por igual (aunque mi éxito con los hombres fue mayor, pues desarrollé un sencillo método con pasos para que ellos comprendieran cómo podían apoyar a sus mujeres en el tránsito de la enfermedad y el tratamiento) en un pequeño estudio que Lucio me regaló para concentrarme cuando empecé a estudiar la maestría. Un día supe que mi esposo había interrogado al portero acerca de si alguien me visitaba; éste no supo qué contestar pues yo le había prohibido que dijera que yo recibía a diversas personas. Entonces le pedí que si Lucio volvía a preguntarle algo, le dijera que había dos o tres caballeros que me visitaban regularmente. Una pequeña venganza, un mínimo engaño comparado con el suyo y con sus infidelidades.

En cuanto termino mi monólogo, Ramón pone cara de alegría y se empieza a desvivir en halagos por lo bien que me veo, diciendo que jamás habría imaginado que tuve que pasar por esa enfermedad y que es una maravilla que pueda ayudar de esa forma. Alba cuenta que tiene una tía en Medellín que está pasando por el proceso del cáncer y le encantaría que pudiésemos platicar. Le ofrezco encantada mi ayuda aunque estemos tan lejos; le digo que le cuente lo que yo hago, por si quiere mi número telefónico paa conversar con ella un rato. También le aconsejo que busque un centro de apoyo donde se está tratando, pues el acompañamiento es básico en un proceso tan duro. Después propongo un brindis por nuestra buena salud y para cambiar el ánimo de la mesa. Chocamos las copas mirándonos en complicidad.

Ahora va Mathew, quien platica que está enamorado de una chica mexicana, a la que conoció en Tijuana, en un típico *spring break*. Dice que lo suyo fue amor a primera vista pero que al regresar a su casa y contarlo, su familia se opuso, llamando "india" a la pobre muchacha que ni conocían. Él mantiene esa relación a distancia, ocultándola a su familia por temor a que la rechacen. Alba interrumpe para regañarlo por darle tanta importancia a lo que opinen los demás. Estoy de acuerdo. Mathew alega que su familia es muy conservadora, pertenece a altas esferas sociales y la cosa podría llegar a tal punto que si se enterasen le retirarían el habla y su herencia con ella. Concluimos que si la quiere, olvide lo demás. Es una lástima que en pleno siglo veintiuno todavía existan tantas discriminaciones de raza y género.

A pesar de sentirnos tan bien, doy por terminada nuestra velada reveladora. Estoy ansiosa porque sea mañana y tener mi baúl conmigo. Bromeo mencionando que lo abrazaré y volveré a sentir su piel, su textura, su olor. Ramón me pide un abrazo, que alega se sentirá mejor que el que pienso darle a mi ansiada pieza de viaje. Accedo y me entrego a sus brazos a la salida del restaurante, en el que se han quedado nuestras voces riendo después de haber contado los secretos más íntimos que solíamos guardar.

XIV

Por más que lo intento no logro dormir. No sé si habrá sido la cena tan abundante o las confesiones de cada uno, el abrazo de Ramón o, más bien, el encuentro que tendré con Marc mañana; pero mi cabeza da vueltas y vueltas y el estómago la acompaña. Prefiero no recurrir a alguna pastilla para conciliar el sueño; divago con los ojos cerrados.

Casi inmediatamente después de haber aterrizado, se encontraba en la fila para tomar un taxi e ir a la taberna que ella había sugerido para verse. Estaba rendido y ese cansancio lo exasperaba. Deseaba ser él mismo, el hombre antes del infarto que se preciaba de tener buena salud. Encontrarse con Helena lo ponía nervioso. Entre eso y su evidente fragilidad cardiaca, sentía que su ser temblaba. El encuentro estaba por suceder.

Los días se hicieron eternos entre la incertidumbre de averiguar quién tendría mi baúl, la alegría de saberlo con alguien, la desesperación porque ese alguien no llegó, y la ausencia de mis cosas, la nueva aparición del extraño, que ya parece no serlo tanto. Marc Lanley. Ahora el tiempo se acorta ante la certeza de que está aquí.

La palabra *encuentro* lo fascinaba, porque creía que la vida estaba, en su mayoría, hecha de desencuentros.

La sensación de perder y recuperar me remite al vaivén de las olas, que se llevan consigo algo que nunca regresa igual, a pesar de que parece hacerlo. Mi baúl ya no será el mismo, porque fue abierto por Marc, explorado por sus manos, habitado por sus ojos, transgredido, invadido.

Verla en otro escenario, por primera vez, aunque fuese tan brevemente, con tanta prisa. En este caso, más bien, sería la segunda vez. ¿Llevaría acaso la misma blusa de seda roja?

Pero hay un sortilegio en eso, una suerte de fascinación, de intriga por saber qué significó en el otro y para el otro ese encuentro con otra vida, con los objetos que la acompañan, sin tener que percibirla con todos los sentidos. ¿Será oportuno preguntarle qué sintió? ¿Si realmente se encontraba intrigado por conocerme? Si mis objetos le hablaron de mí... ¿qué le dijeron?

Encontrarse con alguien era, a la vez, hacerlo consigo. Ese audaz espejo, implacable y diáfano, simple en medio de la complejidad que significaba otra vida humana. Y lo buscaba así, con ella, con Helena, como si al verse se pudieran fundir sus ojos y en vez de cuatro se hicieran dos, al igual que las manos y los pies, las cabezas y los troncos, el ser entero que no sumaba, sino que integraba y permitía que se adivinaran.

Partir de la base de no pretender nada, mostrarnos con total transparencia, como si fuéramos delgadas hojas de papel traslúcido, en el que, a pesar de estar impresas todas nuestras angustias y alegrías, miedos, lágrimas, heridas, siempre hay espacio para lo nuevo, para lo que está por escribirse. ¿Pensará lo mismo Marc?

Ansiaba tanto verla, tenerla frente a él, hablarle. Creía tener todas las respuestas a su vida, a sus delirios y a sus angustias, a lo que la atormentaba y conocía sin que ella lo supiera. Había jugado tanto con la "h"... ¿Se prestaría Helena al juego?

He tenido otra vez ese sueño con mi padre, en el que yo busco la postal, y otra vez no puedo llegar hasta él, que la tiene entre sus manos. Y escucho su voz a lo lejos decir: la respuesta está en "la pérdida".

Fue un regalo leer las libretas porque atrapó cada una de las letras escritas y la conoció profundamente sin haberla siquiera tocado. Lo confesaban todo, desnudaban a esa mujer como a él le urgía hacerlo.

Una desconocida sensación está instalada en mí. Es una suerte de nerviosismo, combinado con algarabía. Tengo ganas de reír, de cantar, de gritar a los cuatro vientos que me siento contenta y con los deseos bien colocados en cada una de las yemas de mis dedos, con la esperanza en la palma de mi mano y el corazón como un motor que espera un cambio en la certeza de saber que Marc estará en el lugar fijado. Decido entonces tomar la postal de Helena y Paris y meterla de nuevo en mi bolsa de mano, como amuleto, como símbolo de las enormes ganas de que "perder sea encontrar"; tal vez deba dársela a Marc.

Le hubiera gustado preparar su primera cita y no verla rápidamente en un café. Eso no le quitaba las ganas: las encendía, lo invitaba a pensar cómo proponerle verla de nuevo, a explicarle de la forma más precisa lo que le era urgente y lo que le era importante. Y lo importante era ella, construir un instante para los dos que se transformara en eternidad cuando regresara de Londres.

Me apresuro a vestirme y a pedir ayuda a la recepción de la residencia para bajar el baúl y tomar un taxi. Recibo respuesta inmediata, lo que apenas me deja tiempo para maquillarme brevemente y tomar mi bolsa. Cierro dejando atrás un espacio vacío que espera ansiosamente que mi baúl lo ocupe.

Al bajarse del taxi iba tan acelerado que casi olvidó el *backpack* pero el chofer, amablemente, alcanzó a devolvérselo. Marc le dio unos euros en agradecimiento. Eran las diez y cuarto y Helena no llegaba. A pesar de estar sentado en una mesa cerca de la entrada de la taberna y con el baúl cerca, volteaba hacia las ventanas del lugar, insistentemente, como si eso fuese a atraerla y la obligara a llegar a tiempo. Los minutos se acortaban a tal punto que sólo daría tiempo de que hablaran brevemente. Pagó el café que había tomado y salió del lugar mirando a un lado y al otro de la calle tratando de no perder detalle para verla cuando por fin llegara. ¿Lo haría? Taquicardia de nuevo y de la esperada mujer, nada.

El tráfico estuvo imposible pero por fin, con cuarenta minutos de retraso, llego a la Taberna Bahía. Lo miro afuera de ésta, parado a un lado de mi baúl. Me bajo del auto y tras la ayuda que me brinda el chofer para bajarlo, hago rodar el suyo, camino unos pasos y por fin quedamos Marc y yo, frente a frente.

Era francamente bella, la vio aún más hermosa de lo que la recordaba en el avión. Helena sonrió. Se acercaron al mismo tiempo. "*H*olía" a sus cosas, a ella.

—Helena, ¡qué alegría!

—Marc, me da gusto por fin estar aquí, aunque creo que ya nos habíamos encontrado antes, en el avión.

—¡A mí más! Y sí, efectivamente, nos vimos ahí. ¿Cómo dejar de mirarte? Verte es inevitable.

—Faltan escasos minutos para que tengas que estar de nuevo en el aeropuerto, ¿cierto? Perdona por haberte hecho esperar.

—No te preocupes. Debo irme ya, pero quiero proponerte que nos veamos a mi regreso de Londres.

—Claro, ¿cuándo vuelves?

—El domingo, por la tarde.

—Me parece bien, búscame cuando estés por aquí.

—Lo haré, pero si me permites, te llamaré antes para ponernos de acuerdo dónde lo haremos.

—Desde luego. Debes irte ya, o perderás el viaje.

—Me encantaría perderlo.

— Ya serían demasiadas pérdidas. No te entretengas más.

—Sí, sí, me voy. Gracias por tu paciencia y por haberte acercado hasta aquí.

—Tu baúl está intacto.

—El tuyo, también.

—Adiós, Marc… ¡Espera! Traje algo para ti. Esta postal. La compré en el Museo del Prado, en una exposición. Estoy segura que sabrás de quién se trata.

—¡Qué maravilla! La veré en el avión con calma. Gracias. Hasta muy pronto, Helena Halas.

—¿Alas?

—*H*alas.

TERCER ACTO

I

Hacabado

Lo primero que hizo tras sentarse en el lugar que le correspondía, fue observar la postal con la imagen de Helena de Troya y Paris. Entendió la metáfora y sonrió por el detalle que tuvo al habérsela regalado. Tenerla con él era un buen augurio. Sabiendo que las cosas ya estaban en orden para Helena y para él, al haber recuperado sus preciados baúles, le sobrevino una sensación liberadora; como si la piedra que llevaba cargando desde que despertó del infarto hubiera desaparecido. La opresión en su pecho ya no estaba ahí. Después de haberla visto, respiró tranquilamente, meditando las palabras dichas, repasando el encuentro. Era preciosa por donde se la mirase. Y no le fue indiferente, estuvo seguro. Notó cómo lo había visto y recordó el roce de sus manos. Temió que a ella le hubiesen desconcertado las suyas, rasposas, trabajadas. Olía a ella, un aroma ya conocido, evocado, vinculado a su ser a través de las cosas que había conocido y tenido cerca. Accedió a verlo a su regreso de Londres. La buena fortuna, por fin, estaba de su lado. En breve, las piezas serían entregadas y él regresaría inmediatamente, para hacerle saber a Helena su intención de conquistarla.

Buscó el celular antes del despegue y escribió a lord Claridge para avisarle que llegaría en la mañana a su chalet de Grosvenor. También le mandó un mensaje a Helena. Le agradecía por todo, incluido el detalle final de la postal; le decía que volvería el domingo para llevarla a cenar al mejor sitio de Madrid. Quiso enviarle por texto lo que le provocó ese encuentro, pero se concretó a ser puntual. No quería asustarla con un ímpetu desmedido o una declaración de amor. Verificó de nuevo en su backpack que las piezas estuviesen a salvo, sorprendido de que nadie, absolutamente nadie hubiese impedido que las llevase consigo. Los controles en Barajas no le hicieron siquiera abrirla y pasó por las bandas de seguridad sin alarma alguna. Increíble. Al meter las manos y acomodar sus pertenencias tocó las libretas. ¡Había olvidado por completo regresarlas a su baúl! Darse cuenta de eso fue brutal. Empezó a sudar frío, el corazón se sentía desbocado, las manos mojadas y una desesperación lo invadía impidiéndole casi respirar. Estaba completamente jodido. ¿Cómo le explicaría que las traía con él? ¿Cómo justificar tal atrevimiento? Era seguro que mientras se estaba dando cuenta de su torpeza, Helena lo estaba maldiciendo, con absoluta razón.

II

Tras despedirme de Marc y ya con mi baúl, hago señas al taxista que me trajo y a quien había pedido me esperase. Se acerca y me subo de nuevo. Trato de controlar mi estupor, la emoción tras ver a Marc y tener ya mis cosas. Guapo, sin duda. Llevaba un abrigo color camello y una bufanda azul marino en el cuello, pero no lucía particularmente elegante; más bien tenía cierto aire bohemio que me encantó, distinto a como se veía en el avión. Toqué sus manos ásperas, a pesar de la elegancia con que las movía. Olía rico. ¿Qué habrá pensado de mí?

Me doy cuenta de lo tarde que es para regresar a la residencia. Tendré que dejar el baúl de paso y de ahí correr a la Facultad. Justo hoy coincide que tengo que presentar mi tema de tesis al profesor José María.

Cuarenta minutos después estoy frente al profesor. Me mira con una mezcla de diplomacia y curiosidad; yo no puedo borrar la sonrisa de mi cara. No sé si es por Marc, por mi baúl, o por verme aquí, haciendo el sueño realidad de estar repasando con mi tutor mis propuestas para concluir el doctorado. Después de hacerme varias preguntas, queda complacido y me da luz verde para encaminar mis investigaciones. Apenas puedo creerlo. ¡Hoy es mi día de suerte!

Voy caminando alegremente de regreso a mi casa. Suena el timbre de mensajes de mi celular y veo que es Marc. Me envía un texto en el que dice que le ha encantado conocerme, que respiró aliviado al lograr hacer el intercambio de los equipajes y que volverá este mismo domingo para invitarme a cenar. Me emociono al pensar en ese momento, en el que podré tenerlo frente a mí de nuevo, con calma, sin las prisas de la entrega, sin los nervios de la primera vez y con la pausa que amerita dedicar tiempo a alguien que interesa. Y él me interesa. No sólo por su apariencia, sino por lo que ha significado en estos días la comunicación con él, su aparición y el cruce de nuestros caminos. Su infarto y su recuperación y el arriesgado empeño de volver a subirse a un avión con tal de recuperar lo suyo y entregarme mis cosas. Sí, quiero verlo, y ese solo deseo prende mis esperanzas.

Por lo pronto quiero sacar mis cosas y celebrar que las tengo conmigo. Preciados objetos, íntimas confesiones, las cartas de mis seres más queridos. Sentir que puedo descansar si están conmigo en un lugar seguro. Parece una proyección de lo que en realidad necesito. Tener a mis hijos a mi lado, compartir momentos, abrazarlos intensamente. Pedirles a ellos y a Lucio que me dijeran qué opinaban de este paso que he dado, fue un ejercicio arriesgado, pero también una gran oportunidad para darles la oportunidad de expresarse.

Entro con calma y miro detenidamente al baúl. Me siento en el sillón y lo acerco para tocarlo y poner la combinación en su candado. Abre. Me emociono. Siento un gran alivio. Recuperar lo perdido siempre provoca una gran alegría. Es como si una historia robada, borrada, se recordara de pronto y con esto volviera a cobrar vida. Un nuevo aliento, una bocanada de aire entra y me recorre mientras exploro mis cosas. El pasado es el hilo del cual pende el presente. Es importante que uno lo tenga consigo, lo honre, lo evoque aunque sea con dolor y melancólicamente. Mis objetos son pasado y presente, son, en gran medida, quien soy, porque cuentan mis quehaceres en este mundo, mi paso por aquí, mi habitar. Agradezco a Dios, a la buena fortuna, a Marc, el tenerlo de regreso conmigo.

¿Habrá espiado él entre mi ropa y mi lencería? Me divierte pensar que lo hayan provocado. ¿Qué le habrá llamado más la atención? ¿Habrá visto las fotografías?

Por fin, ahora sí en mis manos, las cartas de mi familia. Me levanto para prepararme un café, aunque lo que viene ameritaría más un tequila para agarrar valor. Estoy ansiosa, se me sume el estómago, y mi acumulada felicidad de estas horas se transforma en expectativa y en cierta angustia. Tomo mi lugar de nuevo. Abro el sobre y la primera carta que decido leer es la de Alejandro. Apenas repaso las cinco primeras líneas y quieren saltar lágrimas de mis ojos. Increíble que esté siendo capaz de ver a distancia y reflexionar sobre lo que pasó. Es una tranquilidad saber que finalmente puede medir el impacto de lo sucedido y entender lo que pudo cambiar su vida, trastocarla por completo. Suspiro aliviada, tengo ganas de hablarle y decirle que lo adoro, que no habría superado el hecho de perderlo. La carta de Grecia es cariñosa y parece que la escribe alguien más maduro; me complace que me tenga la confianza de decirme que le gusta alguien, y me alegra que su vida fluya en el internado. Mi querido Homero, sensible como siempre y cómplice mío, trata de hacerme ver que nada pasará sin mí. No puedo evitar el llanto al comprobar que me quieren y que quizá, en realidad, no es tan dramático el hecho de que los haya dejado por unos meses. Los extraño mucho. Y es bueno que ellos me extrañen, pero que también puedan vivir sin mí.

No sé si estoy lista para leer la carta de Lucio. Lo primero que salta a mi vista es la palabra PUTA, así, escrita en mayúsculas. Dios mío. No puedo creerlo. Pero ¿por qué?, ¿qué pasó?, ¿de dónde saca eso? Leo cada frase, cada palabra, las analizo, las releo y me pregunto: ¿Fue mi mentira con el portero, lo que dio a entender que yo me acostaba con distintos hombres y lo llevó a escribir esto? ¡Noooo! Debo llamarlo ya.

—Lucio —le digo con voz que tiembla, por más que quiero controlarla.

—Estoy en una junta muy importante. ¿Pasó algo? —pregunta desconcertado.

—Pasó que leí tu carta y no puedo creer que te atrevas a llamarme así —elevo mi tono de voz.

—No voy a discutir contigo ahora —contesta enfático.

—Tienes que hacerlo. Debes explicarme.

—¿Explicarte yo? Nada más eso me falta. Tú eres la que tienes mucho que explicar —lo dice entre irónico y furioso.

—Yo no tengo nada que ocultarte. Ni mucho menos que redimirme ni tratar de explicar lo que hago. Después de lo que vi en tu oficina y con la certeza de que seguiste viendo a esa mujer, y a otras, te atreves a llamarme así. El que tiene que explicarme eres tú —pronuncio la última frase casi fuera de mí.

—Insisto. No es momento para hablar del tema. Te marco cuando acabe aquí y entonces veremos —responde.

—¿Qué veremos? ¿Que eres un desgraciado que le llama así a su mujer? Pero qué digo "mujer", si ya hace años que no lo soy. Por lo que se ve, lo tienes claro. Lo que no puedo aceptar es que quieras voltear las cosas a tu favor, haciéndome parecer lo que no soy —reviro desesperada.

—Voy a colgar el teléfono.

—¡No lo harás! —digo indignada.

—Adiós, Helena.

Rabia, desilusión, angustia, miedo, mezclados con el gusto de saber que si se trata de lo inventado, le caló hondo mi venganza. Lo que no medí cuando lo hice fueron sus alcances. Sus arrebatos y el ataque a su ego puede costarme la vida como la conocí: mi casa, mis hijos. Es capaz de quitarme todo, si con el poder que tiene pretende usar ese argumento en mi contra. Pero ¡cómo se atreve, después de lo que él ha hecho! No puedo dejarme llevar por la desesperación. Calma y nos amanecemos, no hay de otra. Estoy a punto de llorar, pero no voy a hacerlo porque prometí no sufrir más, ni caer en la desesperanza. Esto tiene que arreglarse.

Camino a mi cama, me desnudo y busco el camisón debajo de la almohada para ponérmelo, meterme entre las sábanas, y no pensar. Dormir para que las horas pasen y la llamada de Lucio llegue cuanto antes para aclarar las cosas. Mi marido se da el lujo de amenazarme, de tratar de amedrentarme insinuando que, cuando regrese, él y mis hijos no estarán ahí. ¿Sentido figurado? ¿Posibilidad? Debo tomarme un Tafil antes de sucumbir sobre el colchón.

Al amanecer veo mi celular y encuentro un mensaje de Lucio:

Helena, si quieres discutir conmigo y, en pocas palabras, tratar de arreglar lo que está pasando, regresa aquí. Te mando por correo la liga a un boleto de avión que te compré para hoy por la noche, hora de España, a México. Tú decide si salvar nuestro matrimonio y nuestra familia es lo suficientemente importante.

Ahora sí lloro. Me levanto de la cama para mirarme en el espejo; veo rodar mis lágrimas, las pruebo. Saben a desolación, a angustia, a final.

Pierdo la cuenta del tiempo que he pasado metida en mi intempestiva pesadumbre, absorta en el dilema que se me presenta atroz e implacable. ¿Ir o no ir? Caer en el juego de Lucio, en el chantaje, o arriesgarme a quedarme aquí, sin hacerle caso, fingiendo que no sucede nada. No puedo evitar sentir que éste es el momento definitivo, el que marcará la pauta de mi vida en adelante, el que determinará si soy capaz de defender lo que quiero y por lo que he trabajado todos estos años. Primero, debo cuidar a mis hijos, tratar de lastimarlos lo menos posible, definir qué pasará con ellos y conmigo si decido, de una vez por todas, dejar a Lucio.

Hacer oficial lo que ya de cualquier forma vivimos: la separación, la distancia, y arreglarlo desde luego, por la vía legal.

La mayor complicación radica en poder y querer dejar lo que recién inicia para mí aquí en Madrid. No quiero, no es justo, no debería renunciar a esto. Pero ¿cómo hablar con una persona tan difícil como Lucio desde lejos? Si voy, querré ver a mis hijos; tendría que llegar a mi casa y serían días de angustia y de problemas que no se resolverán inmediatamente. Lucio es un verdadero desgraciado. ¿Por qué me pone un ultimátum si sabe perfectamente en qué momento me encuentro, iniciando la ansiada residencia aquí, persiguiendo lo que he querido? No debería ceder. Tengo que ser capaz de armarme de valor para no ir, para no caer en la trampa ni volver a sus dominios y enfrentar ante mis hijos la verdad. Sí, debería buscarlos. Verlos en *Skype*, o como sea, y decirles lo que está pasando. Es la única manera que encuentro por ahora de afrontar la situación sin tener que viajar; sin embargo, si no voy, su padre sería capaz de alejarlos de mí; aunque ellos ya no están en una edad en la que no puedan decidir. Además, a Grecia no puede localizarla por ahora, está de viaje y regresará hasta la próxima semana.

¿Qué hacer? ¿Qué me diría mi padre en este momento? Mejor aún, ¿qué me digo yo? ¿Seré una cobarde y regresaré con la cola entre las patas como pretende Lucio que lo haga, o lo encararé valientemente? Que arda Troya. La respuesta, el camino a mi nueva vida, bien podría estar en "la pérdida".

III

Hentrega

Trató de serenarse para poder descansar un poco, hacer a un lado el insistente pensamiento en el que se reprochaba su torpeza y la disertación que lo ocupaba acerca de las posibles reacciones que Helena podría tener, cuando se diera cuenta de que en su baúl no estaban las libretas que le pertenecían. Cayó dormido. Lo despertó la azafata anunciando su arribo a Londres. Apresurado, puso sus cosas en orden y se dispuso a bajar decorosamente con el *backpack* al hombro. Pronto estaría frente a Claridge, entregando las piezas y planeando el regreso a Madrid de inmediato. Era viernes, así que regresar el domingo por la tarde, para invitar a Helena a cenar, resultaba perfecto. Había llamado a James, el chofer que sirvió a su tío Charles, el último de los Lanley. Cada vez que paraba en Londres, él le hacía favor de darle servicio de transporte, ayudándolo en lo que se ofreciera, facilitándole la vida. Se saludaron cariñosamente; James se apresuró a cargar el baúl, encerrándolo en la cajuela, en la que apenas cupo, y en menos de quince minutos estaban frente al enorme portón situado en la calle de Eaton Terrace, en Grosvenor. Marc bajó del vehículo y se acercó para tocar el timbre. Abrió de inmediato un mayordomo de rostro adusto, aún más alto que Marc, grueso. Condujo al visitante a la biblioteca y le pidió esperar un momento para avisarle a Claridge de su llegada. El interior del chalet valía millones de libras en cuadros y antigüedades, pero lo más fascinante era, sin duda, la colección de objetos prehispánicos, a la que él había contribuido, consiguiendo diversas piezas, de toda índole, durante años.

Ubicando su cuerpo en un cómodo sillón de cuero oscuro, extrajo las máscaras del *backpack*. Tuvo los dos paños entre las manos, se disponía a abrir cada uno cuando apareció Claridge, enfundado en una bata de seda gris con toques de rojo que lo hacía parecer un extravagante caballero, bien conservado para sus ochenta. Lo saludó fríamente, haciéndole notar su molestia por el contratiempo de su mala salud y por el retraso de la fecha original de entrega. Marc le ofreció sus disculpas y procedió a mostrarle las dos máscaras. El lord desenvolvió una por una, quitándoles el plástico burbuja con cuidado. Aparecieron por fin dos preciosos tesoros del tamaño de la palma de una mano. Ambos miraron fascinados su brillo, el esplendor de sus materiales, la fineza de su manufactura, el peso de su historia. Claridge se dio por satisfecho cuando tomó los certificados de autenticidad. Se dirigió a su escritorio, se sentó diciendo que extendería un cheque al que le descontaría unos cuantos miles de libras por haberlo hecho esperar de más. Marc intentó que el lord comprendiera que la tardanza no había sido intencional y lo del infarto lo tomó desprevenido. Claridge no hizo caso y escribió en el cheque la cantidad que le dio la gana. Francamente, a Marc le dio igual, pues su mente estaba puesta en Madrid y en quien volvería a ver ahí. Sin embargo, logró atraer pensamientos y atención de nuevo a la biblioteca y atinó a despedirse del caballero que acababa de asegurar su retiro, a pesar de su arbitraria decisión de restarle esa cantidad significativa al monto acordado originalmente. Claridge no ofreció a Marc, contrariamente a las ocasiones anteriores, ni un trago, ni tabaco para pipa. Simplemente se levantó, entregó el cheque y extendió la mano, llamando después al mayordomo para que le acompañase a la salida. Éste no reparó en la falta de cortesía del lord hasta que estuvo fuera del portón, emprendiendo camino hacia el auto donde James lo esperaba fumando un cigarrillo.

IV

Tengo poco tiempo para encontrar a mis hijos y platicar con ellos. Es viernes y Lucio seguro ya salió hacia la oficina. El vuelo que me envió está programado para llegar a México a las ocho de la mañana, el sábado, hora local. Yo tendría que estar en Barajas a las diez de la noche de hoy y ya son las tres de la tarde.

Marco el celular de Alejandro, casi sin pensar en lo temprano que es y en lo que le diré, pero estoy ansiosa de contactarlo. No me contesta. Intento hablarle a Homero, y nada. Entonces llamo a mi casa. El timbre suena varias veces hasta que Toñita responde atolondrada. La saludo rápida y cariñosamente y le explico que debo hablar urgentemente con alguno de mis hijos. Me recuerda que en México hay "puente", y que se fueron, con el permiso del señor, de fin de semana a Valle de Bravo a la casa de unos amigos. Calcula que en ese momento estarán en la carretera. La cabaña de los Gómez, está en lo alto de la montaña, y ahí no hay señal. Estoy perdida. Cuelgo y medito. Si no están mis hijos podré enfrentar de una vez por todas a Lucio sin que ellos se enteren; evitar, por lo pronto, que tengan que presenciar algo terrible o que Lucio pretenda ponerlos en mi contra. Estaremos solos en la casa y no habrá más remedio que enfrentar lo que sea. Vuelvo a marcar y averiguo si Toñita saldrá el fin de semana al igual que Sergio; ella me confirma que así será. Sin duda, podría ser un buen momento para hacerme presente. La condición que pondré a Lucio es que me reserve un boleto de regreso a Madrid el domingo por la noche y que nadie se entere de que iré.

Me siento frente a la ventana de mi habitación. Trato de calmarme. Tengo miedo de lo que está por venir. Le escribo:

¿Se trata de salvar nuestro matrimonio? ¿En serio? ¿O sólo es cuestión de mostrarme que puedes perturbar mi estancia y hacer conmigo lo que te venga en gana? Tengo responsabilidades aquí, aunque pretendas aminorar su importancia.

Después envío un mensaje a Ramón, aunque no sé si debería hacerlo:

Hola, Ramón. Quizá tenga que viajar a México a resolver un asunto urgente. Si lo hago, tendrá que ser hoy mismo. Si acaso no logro regresar para estar el lunes en la Facultad, ¿podrías buscar al profesor José María y decirle que me pondré en contacto con él cuanto antes, para explicarle…?

De inmediato, suena mi teléfono. Es él.

—Hola, Helena, guapa. ¿Qué está pasando? ¿Por qué debes regresar? —pregunta preocupado.

—Hola, Ramón. Es una larga historia de la que no te he hablado.

—¿Quieres contarme algo ahora? —pregunta ya más calmado.

—Me serviría mucho tu compañía en este momento. ¿Te importa venir a la residencia? Podríamos tomar algo, en el café de abajo —sugiero.

—Estaré ahí en media hora —afirma.

—Si me voy, tengo el tiempo justo, pero un abrazo tuyo me haría falta.

—Salgo hacia allá, y te daré muchos —exclama.

Me preparo mientras pienso en lo que se avecina: una tormenta ineludible, poderosa, devastadora. Mi amigo me avisa que está abajo y pregunta si quiero que suba a mi habitación. Le digo que estoy arreglando mis cosas para el viaje y que sí, que mejor suba. Aquí hay café y tendré más confianza de explayarme en mis trastornos. Cómo me alivia su abrazo, de verdad. Sentir tanta confianza con él, en tan poco tiempo de conocerlo, resulta sorprendente y es, a su vez, un gran regalo. Arropada entre sus brazos, empiezo a llorar como una niña. Luego me alejo un poco, levantándome para seguir ordenando lo que tengo pendiente y tratar de disimular mis temores. Mientras lo hago, le cuento sin reservas: me dejo ir en un cúmulo de palabras que algunas veces se anteponen a mis emociones, y otras, se silencian para que pueda seguir llorando. El pobre Ramón no hace más que mirarme atónito, desconcertado; me pide que vuelva a sentarme a su lado para tomarme las manos, con intenciones de compadecerme. Es generoso al escucharme mientras saco todas mis verdades acerca de Lucio, de mi estancia aquí, de mis hijos, y mis dilemas al dejarlos y ahora tener que volver para solucionar algo tan sustancial como son los años de indiferencia de mi pareja y nuestros rencores contenidos. Recuerda lo que les conté en el restaurante, a él y a nuestros amigos en común, acerca de hacerle creer a mi marido que recibía hombres en mi estudio, y le aseguro que de ahí deriva su reclamo y la palabra que empleó en su carta. Me pide tiernamente que no la repita, que no me atormente y mejor busque los argumentos más prácticos, las razones por las que quiero dejarlo y, de una vez por todas, lo enfrente. ¡Cómo un hombre tan varonil, lleno de tatuajes, puede ser tan tierno, tan dulce! Reitera que cuento con su ayuda para lo que sea necesario. Ofrece llevarme al aeropuerto. Acepto, por supuesto, aunque me apena involucrarlo. Pobrecillo, pero será mejor que vea la cantidad de problemas que puede implicar relacionarse con una mujer casada, con hijos, con un pasado a cuestas; entonces seguramente reacomodará sus ilusiones y las dirigirá, pronta y atinadamente, hacia otra mujer.

Preparo una amplia bolsa de mano. No necesitaré más que eso. Me acerco al baúl y llamo la atención de Ramón, señalándole que por fin es el mío. Comento escuetamente mi encuentro con Marc, del que no le había platicado, y se apresura a interpelarme con una serie de preguntas acerca de cómo estuvo el intercambio, dónde fue y cómo es él. Mientras respondo, abro el baúl y busco mis libretas para sacar una, pretendiendo llevármela, para escribir en ella durante el trayecto en el avión. Por más que meto las manos y busco en todas partes no doy con ellas. No están en el sitio en el que las guardé originalmente y pienso que Marc pudo haberlas cambiado de lugar o, peor aún, haberlas leído; no sólo eso, en ese instante asumo que se apoderó de todas, pues en definitiva no están. Supongo que Ramón ha notado la expresión descompuesta de mi rostro, pero decido no sumar otro asunto a mis trastocadas emociones y evito contárselo. Ya tendré suficiente tiempo en el aire para mentarle la madre a Marc.

Suena un aviso de mensaje en mi teléfono. Es Lucio:

Se trata de que vengas y no puedo prometer lo que sucederá después. Más te vale tomar ese avión y llegar mañana. Nuestros hijos están fuera, así que tendremos las horas necesarias para hablar a solas. Te espero.

De inmediato le respondo:

Estaré ahí mañana.

Una vez lista, abandono en compañía de Ramón mi estudio, confiando en regresar lo antes posible. Estoy nerviosa; siento mariposas en el estómago, una sensación de vacío, ganas de llorar de nuevo. Él me tranquiliza cuando subimos a su auto y selecciona música tranquila para el camino. No quiero irme y necesito irme. Todo deseo, menos ver a Lucio y pasar el trago amargo de definir mi situación con él, mi futuro. Me aferro a la presencia de mi amigo, a su mano en mi pierna mientras conduce. Pido al universo que no llegue el momento de despedirme de él y de entrar a

Barajas; le ruego me dé el valor de encarar lo que viene con entereza. Pido no tener que regresar a lo de antes, a las sensaciones de soledad, engaños y abandono que he experimentado en mi matrimonio; ruego que mi vida cambie para bien. Pido, de una vez por todas, ser feliz. Suplico que mi historia deje de pesarme.

En el último momento, decido darle las llaves de mi estudio a Ramón. Dejé ahí mis trabajos pendientes. Uno importante que debo entregar el lunes. Por si no llego, le digo. Las recibe y afirma que regresaré. Enfatiza que son sólo dos días; que no debo preocuparme tanto.

Abrazo largo y delicioso. Promesa de reunirnos pronto y de que le estaré texteando. Agradecida por lo que ha hecho por mí.

Entro para emprender el vuelo no deseado de regreso a mi pasado. En contraste con el momento en que llegué a Madrid y pisé el aeropuerto sintiéndome feliz, con mi pasado en mi baúl, como símbolo de que no pretendía olvidarlo, ahora voy ligera de equipaje a mi regreso forzado a México, pero con un enorme peso sobre los hombros. Mi presente se queda aquí, en mi pequeño espacio en la residencia de estudiantes, en la Facultad, con Ramón, y en los escasos días en que me he sentido libre y plena. El futuro se resolverá en el momento en que explote, cuando llegue a mi casa y tenga que hablar con ese hombre tan ajeno a mí, tan absolutamente impredecible, al que temo tanto.

Con lo poco que me entusiasma volar y teniendo que hacerlo obligadamente, siento que me descompongo. Antes de acercarme a documentar al mostrador, decido caminar un poco. Voy y vengo. Pienso. Respiro. Me detengo. Voy hacia unos asientos cercanos porque las piernas me flaquean y siento que ya no puedo seguir. Ya sentada, cierro los ojos y experimento una frustración indescriptible. Después, mis lágrimas piden que los abra para brotar. Lloro y no puedo parar. Busco un pañuelo y, al secarme las mejillas, me doy cuenta que estoy frente a un cartel que dice: "Madrid es tu casa". Lo leo y lo releo. Me calmo. Una chispa en mi interior parece encenderse. Mi mente se detiene y recapacita. No viajaré. Es absolutamente innecesario hacerlo. Es más, si lo hago, definitivamente Lucio ganará. Este letrero frente a mí sin duda es una señal. No le daré ese gusto al hombre que quiere acabar con todo lo que me importa. Si ni siquiera toma mis llamadas y se concreta no sólo a responderme escuetamente sino a ordenarme, entonces haré lo que me parece correcto, lo que merezco. Mi decisión es no regresar a México. Es momento de ser valiente y mantenerme en lo dicho. Miro el letrero nuevamente. Madrid, por ahora, efectivamente es mi casa. Mis hijos son mi hogar estemos donde estemos, eso me queda muy claro. Me levanto y busco la primera salida. Al respirar el aire fresco, sonrío.

V

Hespera

Subió al auto y solicitó al flamante chofer y compañero que lo llevara al Royal Bank. La cifra en libras era de seis dígitos, por lo que resultaba apremiante acudir a depositar el cheque. Optó pasar por alto el mal trato de Claridge y concentrarse en asegurar que pudiese ser cobrado, para luego disfrutar el fin de la travesía del baúl y de las piezas, el cierre del negocio y el inicio de todas las posibilidades de una nueva vida.

No se presentó ningún problema con el documento, así que abandonó el banco cuando el dinero estuvo bien resguardado en su cuenta y, con una sonrisa de oreja a oreja, pidió a James que lo llevase a su taberna favorita. Tenía hambre y unas irremediables ganas de beberse un *pint* de cerveza. Hacía frío, pero Marc se sentía abrigado por una sensación de alegría que, pudo jurarlo, le daba calor. Ya sentado en el Bricklayers, tomó el teléfono para llamar a George. Le había prometido contarle sobre su encuentro con Helena y acerca de la entrega de las máscaras. Su preocupación, en el momento que le avisó que viajaría a Madrid y luego a Londres, fue tal, que se presentó en el departamento de Marc un día antes de su partida para tratar de impedírselo. Cuando comprobó que era imposible detenerlo, le hizo jurar que tendría cuidado con el corazón y que no se excedería en ninguna forma, ni con ella ni en los placeres que, sabía, le gustaba darse: la buena comida y el tabaco, que tenía prohibidos. A Helena no se la había prohibido nadie. Platicaron largo rato y George celebró que las cosas estuviesen tan bien y que lo aguardara el encuentro del domingo. Marc le dijo que no sabía cuándo podría regresar a

Nueva York. Dependía de su cita. Estruendosa carcajada al otro lado de la línea que, sin embargo, antecedía a la advertencia de que no pusiera todas sus expectativas en esa mujer, a la que apenas había visto unos minutos. Se despidieron efusivamente.

El ambiente en el pub era festivo, particularmente animado, pues el Chelsea acababa de ganar la copa de la liga. Dejándose llevar por la algarabía que empataba con sus propias emociones, escribió a la mujer de sus sueños. Lo hizo en un delicioso frenesí, sin darse cuenta de la hora.

Helena querida. ¡Estoy tan contento! Las máscaras por fin están en poder del coleccionista. Yo estoy de fiesta en una taberna y lo único en lo que pienso ahora es en ti, repasando los breves momentos en que te vi y en que deseo que llegue el domingo para encontrarme otra vez contigo y, ahora sí, conversar con calma, conocernos bien.

Brindó con quien se cruzó por su camino y pidió otro *pint*. James aguardaba y a Marc le pareció de lo más injusto que él no gozara de la fiesta, por lo que lo llamó para que dejara el auto donde pudiese y se le uniera. No hubo forma de convencerlo. Daba pena tenerlo ahí afuera, esperándolo, así que pagó la cuenta y se reunió con él para que lo llevara al hotel. Eran alrededor de las doce. En el camino, Marc decidió que la mañana del sábado, la dedicaría a pasear por sus lugares favoritos, los sitios que le recordaban a sus abuelos y las inolvidables visitas que pudo hacerles con sus padres. Despidió a James, no sin antes acordar que lo llevaría al aeropuerto, al mediodía. En la habitación, ya en calma, miró el celular en busca de una respuesta de Helena, pero no había nada. Comenzó a preocuparle seriamente el tema de sus libretas: seguramente, por su estúpido descuido y el atrevimiento que significó tomarlas, no quería saber de él. No supo si mandar otro mensaje de texto, disculpándose. Sonaba adecuado y razonable, pero inoportuno si en el primero no se había ocupado de mencionarle nada sobre el tema. Decidió enviarle mejor un correo y extender su explicación.

Para: **helenatm@outlook.com**
De: **mlg@patagonia.org**
Asunto: **Libretas**.

Querida Helena:
Debo pedirte perdón por lo que hice. Tengo tus libretas y las he leído. No pude evitarlo; fue superior a mis fuerzas el tenerlas ahí, como una tentación poderosa. Imagínate, de tu puño y letra leerte entre líneas. Lo que encontré es el alma de una mujer de carne y hueso, sus pensamientos más atrevidos, los más oscuros y los más profundos. Comprobé de qué se conforma un ser humano precioso, único y complejo, con sus debates y sus logros, con sus angustias. Y te quise sin conocerte, porque tocaste mis emociones y revolviste mi mente e hiciste que repasara mi propia vida tratando de imitar tu brutal honestidad. La valentía con la que has encarado las adversidades y las ganas que tienes de ser tú. A esas líneas, súmales el haberte visto ya en vivo y ser testigo de tu extraordinaria belleza, de tu peculiar manera de conducirte, de tu *h*olor, de tu voz y tu dulzura. Definitivamente eres Helena *H*alas. Estoy loco por conocerte más; deseando que me des la oportunidad de contarte de mí, si es que aún quieres verme. Hazme saber si podré invitarte a cenar el domingo y si me perdonas por entrar a tu intimidad con tal descaro.
Lo siento de verdad, y a la vez no, debo confesarte, porque al saber lo que ya sé de ti, nunca dejarás de estar en mí.
Espero impaciente tu respuesta, Marc.

Logró dormir a pesar de saber que la suerte estaba echada y ahora dependía de ella. Por la mañana desayunó brevemente en el café del hotel, apresurándose a recorrer las calles que añoraba. Trazó el camino en la mente hacia la casa de los abuelos cerca de Holland Park. Logró llegar y se le humedecieron los ojos de añoranza. Cuando estuvo frente al número 22 quiso tocar a la puerta y ver su interior de nuevo. El pensamiento de que esa casa podía ser suya, lo impulsó a atreverse. Abrió la puerta un adolescente con pelo desmadejado y mirada serena. Marc le dijo que esa había sido casa de su familia y quería saber quién la habitaba. Escuetamente, el joven respondió que sus padres la rentaban, entonces Marc se apresuró a pedirle que fuera amable de recibir una tarjeta y decirle a sus padres que, si acaso decidían dejarla, fuesen tan amables de avisarle, pues él estaba interesado en habitarla. El chico la tomó y cerró la puerta con un breve adiós. ¿Si Max viviese, habría sido como ese muchacho? Reconstruyó su carita de bebé de seis meses y trató de colocarla en el cuerpo de un joven como aquel. De sus ojos saltaron las lágrimas y las dejó fluir. Caminó un poco más y cuando se dio cuenta de la hora apresuró el paso para tomar un taxi de regreso al hotel y tratar de estar puntualmente para salir de ahí, con James al volante, hacia Heathrow. Helena aún no respondía.

VI

Tomo un taxi hacia la Pérez Galdós. Estoy a punto de llamar a Ramón y contarle todo, pero lo pienso dos veces y decido que no lo haré, por lo pronto. Tengo mucho que pensar. Necesito estar sola. Me siento tan bien de haber encontrado valor para hacer esto. A mi regreso me topo con el guardia de seguridad de la residencia, a quien horas atrás le había entregado el duplicado de mis llaves, ya que las originales se las quedó Ramón. Me da la bienvenida, desconcertado por mi súbito retorno. Subo las escaleras de un solo tirón y, al abrir la puerta, encuentro de nuevo el lugar que siento ya tan mío. Huele a mi perfume. El baúl abierto parece saludarme de vuelta. Siento que todo me estaba esperando. Dejo por ahí, tirada, la bolsa de viaje que llevaba y me tiendo en la cama. Viene a mi mente la palabra PUTA, así, con mayúsculas. Me da rabia. Es injusto, equivocado. ¿Y qué con las PUTAS? ¿Acaso no es el oficio más antiguo del mundo? Desearía ser mucho más libre con mi cuerpo, estar con quien me dé la gana, enamorarme. ¿Cuál sería la verdadera infidelidad, o debo llamarla, más bien, deslealtad? ¿Acostarme con cualquiera, con muchos, repetidamente, vengándome de todas las que Lucio me ha hecho a lo largo de los años con tantas mujeres, o ya no estar comprometida con mi proyecto de vida, faltando a la promesa matrimonial? Al diablo con el matrimonio y sus reglas a la antigua. ¿Lo prometido es deuda? ¿Porque le juré en el altar todas esas cosas que se dicen sin pensar he tratado de honrar el acuerdo por tantos años, sin sentir ya nada más que desconsuelo? Resulta que ahora soy una PUTA... ¿Hacer uso consciente y responsable de mi cuerpo entregando mis antojos y mis emociones a quien me dé la gana significaría ser eso? He gobernado mis instintos a lo largo de los años por respeto a un acuerdo y a él, a Lucio, como persona. ¿Sólo a los hombres se les puede antojar acostarse con otras mujeres? ¿Qué, nosotras no podemos sentir? ¿Por qué se evoluciona tanto en ciencia y tecnología, y estamos en párvulos en materia sentimental y de derechos de las mujeres?

Tras mis protestas interiores y mis cuestionamientos me quedo dormida. Despierto sin saber cuánto tiempo ha pasado. Veo el reloj. Apenas puedo creer que hayan transcurrido tantas horas. Debo hablarle a Lucio. Marco a su celular, y nada. Llamo al conmutador de las concesionarias y me responde una voz familiar. Es Margarita, la recepcionista que tiene más de treinta años en el grupo. Me pide que espere unos minutos y después la escucho de nuevo diciéndome, amablemente, que Lucio no ha estado en ninguna de las agencias el día de hoy.

Trato de llenar el vacío en el estómago y la desazón de tener que avisarle, buscando algo de comer en la cocina. Me acuerdo de Toñita y anhelo mis platos favoritos preparados por sus manos. Siento su trato cercano y reconfortante junto a mí. La querría invitar a vivir a Madrid. Es lo más cercano que me queda a una mamá. Ha estado en mi casa desde que me casé, y antes, en casa de mis papás, como mi nana y después gran cocinera. Desde los quince años la querida Toñita, que ya tiene sesenta, ha permanecido en nuestra familia, trabajadora incansable y generosa.

Llega un mensaje de Ramón a mi teléfono en el que pregunta si me encuentro bien, pues quedé formalmente de enviarle un aviso cuando hubiera aterrizado, pero no lo hice. Le escribo de vuelta diciéndole que en el último momento decidí no viajar. Muero por sentir de nuevo su abrazo así que le digo que estaré en mi estudio por si quiere pasar un rato a platicar. Me responde que vendrá después de clases.

Recuerdo repentinamente a Marc y la cita del domingo por la noche en la que me invita a cenar. Mañana es domingo. Me quedan pocas ganas de que alguien más entre a la complicada ecuación de mis afectos revueltos y al desorden emocional en el que me encuentro. Voy hacia mi computadora. Consulto mis correos y precisamente está uno de Marc, en el que hace su confesión respecto de mis libretas. Condenado. Le respondo, casi sin pensar, que tuve que salir de Madrid y que no estoy segura de regresar a tiempo para la cita. No quiero adentrarme en el tema de mis libretas y de su irrupción a mi intimidad. Sin embargo, mientras tecleo, pienso en que yo habría hecho lo mismo y no quiero juzgarlo, ni descargar mi ira contra él. Simplemente me parece correcto hacerle saber que no estaré disponible. Y antes de enviar el correo se me ocurre pedirle que me haga favor de dejarme las libretas en un paquete, ya sea en el Palace o en la residencia Pérez Galdós. Quizá sea una lástima perderme ese segundo encuentro con él, con el descarado que me leyó, que se roba mis pensamientos y así cree atrapar mi atención.

VII

Himposible

Llegaron a tiempo. Pudo despedirse de su chofer, amigo y cómplice con calma, agradeciéndole su ayuda y su compañía. Él le deseó suerte y Marc se echó a reír con ganas de contarle que esa perversa dama no solía estar nunca de su lado. Lo abrazó. Al sentarse en la cabina, dedicó el pensamiento a la otra dama, también perversa, a quien seguía anhelando. Helena había escrito. Lo supo en cuanto encendió el teléfono. Se dispuso a leer su correo.

Para: **mlg@patagonia.org**

De: **helenatm@outlook.com**

Asunto: **Domingo y libretas**.

Marc:

Desde luego estoy furiosa y desilusionada, aunque no puedo asegurarte que yo misma no hubiese caído en la tentación de leer algo tuyo. Debiste ser más cuidadoso y evitar que yo me enterara. No podré verte el domingo. Te pido por favor me hagas saber si mejor dejas un paquete con mis libretas en el Palace o en la residencia Benito Pérez Galdós de la Universidad Complutense. Quedo a la espera de tu respuesta, Helena.

Una sensación de gran ansiedad empezó a hacerlo su presa mientras el avión despegaba. Su corazón latía en paz, primero recordándola, recorriendo lentamente su ser, esa maravilla que era ella y que pudo ver tan brevemente; después, acelerado por un tropel de pensamientos que se agolpaban mientras trataba de comprender y decirle a su mente que no la vería.

Procuró ser racional y medir qué tanto jugaba su desconfianza en él, por el hurto manifiesto a su intimidad, o qué tanto sería verdad que no podía verlo. Le pareció que no tenía caso dejar pasar tiempo para darle respuesta, buscando quizá que cambiase de opinión tras reflexionarlo de nuevo. Así que respondió.

Para: **helenatm@outlook.com**

De: **mlg@patagonia.org**

Asunto: **Domingo y libretas**.

Helena:

Como sabes, he cumplido con la tarea de entregar las piezas en Londres y ahora mismo estoy en el avión que viaja hacia Madrid. He decidido que no regresaré a Nueva York hasta dentro de unos días. Tengo amigos queridos en España y aprovecharé para verlos. Por favor, Helena, perdóname y concédeme un nuevo encuentro contigo. Disculpa la insistencia pero lo que ejerces en mí es como un precioso hechizo del cual no quiero salir.

Hasta volverte a ver,

Marc.

VIII

Llamo a Lucio. Cuelgo pero después vuelvo a marcar tratando de serenarme y dejar un mensaje. Le digo que no tomé el vuelo. Que estoy decidida a quedarme y que comprenda lo importante que es para mí el estar aquí. Me siento tonta tratando de explicarle. Seguramente no comprenderá ni un ápice de mis emociones. ¡Qué miedo no saber cómo reaccionará! Sigo en la computadora. Quiero evadirme entrando al sitio de la Facultad y al *blog* de tareas y pendientes del doctorado. Me distraigo revisando lo que está por venir: algunas conferencias que me parecen interesantes y en las que me apresuro a reservar mi lugar. Reflexiono sobre si será bueno, de una vez por todas, contarle a mis hijos lo que pasa. No con el afán de preocuparlos, sino para prepararlos, ante la inminente decisión que tomaré respecto a su padre. Tomo mi celular y me animo a escribirles con las ganas de que entre la señal a Valle y puedan recibir lo que quiero decirles, y para mi niña, que el mensaje le llegue hasta Quebec. Estará regresando de su viaje a Nueva York, seguramente. Abro un grupo de *chat* para los cuatro, cosa que no se me había ocurrido antes, y respiro al escribir las primeras líneas. Tal vez no sea el canal más adecuado, pero en estos momentos no hay de otra. Mejor que tengan un mensaje mío y no quedarme con las ganas, ya que de momento no puedo escucharlos.

Mis tres adorados. Espero que estén bien y divirtiéndose. Su papá me pidió que volviera a México. No lo hice. Me pareció que hacerlo sería abandonar el momento que estoy viviendo ahora. Resulta imposible dejar inconcluso esto, lo que implicaría también echar a perder mi doctorado. Es inútil mentirles y dejar de reconocer que las cosas no están bien entre nosotros. Lo saben. Yo quería tener este tiempo para tratar de llegar a una solución que no nos separara. Y lo hablamos antes de irme. Pero las cosas se han precipitado. Me ha escrito una carta injusta en la que me llama de una manera innombrable, inmerecida. No puedo dejar que eso suceda. Cuando le hablé para aclarar lo que me decía, me puso el ultimátum para verlo frente a frente y discutir el problema. Pero, como les digo, no viajé. He leído cada una de las cartas que ustedes me escribieron sin parar de llorar, convencida de que el vínculo que tengo con los tres lo hemos construido juntos, con absoluto amor, con la alegría de tenernos y la confianza de sabernos ahí, el uno para los otros, y viceversa. Gracias por lo que cada uno me escribe. Gracias por hacerme sentir la más plena y feliz de las mujeres, por tenerlos junto a mí, a pesar de estar lejos. Por creer que vale la pena esto. Sé que es un tiempo largo, pero estoy segura de que se pasará volando. Es más, Grecia tiene vacaciones en breve y ustedes también habrán salido de clases antes de Navidad. Les propongo que nos reunamos los cuatro en Madrid y sea lo antes posible, en mes y medio, más o menos. Me muero por verlos, por enseñarles mi minúsculo espacio en la residencia de estudiantes, por que conozcan la Facultad y a mis nuevos amigos. A mi tutor, quien es un hombre encantador. Que vean a la tía Paloma y al resto de nuestra familia española. ¿Es esto demasiado largo para un chat? Sí, ¿verdad? No dejo de pensarlos ni amarlos un minuto. Si me quiero preparar más y hacerme de un futuro trabajando y dedicándome a lo que amo, es por los cuatro. Sépanlo, para que no tengamos que depender de nada ni de nadie. Para que lo económico no sea una atadura, aun tratándose de su papá, quien, desde luego, tiene la obligación y los quiere mucho. Pero yo quiero ser yo, libre y plena, acompañada en esta vida por los tres, que son mi única razón. Tienen que creerme que nada me habría gustado más que seguir siendo esa familia como la conocimos y la formamos. Hice mucho por mantener nuestra unión, pero no creo poder más. Claro, siempre hay una esperanza. Quizás hablando podamos ponernos de acuerdo. Ya les contaré cómo me va en la conversación con él. Por favor, Alejandro y Homero, avísenme cuando hayan regresado de Valle. Grecia, querida, te llamo mañana. Les mando mi amor, siempre, siempre.

Aliviada por haber enviado lo que quería decirles, dejo el celular sin mensajes de vuelta de mis hijos. Voy a la cocina de nuevo. Preparo un café y regreso a la computadora. Correo de Marc, qué hombre tan insistente. ¿Será buena idea verlo, darle una oportunidad, recibir de su propia mano mis libretas? Parece, por ahora, que sólo puedo confiar en Ramón, adorado amigo amoroso.

El sabor de la ilusión se aloja entre mis sentidos al saber que por la noche lo veré de nuevo. Esto contrasta con el incesante pensamiento que ocupa mi mente y tiene que ver con Lucio. Decido salir un rato. Vacío en un termo el café que preparé. No paro de pensar en él, en su afán de control y en sus ganas de cortarme las alas. Camino hacia una banca de los jardines que rodean la residencia. Me siento y reflexiono. ¿He sido un ángel? De ninguna manera, así que alas propiamente no tengo, pero la metáfora cabe. El gran peso que él ha ejercido en mi naturaleza, con su carácter, ha sido brutal. Una piedra a cuestas muy difícil de cargar día a día. Sus exigentes estándares de perfección, el orden, "su orden", que no puede ser alterado por nada ni por nadie. Yo me declaro culpable también, por aguantar, por conceder, por evadir y no enfrentar. Asumo mi responsabilidad, mi cobardía. Tal vez he sido demasiado ingenua, o tibia, incapaz de afrontarlo.

Ha sido un maestro en el arte del control, ejercido desde su propia visión del mundo, a la que él considera perfecta. Pretende manipular su entorno para que se acomode a su antojo. Y usa su dinero para hacerlo. Si no ha estado presente en la familia por largos periodos, aparentemente por su excesiva carga de trabajo, busca compensarlo con viajes y regalos. Eso suena bien, pero uno puede estar en el lugar más precioso del mundo, presenciando los atardeceres inigualables del Caribe o de las islas griegas, disfrutando la mejor comida, pero si los hijos están tristes porque los descalifica o escasamente les da un abrazo, o ridiculiza lo que opinan con ciertas burlas pretendiendo exhibirlos, sin darse cuenta, para tener la razón, entonces el más perfecto escenario no sirve para nada.

Llevo más de dos décadas cediendo, conformándome, buscando mantener un delicado equilibrio para complacer sus caprichos y excesos. Se me han caído las plumas, estoy agotada y las alas no dan para más. Debo regenerar todo en mí, encontrar la manera de repararme y sanar. No cederé con tal de que esto suceda. Pienso si deberé tomarme la molestia de escribirle. ¿Un acuse de recibo de su elegante misiva en la que me llama PUTA? ¿Qué podría decir ante eso? Parece quc la dignidad que tiene el silencio es el mejor camino.

Me habría gustado ver mi casa un ratito de nuevo. Poco a poco la fui haciendo mía, colocando cada uno de los objetos que guarda, decorándola, volviéndola matriz y centro de la existencia de mis hijos, de la pareja que alguna vez formamos, de las alegrías y las penas conjugadas en las historias que ahí se han sucedido; memoria física y emocional del paso de los años. Cómo me gustaría volver también a mi otra casa, a la paterna, a escuchar el piano de mi padre acompañando las tardes de sol, en las que yo me debatía entre el embrujo que ejercían las notas que salían de sus dedos largos y suaves, y el poder de atracción del jardín, con su columpio al fondo, del otro lado de la ventana, al que casi podía escuchar diciendo: ven a jugar. Artemisa, por su parte, cocinando alguna delicia griega y llamándonos a la mesa, con su voz fuerte alteraba la paz de la música, pero siempre cambiaba de tono cuando me tenía cerca y me decía al oído: "Te quiero más que a la vida misma". Cierro los ojos y busco reconstruir esos instantes. Volver a la inocencia de aquellos tiempos en que uno no es plenamente consciente de sí, mas no podría estar pasándola mejor, porque no se cuestiona, sólo se deja ir, viviendo cada segundo, jugando en la lúdica y protegida atmósfera de la niñez. Pienso también en esa niña que fui y en la mujer que soy ahora y me pregunto si quedará aunque sea un poco de aquélla: su esencia pura e inalterada, la más transparente. Deseo que sí, que en cada paso que dé se me note que sigo creyendo en la vida y en el dulce estímulo que significa sentir la plenitud, construirse la felicidad. Recuerdo el gran amor hacia mis padres, que sólo se equipara con el inmenso amor a mis hijos. Me imagino con ellos, viviendo juntos en Madrid, estudiando y yo terminando el doctorado y trabajando en un museo o en una casa de subastas. Felices, recorriendo sitios, descubriendo España, o donde sea, pero unidos, tranquilos, respirando en paz. Estoy empezando a imaginarlo y deseo entrar en ese sueño y hacerlo posible.

Suena mi celular. Es Lucio. Se me hunde el estómago. Se me enchina la piel por el miedo.

—¿Por qué no llegaste? Sergio te estuvo esperando en el aeropuerto.

—Decidí no hacerlo.

—Ya lo veo. Te vas a arrepentir como no tienes idea.

—¿Me estás amenazando?

—Sí.

—Me alegro entonces mucho más por no haber viajado. ¿Crees que después de llamarme como lo has hecho puedo ir a verte así, tan tranquila…?

—Sostengo lo que he escrito en mi carta. Eres una puta. ¿Quién es tu nuevo amigo? ¿Ya encontraste tan pronto a alguien? Tengo claro que eso es lo que eres, pero también sé que soy el único que puede obligarte a estar donde te corresponde. En tu casa, con tus hijos, conmigo.

—Si soy en verdad eso que dices, ¿para qué me quieres a tu lado? Mucho menos querrás que una mujer así eduque a tus hijos. Entonces, ¿cuál es tu afán de retenerme? Más vale alejada, puteando en otros horizontes, como bien escribiste, ¿no? Podría darte todas las explicaciones si en realidad quisieras escuchar la verdad, pero tú ya te hiciste tu propia historia y, conociéndote, jamás oirás de manera racional lo contrario. Lo que sí es, no lo que quieres que sea. Estoy tan cansada de tus agresiones, de tu maltrato.

—No te he maltratado. Vives como una reina. Nunca te he pegado.

—No puedo creer que pretendas desconocer cómo inició todo esto, cómo abusaste de mí desde novios. Además de descalificar, ignorar, engañar, querer retenerme a costa de lo que sea, no entender ni respetar lo que deseo, atentar contra mi personalidad juzgándome a cada paso, queriéndome cambiar, eso es agredir, a veces más brutalmente que hacerlo a golpes.

—Estás loca, eres una exagerada.

—¿Lo ves?

—Dime, entonces, anda, trata de explicar lo de tus amantes en el estudio, lo de tu imperiosa necesidad de irte.

—No tendría que hacerlo porque en principio deberías saber quién soy; después de tantos años juntos no me conoces. Eso es ridículamente cierto. El estudio lo uso de consultorio. Ahí doy terapias y acompañamiento a las personas con cáncer y a sus familias, a las parejas. ¿Por qué inventas que estoy con hombres ahí, que me visitan?

—Porque eso me dijo el portero.

Te dijo que entraban y salían hombres, no que me acostaba con ellos. Y si lo hubiera hecho… Ahora resulta que sólo tú tienes el derecho a acostarte con quien te viene en gana. ¿Por qué tú sí puedes y yo no?

—Es distinto.

—¿Distinto por qué?

—Porque se me da la gana y porque no me involucro emocionalmente con nadie, sólo las uso para darme placer y ya.

—¿Y eso lo hace válido? ¿Lo vuelve bueno? No he oído nada peor que eso.

—Pongamos que no lo has hecho. ¿Qué haces allá? ¿Por qué has dejado a tus hijos, tu casa, a mí?

—No puedo creer que no logres superarlo. Lo hablamos mil veces antes de mi partida. No pienso repetirlo. Ya no daré explicaciones. Eres incapaz de respetar nada de lo mío, quién soy ni lo que quiero hacer.

—Porque tú no respetas tu casa. Ni a tu familia.

—Precisamente porque la respeto y la amo quiero ser mejor. Ser independiente, capacitarme en lo que me gusta, trabajar.

—Para ti no es suficiente el dinero que tengo, por lo que veo.

—El dinero importa, pero no es la vida. Nunca me ha faltado, pero quiero volver a ganarme algo mío.

—¿Cuánto quieres para volver?

—No soy un negocio. Entiéndelo, ni una mercancía.

—Para mí lo eres. Eres mía. Para eso estamos casados.

—No, no es así. Nos casamos para querernos y compartir nuestra vida. Pero tú siempre has tenido otra agenda y otras prioridades. Evitaré enlistarlas.

—Quiero que vengas. Entiende, tu lugar está aquí.

—El lugar al que uno pertenece está donde está su corazón. Y el mío hace mucho que no está en ti.

—Tú y tus tonterías. Tienes un compromiso con esta familia y debes cumplirlo.

—No he dejado de hacerlo nunca.

—Entonces, ¿qué haces allá?

—Prepararme. Nunca descuidaré a mis hijos.

—Lo estás haciendo.

—Mis hijos están muy bien. Y no son unos niños. Son unos jóvenes con criterio y capacidad de discernir. Ellos están de acuerdo en que yo esté haciendo esto, lo sabes.

—Eso dicen.

—Eso es. ¿Quieres que te mande las cartas que me escribieron? Deberías leerlas; dicen mucho de ti, de lo que piensan.

—Me importa un pepino lo que piensen.

—Debería importarte, pero, como siempre, no eres capaz de ver quiénes son realmente, ni lo que necesitan de ti.

—Necesitan de su bienestar económico, de sus caprichos, que se les cumplen, además.

—Necesitan el amor y la comprensión de su papá.

—O sea que partirme el lomo por ellos y que vivan con estos lujos no es quererlos...

—No lo es.

—Mira, maldita Helena. No eres la buena del cuento y yo el malo. Que quede claro, tú tienes tus cosas negativas tanto como yo las mías.

—Deberías leer sus cartas.

—Me da igual. Son adolescentes y no saben lo que quieren. Seguro te tienen enaltecida, sin saber bien cómo te las gastas.

—Saben perfectamente cómo y a quién aman.

—Sí, doña perfecta, sólo te quieren a ti.

—Y a ti. Pero no lo quieres ver ni sabes cómo manejarlo.

—Si lo sé manejar o no, es mi problema. Ven para averiguar cómo van a dejar de quererme el día que se queden sin sus comodidades, sin las casas de fin de semana, sin sus deportes, sus clases y sus paseos; en fin, la vida a la que están acostumbrados.

—En la vida a la que están acostumbrados su padre no está, digamos, muy presente. Eso es, en realidad, lo que les importa.

—Les importa mi dinero, lo que puedo darles, lo que les procuro. A ti debería importarte también.

—Queda claro que no me importa. Por eso quiero divorciarme.

—¿Estás diciendo lo que estoy escuchando?

—Sí, divorciarme.

—Jamás lo consentiré. Nunca voy a firmar. Tú te quedas, yo mando.

—Eres imposible, Lucio.

—Tú vas a volver. De eso me voy a encargar, cueste lo que cueste.

IX

Hintensidad

Una vez en su destino, se dirigió a la salida. Madrid lo recibió entre fría y airosa. El ambiente se sentía melancólico por culpa de un cielo encapotado. Así también estaba su ánimo a pesar de haber sorteado el asunto de Londres de maravilla, con todo y las piezas entregadas y la cuantiosa suma en su cuenta de banco. Tanto que podría halagar a Helena: cuántas cosas podría regalarle, cuántos viajes podría compartir con ella. ¿De qué valía todo en soledad? ¿Qué podría hacer para verla, para convencerla al menos de tratarlo, de darle una oportunidad? El plan de encontrarse en el museo se antojaba perfecto; debía aceptar.

Tomó un auto. No podía con la ansiedad de mirar y mirar su teléfono para asegurarse de recibir un correo suyo, a pesar de que las calles de esa ciudad vieja y regia lo invitaban a observarlas. Llego al Palace. El botones se apresuró a abrir la puerta del auto que lo llevó hasta ahí y a saludarlo amablemente. El chofer abrió la cajuela y de ella extrajo el baúl. El botones miró la pieza sorprendido. Marc lo notó. Le preguntó por qué tenía ese gesto entre admirado y curioso, y el chico se apresuró a contarle que semanas atrás se había visto en un lío por culpa de una pieza similar. A pesar de que el aire soplaba cada vez más fuerte y la espesa y entrecana cabellera del explorador volaba despeinándose, insistió en pedirle detalles. Éste le explicó entonces, mientras lo invitaba a entrar al hotel, que una mujer había dejado un baúl parecido a resguardo en el servicio de *concierge*, pieza que después el personal del hotel había perdido y recuperado una vez que él confesó que había tomado la decisión de ponerla a resguardo en una bodeguita, por tratarse de un encargo de la directora de Relaciones Públicas del elegante Palace. Marc estaba fascinado con la historia, pensando que Helena había estado ahí, esperándolo con su baúl días atrás, pero no comprendía el lío de la desaparición. Preguntó el nombre de la directora y el joven botones le dijo que era la señorita Paloma Artigas. Dio las gracias al elocuente joven y puso varias libras en sus manos, haciendo hincapié en que su pieza no causaría líos, siempre y cuando se encargase de que llegara a la habitación que le asignaran, sana y salva. Después se acercó al *check in* y tras recibir la llave, preguntó por Paloma. Amablemente, la mujer que lo registró le aseguró que informaría a su jefa que él la buscaba, y lo invitó a relajarse tomándose algo en el *lobby* afirmando que ella le haría saber cuando la localizara. Se dirigió al punto indicado y, despojándose tranquilamente de su gabardina, se sentó dispuesto a calmarse tras tantas horas de agitación. Su corazón se había portado muy dignamente, a pesar del tiempo y los embates emocionales que se dispararon por culpa de lord Claridge, por el recuerdo de Max y por la ausencia de Helena en el panorama de su vida presente. El lugar parecía tan sereno que se fue contagiando de su ambiente cálido y elegante. Pidió un mezcal. El mesero le dijo que verificaría si tenía alguna botella disponible de esa bebida, pero Marc reviró, solicitando mejor una copa de vino tinto de la Rioja.

En ese momento apareció una mujer alta, de pelo corto y muy negro, nariz respingada y ojos inquisitivos. Le preguntó si él era el señor Marc Lanley y él se paró de inmediato para estrechar su mano y decirle que sí. Paloma lo invitó a sentarse de nuevo y tras un formal intercambio de frases respecto de su llegada y del clima de Madrid, la mujer le aclaró que era prima de Helena y que estaba enterada de todo acerca de la confusión de los baúles. Marc inquirió acerca de la supuesta desaparición del que Helena tenía en su poder, que en realidad era el suyo. Ella le explicó que cuando Helena lo estuvo esperando, desilusionada porque no llegó a la cita, decidió dejar el baúl encargado en el hotel. Marc pareció divertido al enterarse de lo acontecido pero evitó a toda costa que sus ojos reflejaran su ansiedad por saber dónde estaba Helena, a dónde había viajado y, en cualquier caso, si aceptaría verlo. Midió el riesgo que habían corrido las piezas sin que nadie supiera que se encontraban ahí. Se rió ante la mirada de Paloma. El mesero interrumpió la recién iniciada conversación y eso le dio una breve tregua a Marc para recomponerse y aparentar tranquilidad. Ella se mostró muy amable, le preguntó cuántos días estaría alojado ahí; él respondió que al menos una semana. El caballero de barba poblada y ojos melancólicos pareció agradarle en verdad. Eso le dio la confianza suficiente a Marc para contarle que ya había conocido a su prima, brevemente; que por fin cada uno tenía su baúl consigo. Y entonces confesó el pecado casi mortal que había cometido al haberse quedado con las libretas de Helena. Algo vio Paloma en la mirada de Marc o escuchó en su voz —quizá su ansiedad, sus ganas, su sinceridad, su franca necesidad de ver a su musa de nuevo— que prometió intervenir para que su prima supiera que él estaba ahí, suplicando por una cita con ella.

Se despidieron con la promesa de ella de que recibiría un aviso en su habitación si tenía noticias para él, quien de su *backpack* extrajo las libretas y se las entregó. Ella aseguró que las protegería hasta comunicarse con Helena y recibir instrucciones acerca de qué hacer. Paloma deseo un buen descanso a Marc y se dieron un beso doble, común en esas latitudes, que sin duda sellaba su complicidad.

X

Me hundo en la cama. Lloro sin parar. No quiero saber nada de las amenazas de Lucio, de sus gritos por teléfono ni de sus agresiones. Deseo no ser la esposa de ese hombre ni un minuto más. Divorcio. Punto. Está decidido. Abrazo mi almohada. Querría abrazar a mis hijos, sentirme protegida por su amor, consolada. Hoy más que nunca estoy segura de que tengo que estar aquí, acabar mis estudios, conseguir un trabajo, pensar por fin en mi futuro, en cuidarme y cuidar a los que amo y a los que me aman. Son sólo ellos. Somos los cuatro. Haré todo por salir a flote de esta tempestad y volver a tener un mar en calma.

Viajar a mi mar, al Egeo, al transparente mar de mis islas. Vuelo con la mente a Santorini, a los momentos en que me sentí más querida, por ellos y por mis padres. Celebramos mis cuarenta años todos juntos ahí, todos y Lucio. Qué rabia que tenga que aparecer en mis recuerdos. Yo lo elegí, ni modo, ahora me aguanto. Aunque me gustaría jugar a borrarlo, tengo que aceptar que yo concedí, permití y algunas veces hasta provoqué que estuviese. Todo con tal de no tener líos, de no sufrir y, por encima de todo, de mantener la estabilidad de la familia, de mis hijos. En fin, por lo pronto lo borro y me concentro en imaginar el camino que me lleva a Pyrgos y después a Eros, qué playa. Sólo amor, el lugar de los enamorados. ¿Algún día estaré enamorada? Quiero visitar las islas, con Grecia, Homero y Alejandro. Quiero volver a ser yo. Quiero ser bien amada y no la mal querida que he sido.

Suena mi teléfono. Abro los ojos y el cuerpo me tiembla de angustia de sólo pensar que sea Lucio de nuevo. Es Paloma. Respiro. Me dice que Marc ha llegado al Palace, lo ha conocido, es fascinante, que no me tarde, debo ir, que ella tiene mis libretas, las ha metido en un sobre que me espera, que ese guapísimo hombre también me espera, tengo que darle una oportunidad, que no me lo pierda, ya conversaron, tiene un tono de voz maravilloso pero una mirada triste, que deberíamos consolarnos mutuamente, que la vida es una, que prometió que me avisaría que estaba ahí.

Ha logrado trazarme una sonrisa y con ella sacarme de mi pesar y hacer que me interese por Marc y por el momento presente. Le digo que estoy en medio de un caos emocional por un problema fuerte con Lucio, que no sé bien ni cómo me siento, que deje que me calme y le contaré todo, que la llamaré pronto. Dejo el teléfono. Miro mi espacio. Me levanto de la cama y decido salir de mi pesadumbre. Volver a empezar... Empezar en serio. Debería aceptar ver a Marc.

Tengo que terminar los trabajos pendientes. Me preparo un té y enciendo mi computadora. Prendo la música y me decido por unas sevillanas, las de una noche en el camino, rocieras, profundas y alegres a la vez. Las escucho un poquito, pero creo que no me dejarán concentrarme. Pienso en Sevilla, en la virgen de la Macarena y en que ahí también quiero volver con mis hijos. Deberíamos ir todos juntos a verla, a ver si me redimo, a ver si me reinvento bajo la mirada de la milagrosa. Tanto por hacer, tanto mundo por recorrer; lo haré siempre y cuando, por lo pronto, termine mis tareas y mis estudios de hoy. Un paso a la vez. El lunes llamaré a Toño, mi amigo abogado, quien seguramente sabrá guiarme para solicitar el divorcio cuanto antes. Él me ayudó con las herencias de mis padres, con las gestiones para que juntos descansaran en Atenas, como querían. Para que yo tuviera una cuenta de banco allá, con esa suma que me dejaron y que pienso será mi protección en la vejez. No tocaré ese dinero, así que ya tendré que ponerme a ganar algo para mí. Toño seguramente me dirá que Lucio es millonario y que deberá dejarme protegida. Que proteja y siga manteniendo a mis hijos, eso sí. Yo de él, en verdad, no necesito nada.

Tocan la puerta de mi estudio. Sé que es Ramón. Voy en busca de mi apuesto y galante compañero de angustias. Abro la puerta. Sonríe cuando me acerco y me jala hacia él suavemente. Nos besamos. Le digo que no puedo, que no haga eso ahora y él alega que es justo cuando lo necesito. Mando mis tristezas al demonio por el momento y me dejo querer. Me desnuda poco a poco llevándome a la cama. Se quita la ropa y yo, cayendo de inmediato en la tentación, lo acaricio y lo empujo hacia la almohada para tenerlo para mí. Hacemos el amor con ímpetu, con el deseo acumulado que teníamos, a él le sabe a inicio, confiesa, a mí a la desazón de la incertidumbre cuando, sin pensarlo, ya me entregué a su cuerpo. Llevaba mucho tiempo sin ser tocada y esas caricias sobre la piel, significan la gloria. Nos quedamos en silencio, con la mirada fija uno en el otro por largo tiempo. Me inhibo al pensar en la perfección de su joven anatomía, de sus músculos en contraste con mi flacidez. Se lo digo y me vuelve a llenar de besos diciendo que mi piel es lo más suave que ha tocado y que precisamente le encanta que no sea una modelo con operaciones estéticas, ni una jovencita; le enloquece la madurez de mi figura y de mi personalidad. Apenas puedo creer en sus palabras porque me resulta casi imposible verme como me describe. Sigo sintiendo su calor y no quiero que pase un segundo más allá de este precioso momento. De pronto me entra un temor que me estremece y no quiero que me invada, por el contrario, busco mitigarlo al escoger de entre mi cabeza revuelta, las palabras que quiero decirle a Ramón, para darle las gracias por provocar tanto, por hacerme sentir; por lo importante que esto es para mí. Abandono las sábanas dejando entre ellas la más placentera sensación posible y me dispongo a darme un baño. Irrumpe en la regadera. Toma el jabón y lo pasa por mi piel aprovechando para jugar con sus manos por doquier, invadiendo mi espacio vital, ocupándolo con el propósito de buscar una suerte de simbiosis entre nuestras figuras, que parecen reconocerse como si hubiesen vivido un sin fin de experiencias previas. Le digo que tengo hambre. Se ríe. Me dice que irá a comprar algo después del baño. Al salir más bien le menciono que tengo muchos pendientes, quiero descansar, acomodar las emociones, ver qué sucederá con Lucio y con mi vida a partir de mi negativa de regresar a México. Me dice que comprende. Se viste y nos prometemos, como novios adolescentes, seguirnos viendo aquí, en la Facultad, en todas partes y en todos los momentos posibles.

El domingo se vuelve distinto después de la partida de Ramón. En el aire se ha quedado su aroma y yo permanezco en la cama tratando de recrear lo que acabo de vivir con él. Inesperado y deseado a la vez. Quiero dormir pensándolo y hasta que mis hijos me llamen. Aún no habrán llegado de Valle. Dejo el celular encendido. Cierro los ojos. Cuando los abro es de noche. Me sobresalto y me apresuro a ver si tengo mensajes. En el chat que abrí con ellos ya hay respuesta. Homero y Alejandro dicen que están juntos y que no me preocupe, que luego hablamos, que entienden todo muy bien y me apoyan. ¡Qué alivio! Me siento descansada y casi contenta. Marco al internado. Pienso en Clara, también debería llamarle, adorable y sabia consejera, amiga que hace tanta falta en estos momentos de "tribulación", como diría religiosamente. Me comunican con Grecia. Su voz se escucha bajita y desconcertada en el teléfono. Dice que leyó el mensaje que envié, que está triste, quiere estar conmigo, no aguanta más estar sola allá. Le digo que no se preocupe, pronto nos veremos. Que tiene que ser fuerte. Responde que yo soy la que tengo que ser fuerte y defenderme. Entonces intuyo que es el momento, de una vez, para decirle que quiero separarme de su papá. Silencio. Le pido que me diga algo. Y la única frase que pronuncia es: "Ya te habías tardado, mami". Entonces lloro, pero insisto en que vamos a estar bien, en que pronto nos veremos y le reitero mi amor absoluto y lo agradecida que estoy de tenerlos.

A pesar de la enorme desazón que siento por este tránsito a través de lo que era inminente que sucediera, me propongo cambiar de ánimo y actuar convencida y con una fe renovada en que todo irá bien. Mañana pediré al profesor José María que me ayude a conseguir un trabajo, una oportunidad en algún sitio mientras estudio. Mañana empezará la nueva vida de Helena, a la que alguna vez llamaron PUTA. ¿Qué tal si en vez de eso que no he sido me vuelvo una mujer capaz de amar y ser amada? ¿Qué tal si ahora sí me dejo conocer y conozco? Miraré a Ramón, lo observaré con ojos distintos, libres. Llamaré a Marc y me encontraré de nuevo con él. Veré qué pasa con estos dos caballeros a quienes Helena, en definitiva, les interesa. Ellos también me interesan a mí. Quiero iniciar la búsqueda de esta versión de mujer que sí soy y verme en la mirada de los otros, de ellos. Reconocerme, reconquistarme. Y dejar que me conquisten. A ver qué tal.

Es lunes. Trato de ponerme bonita. De nuevo el suéter azul recién adquirido, encima la gabardina. El pelo recogido en un chongo algo despeinado y maquillaje discreto. Mi perfume. Rocío sólo un poquito de más. Salgo con mis libros y muy dispuesta a gozar el día. Mientras tomo el camioncito a la Facultad llamo a Toño. En términos generales le explico lo que ha sucedido y me dice algo que me inquieta. Menciona que debo ser inteligente, más que Lucio, que tengo que hacer una propuesta de acuerdo de divorcio muy bien pensada. Que le diga qué quiero pedirle. Le contesto que lo único que quiero es que me deje en paz. Dice que eso no sirve para el convenio. Que lo llame una vez que tenga las cosas claras. Que él irá redactando algo. Al fin que nos conoce a ambos y hace años que sabe de mis angustias respecto a él y a nuestra relación, a su carácter y a sus impulsos. Creo que por eso me advierte. Se me encoge el estómago y siento que me descompongo un poco, pero lo evito, y al subirme al transporte hablo con Paloma. Me alegra escucharla. Pregunta si quiero que me comunique a la habitación de Marc. Ay, no. Mejor le envío un correo. Es temprano, le digo. Me pregunta cómo estoy y le propongo que nos tomemos un café por la tarde. Acepta pero dice que tendrá que ser en el hotel, puesto que tiene mucho trabajo. Me pone nerviosa ir allá pues podría toparme con Marc. Deberías, por el contrario, aprovecharlo, menciona. Sería muy bueno un encuentro casual. Quedamos de vernos a las seis. Venga, le digo, haciendo énfasis en esa palabra que adopto, españolizándome.

Una vez que llego a la Facultad, me dirijo a la oficina del profesor José María. Lo encuentro algo inquieto, buscando unos papeles, revolviendo cosas en su escritorio. Me disculpo por interrumpirlo y me invita a pasar y a sentarme.

—Helena, qué gusto verte. ¿Cómo va todo para ti? ¿Te estás adaptando? —pregunta con gesto alegre.

—Estoy bien, con algunos asuntos en México que me atormentan, pero cada vez más contenta y adaptada aquí.

—¿Qué te atormenta, si es que puedo saberlo? —y no me quita la mirada, haciendo una mueca compasiva.

—Voy a divorciarme, profesor —le respondo y mientras lo hago siento el poderoso significado de la palabra y la libertad que siento al pronunciarla. Divorcio.

—Chica, qué barbaridad. Supongo, por lo poco que te conozco, que será una decisión muy bien pensada y racionalizada. En lo que pueda apoyarte, si es que en algo me toca, con todo gusto lo haré —y veo la sinceridad en sus ojos.

—Gracias. Precisamente, para eso he venido a buscarlo.

—Soy todo oídos, querida Helena.

—Necesito conseguir un trabajo. Tal vez un medio tiempo por lo pronto. En una galería, en un museo o donde usted, profesor, crea que pueda ser bueno para mí y donde, desde luego, pueda poner en práctica todo lo que estoy aprendiendo.

—Comprendo —dice y se queda pensativo.

—No quiero comprometerlo si no encuentra cómo ayudarme —le digo.

—Todo lo contrario. Se me ocurren varias opciones. Tengo amigos cercanos que podrían conocerte y entrevistarte, pero no sé qué tantas oportunidades se abran, a decir verdad. ¿Me dejas darle algunas vueltas y te aviso?

—Gracias profesor, en verdad muchas gracias.

—Quédate tranquila, Helena, algo aparecerá. Te veo en clase más tarde.

—Ahí estaré profesor—y me levanto estrechando su mano.

Recibo la suya que es fuerte y cálida. Sonreímos.

Me llega un cariñoso mensaje de Ramón en el que me agradece por todo lo que ayer vivimos, por dejarlo entrar a mi cuerpo y a mi mundo. Dice que siente mucho no verme, pero que su padre no se encuentra bien, que lo llevará al médico y que por lo tanto no vendrá hoy a la Facultad. Le contesto que no se preocupe y que en cuanto pueda me avise cómo está todo con su papá. La tarde se pasa volando. Al terminar las clases le escribo un correo a Marc diciéndole que estaré en el hotel, que sé por Paloma que ha llegado. Que con mucho gusto me podría tomar algo con él, si es que se encuentra dispuesto. Ojalá responda. Voy hacia mi estudio para ponerme algo más abrigado y después prepararme para viajar hacia el Palace. Marc tendría que saber que las confesiones que leyó en mis libretas y que cuentan mi vida antes de llegar a Madrid, no tienen ni la mitad de intensidad que ésta que estoy escribiendo; la más reciente, que describe lo que sentí e hice desde que llegué al aeropuerto de México para tomar el vuelo hacia aquí. Debería regalársela. Descarado lector de mis intimidades. Ladrón de mis pensamientos. Una vez en mi espacio, me cambio el suéter y retoco mi maquillaje. Me suelto el pelo. Me perfumo otra vez. Poquito. Quiero oler rico y verme lo mejor posible. Tomo mi abrigo y me siento a escribir unas líneas más en la libreta. Anticipo que la meteré en mi baúl y con ella a mi pasado. Sentiré que por fin empiezo a viajar ligera: mi vida no pesará más. El futuro es hoy, hasta que el tiempo alcance.

XI

Herido

A las diez ya todo era movimiento en Madrid. Lo despertó la luminosa línea colándose entre las cortinas de ese cuarto azul y verde, que lo invitaba a despertar de una vez, a desenredarse del confortable edredón y salir de la cama. Lo hizo. Se dirigió al baño y, mirándose en el espejo, sintió que el sueño lo había renovado. Después de darse una ducha fresca y vestirse, se sentó a ponerse los zapatos y ahí se dio cuenta de que no tenía ningún plan, salvo aquel que se tratase de Helena. Buscó su celular y leyó su correo. Esa sí fue la verdadera luz.

Para: **mlg@patagonia.org**
De: **helenatm@outlook.com**
Asunto: **Madrid, de nuevo**.

Estimado Marc:
Bienvenido otra vez a Madrid. Tal vez te preguntes por qué mi cambio de opinión. ¿Por qué escribirte y querer verte después del tema: "libretas"? Creo que la culpable es Paloma. Me avisó que estás en su hotel y que se las entregaste. Voy a ir a verla por la tarde. Si estás de casualidad por ahí, podemos encontrarnos. Quedé a las seis, pero me gustaría tener tiempo para hablar con ella. Si acaso puedes, ¿te parece a las siete?
Saludos,
Helena.
P. D. Por cierto, te perderás de la mejor. Me refiero a mi nueva libreta. La que estrené el día que dejé México y en la que, precisamente hoy, decidí poner un punto final. Ya no me quiero perder la vida, escribiéndola. Quiero sentirla y experimentarla a flor de piel.

Eufórico. Si se lo preguntaran podría haberse descrito así. Decidió salir a dar un paseo y visitar el Thysen. El Prado lo dejaría para después, para ver si con un poco de buena suerte podría convencer a Helena de recorrerlo juntos. Estaban de moda las "noches de museo" así que pensar en llevarla no era del todo descabellado. No quería perder más tiempo; sólo ganarlo, con ella. Y cumplir todas sus fantasías. Las siete se tomaron su tiempo en llegar, pero por fin sonaron en el original reloj con carillón ubicado en el edificio frente al Palace. Marc entró tratando de mostrar serenidad y aplomo. Se quitó el abrigo y fue hacia el salón de la cúpula donde estaban tanto el bar como el restaurante. A lo lejos vio a Helena. El pelo suelto hasta los hombros se escondía en un suéter color vino. No pudo evitar mirar sus pechos, seguramente hermosos, pero también, por lo pronto, ocultos. Falda negra. Estaba sentada con las piernas cruzadas. ¡Qué piernas y qué medias de red más sexys! Ella le hizo una discreta señal con la mano, saludándolo. Marc se acercó y le dio un beso doble. Helena rió. Conversaron larga y animadamente. Pidieron, ella una copa de vino blanco, él un whisky. Música clásica de fondo. Un solo de violín. Marc le propuso visitar el museo. Ella aceptó.

Salieron del hotel y caminaron la Carrera de San Jerónimo hasta el Paseo del Prado. Él la llevó del brazo. Helena parecía segura y tranquila bajo su resguardo. Ambos sonreían. A Marc le temblaba todo por dentro, la taquicardia lo amenazaba. Pero ardía de gozo, de miedo, de deseo.

Keramiká, materia divina de la antigua Grecia, seguía exhibiéndose. Entraron a la sala y conversaron muy de cerca. Casi al oído uno del otro. Helena le contó de sus orígenes, de sus padres, de lo mucho que se sentía vinculada a Helena, la troyana. Marc no paraba de mirarla, se deleitaba escuchándola. Apenas podía creer que la tenía toda para sí. Llegaron al lugar de la vasija en la que Paris y Helena se miraban, y fue entonces que él imaginó algo increíble, un desdoblamiento de esa escena en el mundo moderno, en la sala de un museo, en las vidas de dos personas que se encontraron y supieron revelarse sus secretos, intercambiar miradas, trascendiendo el tiempo, unirse en medio de esa atmósfera, conocerse, en fin y por fin. Como aquel soldado y aquella mujer mito. Dio cabida a la fantasía de abrazarla, de tenerla rendida ante sí.

La invitó a cenar y ella aceptó gustosa. La conversación fluía sin interrupciones más allá de los tradicionales qué te apetece cenar, o el para mí el filete, yo el pescado. De tomar, ambos una copa de vino tinto. Ella pasaba los dedos entre su pelo, de vez en vez, se mordía un labio. Él sentía tanta dicha de verla, observarla y adentrarse más y más en ella. Y conforme más lo hacía, más se daba cuenta de que parecían haber pasado siglos desde que experimentó toda esa revoltura, ese calor tan especial, esas ganas. Era tan joven cuando se enamoró de Jana, y ahora, a sus más de cincuenta, otra vez era joven y experimentaba el amor por la mujer de ojos casi amarillos que tenía frente a él y que emanaba tanta vida, tanta luz, tanto esplendor. La suerte, la hermana menor de Dios, por fin le hacía justicia, poniéndole en bandeja de plata a esa belleza. Pero entonces, sin pensarlo, provocó ese tropiezo, esa línea de conversación que no debió haber iniciado nunca y que lo haría arrepentirse el resto de su vida, ese momento que jamás lo habría de dejar en paz:

—Helena, quiero que seas mi mujer. Te he esperado tanto tiempo —le dijo.

—Por favor Marc, no puedo escuchar eso ahora. Empecemos por ser amigos. Estoy pasando por un momento emocional delicado —enfatizó la mujer.

—Sé que serás mía. Tienes que serlo.

Y ese "tienes que serlo" hizo que Helena se levantara de su silla. Se le acercara, le diera un beso en la mejilla y le dijera: "Gracias, pero no". Salió rápidamente del restaurante. Él sacó unos euros que dejó atropelladamente en la mesa y corrió a buscarla. Helena acababa de subir a un taxi. Por más que se apresuró, Marc no pudo alcanzarla. Derrotado, se sentó en la primera banca con la que se topó, sin entender del todo lo que había sucedido.

Helena, por su parte, analizaba su reacción. Estaba consciente de que Marc bien podría estar pagando los platos rotos de lo que le estaba pasando a ella con Lucio. Quizá fue exagerado comportarse así, pensó, pero le había indignado tanto la frase que implicaba "posesión", que no pudo soportarlo. Salió del restaurante como en una escena de película, en medio de la extrañada y curiosa mirada de todos los comensales.

Viajó en el taxi meditando que aquello debió tomarlo como un halago. Mas en realidad, pensándolo con calma, resolvió que estaba completamente fuera de lugar el que Marc confesara quererla para sí, sin conocerla. Ese impulso casi adolescente la sacó de sus casillas. Las frases: "Sé que serás mía", "tienes que serlo", seguían retumbando en su cabeza, lo único que deseaba era dormir y desconectarse de todo. Había sido un mal desenlace para una noche que prometía mucho. Pero no pudo contenerse.

Por fin llegó a la residencia. Resultaba extraño que no estuviese don Pascual a la vista y más aún que la puerta se encontrara abierta. Seguramente alguien había llegado tarde, con maletas, y Pascual se dispuso a ayudarle, resolvió. "Eso de no tener un elevador es agotador", dijo para sí. Subió paso a paso las escaleras, con mucho esfuerzo, porque repentinamente le vino un cansancio que antes no percibió. Pensó que los dilemas emocionales le cobraban la factura al cuerpo y el suyo estaba agotado.

Tardó en encontrar la llave que estaba, hasta el fondo de su bolso revuelto. Abrió la puerta y buscó el interruptor de la luz. Le seguía costando trabajo ubicarlo a pesar de las semanas que ya llevaba ahí. Giró para cerrar por dentro mientras todo se iluminó. Dio la vuelta y un escalofrío recorrió su espina cuando vio a un hombre sentado en el sillón. Pegó un grito que salió desde el fondo de su corazón. Era Lucio. No podía creerlo. Las llaves y su bolsa cayeron al suelo. Sintió que estaba a punto de desmayarse, pues todo le daba vueltas. Quería salir corriendo, escapar, huir. Pero nada en su cuerpo respondía, ni sus piernas, ni su cabeza, pues no pensaba ni veía con claridad.

Por fin pudo darse cuenta de lo que sucedía. Calculó las escasas posibilidades que tenía para salir de allí. Lucio fue hacia ella, quien intentó evadirlo y se dirigió a la puerta. Pero él la tomó por detrás y la empujó, sosteniendo sus brazos arriba y presionando su cuerpo hacia el suyo, fuertemente, decidido a hacerle daño. La volteó y la sujetó de los hombros, lastimándola. Helena empezó a mover las piernas para patearlo. Logró poco. Le gritó de frente, le pidió que la dejara en paz; le suplicó, llorando, sin poder escapar. Imploró mientras él la despojaba de su abrigo. El frío llegó al abdomen… Y sólo quedó en el aire un ruido ensordecedor… y el dolor. Todo se volvió negro.

FIN

MAX HALE, el gran dramaturgo, me mira desde el sillón de uno de los camerinos del Palace, el más imponente y elegante teatro de Broadway. Enciende con calma un puro, y yo le regreso la mirada, sorprendido del desparpajo con el que pretende hacer humear su gran cigarro, a pesar de que estamos dentro de un sitio en el que, desde luego, fumar está prohibido. No lo hace con irreverencia; al contrario, sus manos parecen trazar sortilegios mientras van y vienen entre el encendedor Dunhill de oro y el moderno cenicero, colocado en uno de los brazos del rojo sillón que aloja su atlética figura. Hale disimula, con absoluto éxito, ser un tipo que casi llega a los sesenta, luce como un joven, en plena forma. Su rostro tampoco parece reflejar el transcurrir de horas multiplicadas, aunque sí lleva marcas gestuales y algunas arrugas expresivas, alojadas en una piel morena y vital. El pelo cano revela esos muchos años en los que ha ido y venido del cine al teatro, y viceversa. Ha hecho en las artes visuales y escénicas prácticamente lo que ha querido. Han sido suyos todos los premios y recientemente recibió una ovación de pie en los Tony por su próspera trayectoria, mundialmente aplaudida, casi hasta venerada. El fanatismo de sus seguidores lo ha hecho un director de culto. Pero hoy, apenas enciendo la grabadora, me confiesa que *Helena* es lo único que le importa. Yo, por mi parte, me debato entre el placer de saber que me ha concedido una hora de entrevista y la curiosidad con la que me urge comprobar si los rumores desatados en torno a esta obra de teatro, que verá la luz en unos días, son ciertos. Le sigo el paso a la primera frase que pronuncia y busco ahondar en el tema: por qué ella, invitándolo a responder a partir de mi pregunta:

¿Quién es Helena?

Helena es la H de una Historia, un suceso que jamás esperé en mi vida, un misterio aún sin resolver.

Se acerca hacia mí con la mirada, y su espalda, antes recargada cómodamente en el sitio que había elegido para hacerlo, ahora está erguida, alerta y dispuesta a seguir los movimientos de sus brazos, apoyados uno en una pierna y el otro viajando para llevar la mano hasta su barba crecida y bien recortada.

Hace ya un año llegaba de vuelta aquí a Nueva York. Recién había finalizado mi última exploración en la Patagonia, buscando escenarios para mi próxima película. Llevaba un baúl como equipaje e hice una escala en la Ciudad de México para visitar el Museo Nacional de Antropología. Ese día, como siempre, el JFK era un caos y yo me defendía entre llamadas que recibía sin parar a mi celular, recién encendido, y el momento de acercarme a la banda para recuperar mi pieza de equipaje. Según yo había salido victorioso hasta que llegué a mi casa y comprobé que había tomado el baúl equivocado. Era idéntico, aunque viéndolo a detalle resultaba estar mucho más cuidado. Sólo decía "Helena" en la etiqueta de identificación. Me volví loco tratando de dar con su dueña. Llamé a la línea aérea, sin éxito. No pensé ni por un instante en lo que yo había perdido, pues el contenido de mi baúl resultaba francamente insignificante comparado con el misterio que, desde ese segundo, representó para mí esa mujer. En el mío estaba mi nombre completo, así que esperé a que me contactara por tres largos meses.

¿El baúl de Helena se volvió entonces no sólo un enigma, sino una potencial historia para el dramaturgo y cineasta al que los sucesos y circunstancias se le cruzan siempre por delante? Supongo…

En ese momento ni siquiera lo pensaba así, pero desde luego se antojaba que algo aconteciera, que su dueña lo reclamara y que yo pudiera finalmente conocerla. Pasado el tiempo que fijé para descartar que fuese a manifestarse, y con la curiosidad a tope, decidí abrirlo.

Debe haber sido una experiencia increíble abrir ese baúl y conocerla a través de sus cosas…

Lo dices bien, Louis; lo que hice fue adentrarme en su mundo gracias al encuentro con cada uno de sus objetos. Tomé el papel no sólo de un investigador al que de pronto se le regala un tesoro, a partir del cual puede ir armando el rompecabezas que resolverá la trama de una vida, sino el de un curioso amante, desesperado por saber acerca de su amada. Ahí empezó nuestra historia. Pude sentir, oler y palpar lo que ella guardaba para mí.

Bueno. No precisamente lo esperaban a usted, Max. Perdone el atrevimiento. Eran sus cosas alojadas en un baúl, nada más.

Helena me habló. Lo digo en serio. Lo hizo a través de libretas escritas con su puño y letra. ¿Te imaginas eso? La gran maravilla de casi escuchar su voz en sus apuntes fue inigualable. Me adentré en sus vivencias, apoyadas en unas cuantas fotos que guardaba en un sobre, en cartas escritas por su marido y sus tres hijos para ella… En fin, fue sobrecogedor ese encuentro con su universo, con la vida de una mujer que me pareció, y me sigue pareciendo francamente extraordinaria. Así que tras el inicial encantamiento me di a la tarea de reunir los datos que me llevaran a donde estuviese. Supe por lo que ahí encontré que vivía en México, que también había nacido ahí y que se disponía a estudiar un doctorado en la Universidad Complutense de Madrid. Dirección, nada; datos de sus hijos o marido, nada. Pero estaba un sobre con papeles de una beca y, gracias al cielo, el dato de contacto de un profesor de la Facultad de Geografía e Historia, quien, por lo que entendí en ese momento, fungiría como su tutor; un tal José María Suñol.

¿Conoció usted a este profesor?

Le envié un correo preguntándole por Helena Artigas Samaris, explicándole lo sucedido. De inmediato me respondió que Helena había extraviado su baúl y me daba un número telefónico para que me comunicase con él en cuanto me fuera posible. Y le llamé. Lo hice estando seguro de que me contactaría con ella. Pero nunca vi venir lo que me dijo. Del otro lado de la línea encontré una voz que resultaba amable y a la vez temerosa. Me preguntó varios detalles acerca de mí y desde luego pidió el relato de cómo di con él. Le expliqué lo que ya te conté de los papeles que encontré en el baúl de Helena y le pedí los datos de ella, para informarle que yo tenía sus cosas y, desde luego, reclamar lo mío. Cambiando un poco el tono de su voz, como si le ganara la emoción procedió a contarme que Helena estuvo, por espacio de un mes, cursando el doctorado en Historia del Arte, ahí, en la Complutense. "Se veía feliz", me dijo, y recuerdo muy claramente que agregó: "Una mujer muy bella e inteligente, peculiar y llena de vida". Mencionó también que llegó muy apenada con él a contarle que había extraviado su pieza de equipaje y que en ésta estaban los papeles que requería para su ingreso. "La calmé diciéndole que seguramente aparecería y que mientras podíamos solicitar copias a las embajadas y consulado de lo que necesitase", enfatizó. Entonces le pregunté si no había mencionado que había confundido el suyo con el mío y me dijo que no, que nunca salió a la conversación la existencia de otro baúl. Después hizo una pausa y confesó con tristeza que en verdad se asomaba a través del teléfono mientras hablábamos, pues de pronto Helena no había vuelto a la Facultad; hacia meses que no sabían nada de ella. Afirmó que un amigo cercano, Ramón de Marina, había recibido un último mensaje de texto de ella en el que decía que se verían en la Facultad. No había nada extraño en eso. Lo raro era que él estaba enterado de serios problemas que Helena tenía con su marido. De hecho la había dejado en el aeropuerto, pues debía regresar a México a petición de éste. Pero luego le afirmó que, de último momento, decidió no viajar.

Hale hace un silencio. Vuelve a tomar el puro que reposaba en el cenicero segundos antes y lo acaricia con los labios, lo chupa y exhala bocanadas, eternos círculos humeantes, impidiendo que el hombre siga con el relato. Parece ignorar que me tiene de un hilo, a la orilla de la silla de director en la que estoy sentado, usurpándola.

Permanecí callado por unos segundos intentando acomodar la información que se agolpaba en mi mente y subía mi frecuencia cardiaca. Lo que yo había podido leer en las libretas, más el relato del profesor, me hacía concluir que era una mujer que sufría, y mucho, la violencia de su marido. Una que al parecer no era manifiesta, pero que ella denunciaba como un fuerte peso en su día a día. Lo que Suñol buscaba definir o explicar como una desaparición me sonó absolutamente posible, dado que la pareja de Helena, quedaba claro, se oponía a su realización, a su doctorado. Una insólita mezcla de sensaciones que iban de la imperiosa necesidad que sentía de saber más a lo que me provocaba la imagen de Helena, se apoderó de mí. Ella, tatuada ahora en mi cerebro, una mujer de carne y hueso en peligro; eso entrañaba el misterio que se me iba revelando, como una historia perfecta para un drama teatral y la historia real que tenía que ver absolutamente conmigo y con esos hombres a los que no conocía, José María y Ramón, con los que sentí la urgencia de reunirme.

Y se reunieron…

Desde luego.

Me ofrece, haciendo una pausa, algo de tomar. Él se para y se dirige al espacio donde se encuentra un minibar y un elegante set de copas, caballitos de cristal, hielo y varios licores. Se sirve un mezcal, "tan de moda ahora en México", me dice, y señala la botella que sujeta con la otra mano. Acepto. Finalmente son las cinco de la tarde y el relato amerita un buen trago. Le da unos pequeños sorbos. Yo también lo pruebo, delicioso, mientras casi suplico que siga.

Le pregunté si estaba dispuesto a hablar más tranquilamente, si es que yo podía organizarme para viajar a Madrid. También le pedí que estuviera Ramón presente. A los seis días le estaba avisando que me alojaba en el Hotel Palace y acordamos que me verían ahí, ambos. Tuvimos una larga charla en la que me detallaron sus conversaciones con ella, me hablaron de su carácter, de los días en que habían estado juntos, de lo que concluyeron cuando Helena no volvió a responder ni sus mensajes ni sus correos. Entraron a su estudio y sólo encontraron una última libreta que narraba sus días en Madrid, y que me entregaron sin dudarlo. Ramón se había acercado mucho a ella y me confesó su desesperación de no saber el destino de esa mujer, quien le robó el aliento desde que la vio por primera vez.

Parece que algo le duele, como si los últimos escritos de Helena hubiesen sido dirigidos a él. Frunce el ceño. Se queda pensando. Creo que trata de poner su ímpetu en orden y su cabeza también, pues me habla como si las ideas se le agolparan y no le dejaran ni un minuto para respirar, deseando salir para ser contadas.

Ramón incluso me ofreció complementar sus relatos con los de Alba y Mathew, compañeros de Facultad y también amigos de ella, aunque fuese por tan breve periodo, para que mi visión se convirtiera en una tan completa, tan apegada a la realidad, que hiciera total justicia a los hechos y la retratara a ella tal cual era… prefiero decir, tal cual es. Deseamos encontrarla, que esté viva, que aparezca.

Es decir que la obra está llena de situaciones reales…

Y de conversaciones y personajes que se acercan lo más posible a la Historia verdadera, que quiero contar. Sin embargo, el juego con la H y la constante evocación a Helena de Troya constituyen simples caprichos que me permití, haciendo honor a las raíces griegas de mi Helena, que son reales y un homenaje al mito. Leyenda y fantasía conviven con los sueños y con lo inusitado, lo simple, lo atroz y bello de la realidad. El guión es también en muchos aspectos mi propia vida, que uso como pretexto para hacer que se entrelace con la de ella. Acabó resultando autobiográfica: no lo pude evitar. Quizá lo desee, pues Helena, conforme escribía sus vivencias y me adentraba más y más en su personaje, fue cobrando tal fuerza que se apoderó de mí y me hizo quererla, desear estar en su vida, conocerla a fondo. Me enamoré absolutamente de esa mujer a través de la lectura de sus libretas, de tocar sus objetos, de escuchar tantas cosas preciosas de las personas que la conocieron, los momentos en los que estaba viva, descubriéndose, atormentada muchas veces, inventándose posibilidades, amorosa con sus padres, viviendo duelos, preocupada por sus hijos, por prepararse más, por crecer interiormente, tratando de ejercer su libertad a pesar de la opresión de su pareja. Entonces quise contarle mi vida, enamorarla. Y le hablé con la verdad, bueno, casi por completo. Le conté de mi familia rota por la muerte de Max, mi hijo, y por la partida de Jana para vivir lo más lejos posible de mí. Le hablé de mi miedo a volar, de mis raíces mexicanas e inglesas. Escribí, a través de Marc, del tipo que soy y de quien me hubiera gustado ser. Es conocida mi pasión por coleccionar piezas prehispánicas, así que me volví, para fines de la obra de teatro, un arqueólogo deprimido en un retiro autoimpuesto en la Patagonia, un hombre que no suele tener la suerte de su lado, así que la desafía y la interpela constantemente y también un traficante de piezas, atormentado por su soledad, que quiere encontrar a una compañera, que se trastorna volviéndose capaz de imaginar toda una vida posible con una mujer que es una fantasía, pues no la conoce, hasta el momento en el que intercambian sus baúles.

Llegamos al tema de los baúles.

Primero dale otro trago a tu mezcal, pues creo que ya te estoy enredando mucho con tantos detalles y aristas abiertas de la "Historia". A ti y a los lectores también.

Obedezco no sin antes precisar que sigo el hilo perfectamente y que para los lectores será un tesoro esta charla. Disfruto del elíxir y me relajo sabiendo que todavía queda mucho por delante para explorar con Max, hecho que considero un privilegio. Y es que él no suele ser tan elocuente, ni tener tanto tiempo. Pero en este camerino, entre humo y licores, quiere hablar, confesarse. Se le ve en verdad emocionado, diría conmovido.

No puedo saber hasta el momento si mi baúl llegó a las manos de Helena. Como dije antes, ella no se lo mencionó a nadie. Ramón afirmó que no lo vio en su pequeño estudio de la Facultad y que la confianza era tal que un hecho tan significativo como el haber confundido su baúl con el de un extraño habría salido definitivamente a la luz. Ella perdió el suyo y eso fue lo que contó. Punto. Entonces, con el fin de llevar esto al teatro, fui trazando la historia de Marc y su baúl, pensando en lo que a mí me hubiese encantado que pasara en ese intercambio involuntario y en lo que consideré viable, con toques inverosímiles, como requiere cualquier buen relato. Pero un momento, no pienso aclararlo aquí, pues el encanto de la trama está en no saber bien lo que es verdadero. No pienso revelarlo. El público está invitado a venir al estreno y a enterarse de lo que contamos aquí, desde luego gozando y preguntándose, conmigo, qué es lo que en realidad ha sucedido.

Lo entiendo y tienes razón. Pero dime, esa exploración de una voz tan femenina, tan clara como la de Helena, que habla en imperativo, que nos cuenta sus emociones, dudas, acciones, y nos va atrapando a los espectadores, metiéndonos en su vida, no habrá sido una tarea fácil. Es, sin embargo, absolutamente genial. Max, al escribir su voz, hablas como una mujer lo hace y tocas los temas que a todas conmueven.

Vuelvo a las libretas; en verdad fueron oro molido. Ahí, por ejemplo, Helena relata el proceso de su enfermedad. Es real que tuvo cáncer y una de las escenas de mi obra recrea la vivencia relacionada con una fotografía, en la que está retratada con un modelo, en el estudio de un amigo. Espero que dicha escena logre comunicar la absoluta transparencia de las palabras que escribió acerca de ese suceso, en uno de esos diarios íntimos, llenos de frases sueltas, de miedos y deseos, de introspecciones profundas, reveladoras. Entonces, como te dije cuando apenas iniciamos esta conversación, ella se encargó de hablarme, me eligió. Yo he descrito ya muchos personajes femeninos, pero nunca uno como éste; justo porque Helena es tan fuerte, tan valiente, tan seductora, que lo único que hice fue darle voz a través de los diálogos en la trama y obviamente cobra vida gracias al extraordinario trabajo actoral que ejecuta con maestría y dulzura la gran Marie Ducal, quien resultó casi idéntica a Helena; recuerda que tengo sus fotos y que quienes conocieron a nuestra mujer centro opinaron que era perfecta para el papel. Alba, su amiga y compañera colombiana, fue de gran ayuda. Mantuvimos conversaciones durante los días que estuve en Madrid y de ella me nutrí pudiendo acentuar esa personalidad que buscaba reflejar en el guión.

¿Cómo surgió la idea de llevar al teatro una historia que a todas luces afectaba tanto a quienes la conocieron? ¿Se los planteaste así durante tu encuentro con ellos? ¿No se opusieron pues al parecer intentabas sacar provecho de algo que les dolía y no estaba resuelto?

Al contrario, ya que comprobaron quién era yo, realmente el Max Hale del que muchas veces habían oído, sugirieron que mi fama podría ser el vehículo que nos condujera a ella. Hacer que la visibilidad que tengo y mis conexiones con la prensa ayudaran a dar a conocer lo sucedido, la desaparición. Desde luego yo, fascinado como estaba, mientras hablábamos iba tejiendo los hilos de la trama. Acordamos que empezaría a escribir y que les mandaría el guión una vez terminado. Ofrecieron estar en contacto por si surgía alguna novedad respecto a Helena o si se les ocurría alguna idea, o recordaban algo que sirviera a la obra.

¿Ellos dieron aviso a la policía en México?

Ramón sí. Las autoridades en España y México siguen investigando. Aún no hay nada claro. El único avance ante la insistencia de nuestro amigo español fue localizar a un alto directivo de la empresa de Lucio, el marido, quien afirmó que él se encontraba temporalmente en el extranjero. Tampoco de los hijos hemos sabido nada.

Helena se esfumó, así, tal cual… sin dejar rastro, ¿a qué crees que se debió?

Eso es lo que me pregunto, lo que nos preguntamos. Espero que los asistentes al teatro y quienes lean esta entrevista se enganchen con Helena y nos acompañen en nuestra búsqueda. Hasta que "Haparezca".

Seguramente, Max. Gracias por la claridad y profundidad con la que nos invitas a entrar en tu vida y al drama del teatro, al drama de Helena.

Al contrario, querido Louis, estoy convencido de que no pude tener mejor interlocutor. ¿Vendrás al estreno, a pesar de haber visto un ensayo?

Junto con medio Nueva York. Será un rotundo éxito. El clímax de tu trayectoria. ¿Estarán José María y Ramón?

Estarán.

Ha dejado el puro en el cenicero. Se levanta del sillón rojo y me extiende la mano. Yo dejo la silla de director que me han prestado, en la que me estaba empezando a sentir tan cómodo. Al estrechar su mano y mirarlo compruebo la gran pasión que arde en sus ojos y le agradezco de nuevo su tiempo y su sinceridad. Max Hale está en la más plena madurez profesional y, me atrevo a decir, personal. Y se encuentra ilusionado, no sólo por lo que está por pasar en Broadway, sino por las posibilidades que se abrirán de dar con ella, una vez que la gran "Historia" que quiere contar vea la luz y aterrice en el escenario, permitiendo que las "Halas de Helena" se extiendan y por fin "vuele".

Por Louis Graff,
publicado en *The New York Times*

Está sentada, relajadamente, en una silla moderna, frente a un grueso escritorio de madera, al que se le notan los años: remates dorados en las patas, garras de león. Encima, papeles, una computadora, catálogos de arte, plumas fuente, el Playbill. Varios folletos del MOMA reposan sobre una caja de mosaicos bizantinos. La vista de la oficina de cristales hacia el patio central le permite recrearse de tanto en tanto, en los pequeños árboles frutales y en los setos recortados que los enmarcan. Todo es quietud. Sus manos largas, de dedos finos, pasan las hojas del periódico y se detienen siempre en la misma página. Lee en absoluta concentración.

Irá al estreno.

Se quita los lentes y sus peculiares ojos, casi amarillos, se iluminan, como queriendo competir con la brillante atmósfera. Sonríe. Un sentimiento de plenitud la invade desde dentro, llegando hasta su piel, manifestándose en un delicioso calor que la colma. No le hace falta nada más que estar viva, se recrea en cada detalle, todo la cautiva. El día a día encierra una primera vez desde que su pasado dejó de pesarle, desde que su hoy se volvió para siempre.

AGRADECIMIENTOS

Gracias, Luis Benton, por tu complicidad, por este amor de años, por tu respaldo absolutamente en todo lo que se me ocurre.

Gracias, Rosita, mami, por ser mi fuerza y el significado del amor incondicional.

Gracias, Mari Rosi, Jean y Eloise, por ser el complemento perfecto de mi familia.

Gracias a mi querida Paty Mazón por pronunciar esa frase: "Tienes que escribir una novela", y encargarse de hacerlo posible.

Gracias a mi generoso y sabio amigo, Ildefonso Falcones, por abrazar a *Helena* desde el primer momento en que se la relaté, y por querer respaldarla con tanto cariño.

Gracias a todo el equipo de Penguin Random House. En especial a Jorge Solís, primero, y a Michelle Griffing y a Andrea Salcedo, después, por dedicarle tiempo de lectura, correcciones, observaciones y sentimientos a *Helena*.

Gracias, Beatriz Rivas y compañeros de lunes y jueves, por escuchar, revisar, leer y releer los inicios de esta novela. Cómplices de mezcales y letras, sigamos.

Gracias, Max Grajales, por los baúles, por estar para mí. Gracias, Erick de Kerpel, editor honorario, por el tiempo dedicado a la novela, por la amistad invaluable. Gracias, Maruan Soto, por ayudarme a cerrar con broche de oro y por la dedicación a esto.

Gracias, Arantxa Tellería, Shoshana Turkia, Fabiana Numerovsky, Iola Benton y Luisa Gelis, porque fueron las primeras lectoras de las versiones iniciales y de las últimas de esta novela. Las quiero.

Gracias, Carlos Slim Domit, por tu confianza y por los comentarios sinceros acerca de mis incursiones literarias; por todo lo que Sanborns y su gente significan para mí.

Helena de Paulina Vieitez
se terminó de imprimir en marzo de 2017
en los talleres de
Litográfica Ingramex, S.A. de C.V.
Centeno 162-1, Col. Granjas Esmeralda, C.P. 09810
Ciudad de México.